風 文創 186

古代混飯難 上

花溪 著

目錄

自序

花溪

在經歷了人生的酸甜苦辣、多年的四處漂泊後，理想屈從於現實，浪漫回歸到平淡，心情變了許多，文風也變了好多。什麼波瀾壯闊，什麼陰謀詭計，什麼轟轟烈烈，什麼愛恨情仇，最後都不如兩個人長相廝守，平淡到老。所以，有了《古代混飯難》這部平平淡淡過日子的小說。

這其實是一部構思了好久的小說，一個已經站在武學巔峰的武神霍中溪，一個死而復來、看透世事的小女子沈曦，他們會用什麼樣的態度來面對清貧的生活？我儘量用平淡的筆觸，去描寫沈曦那種閱盡人事後的落寞與開悟，也儘量在一點一滴中，讓霍中溪領會到平淡生活的幸福。

在二十歲時，我們追求著刺激和激情；到三十歲後，我們知道了家的責任；四十歲以後，我們談論最多的話題是子女。當我們逐漸老去時，最大的幸福和幸運，就是有一個人，陪自己走過了幾十年的歲月。

這種長長久久、平平淡淡的愛情，就是我所追求的，也是我書中的主角沈曦所追求的。沒有太華麗的語言，也沒有驚心動魄的故事，只有兩個相愛的人，努力地經營著愛情和生活。

這就是這本《古代混飯難》。

第一章

身上冰得要命，沈曦從睡夢中凍醒了。

可當她摸到身下冰涼的地，感覺到臉頰上冷冷的風，在眼睛適應了黑暗，看到三扇破破爛爛的窗戶後，她又覺得自己仍是在夢中，並未醒來。

她的臥室中，床應該是柔軟的，窗戶應該是玻璃的，上面還掛著淺綠色的窗簾，而且不透風……

沈曦又閉上眼睛，想繼續作這個怪異得有點真實的夢。

可刺骨的寒冷從身下不斷傳來，沒一會兒工夫，身體已經僵得快不能動了。

無奈之下，沈曦只得又睜開眼睛，打量了一下這個她強烈懷疑是夢境中的地方。

借著窗外半明半暗的月光，沈曦很快就將這屋子掃視了一遍。

這是一間很簡陋的屋子，窗子上的窗紙破了好多地方，凜冽的寒風正在呼呼地往屋裡灌。屋內窗下，是一盤火炕，炕頭上黑乎乎地隆起一片，似乎躺著一個人。炕下，只有一個矮櫃孤伶伶地靠在北牆上，除此之外，這屋裡就剩下她了，而她，正奇怪地躺在地上。

沈曦坐起身，摸了摸身上，只穿著一件薄薄的衣服，難怪這樣冷呢！

她本想好好想想自己的處境，可實在太冷了，凍得腦子都僵得轉不動了，有什麼事，明天再說吧！也許一覺醒來，自己仍躺在柔軟的床上、溫暖的房間裡，回味著現在這個冰冷的夢呢！

站起身，沈曦摸索著爬上了炕，炕上確實有人，而且，這個人正躺在被窩中，她的動靜好像打擾到他了，沈曦聽到他那淺淺的呼吸聲，有了片刻的停頓，不過不知為什麼，他並沒有動彈，也沒有出聲詢問什麼。

沈曦在炕上摸了好久，結果更為悲慘，這炕上只有一床被子，還正蓋在那個人身上。

無奈之中，沈曦只好和衣躺到炕上，可更悲慘的是，這炕也不知道多久沒燒火了，一點也不比地上暖和，離那漏風的窗戶近了，反而覺得更冷了，只一會兒工夫，寒氣似乎連骨髓都凍住了，沈曦毫不懷疑再躺一會兒，她會被活活的凍死！

生死存亡的關頭，也顧不得什麼了，何況還是在夢中，也沒什麼氣節可言，於是沈曦哆哆嗦嗦地向那人靠過去。「這位……」

呃……是兄台，還是姊妹？

忽略……反正是在作夢，管他是誰呢！

「太……太……太冷了，咱……咱……咱倆……擠擠……吧……」沈曦凍得牙關叩叩響，說話都不利索了。

那人沒有出聲，沈曦全當默認了，掀開被子，一骨碌就鑽了進去。

被子裡果然比較暖和啊！雖然被褥比較薄，但總比在地上強啊，而且旁邊這人身上特別暖和，沈曦很厚顏無恥地向人家身邊靠了靠，果然暖和多了。

清醒到此為止，溫暖後疲憊和困頓立刻湧了上來，沈曦又昏昏沈沈地陷進了夢鄉……

第二天直到天光大亮，沈曦才睡醒了。

還沒睜眼，就覺得眼沈舌澀，嘴裡苦得厲害，似乎是感冒了。

難不成，作夢也能把人凍感冒了不成？

想起了昨晚的夢，沈曦不由得咕咕噥噥地道：「幸好是夢……」

在這個物質富裕的社會，特別是在首都這種發達的地方，怎麼可能受凍挨餓呢？打開暖氣，寒冬臘月都可以當夏天過了，怎麼可能凍得自己去鑽陌生人的被窩呢？自己也真沒出息，一點凍都受不了。不過這也難怪，自己從小就錦衣玉食的，一點苦都沒吃過，這要真讓自己挨餓受凍，估計還真是不行。

想到這裡，沈曦鄙視了自己一下，然後一邊想著早餐的菜單，一邊懶懶地睜開了眼睛，再然後，她的眼睛，立即睜得偌大無比——不是夢，不是夢，昨晚的一切不是夢！

入目所見的，是兩扇小小的紙窗，窗紙都有些破了，隨著寒風呼啦呼啦的響，那順著破窗颳進來的晨風，刺骨的寒冷，凍得沈曦阿嚏阿嚏地打了好幾個噴嚏。她連忙又躺回了溫暖的被窩，剛一躺下，立刻又針扎了似地竄了起來，一骨碌就竄下了炕。

炕上有人！

沈曦覺得自己這一輩子都沒有這麼尷尬過，就連那個不對盤的同事在大庭廣眾之下揭穿了趙譯在外面有女人、有孩子的那一幕，也沒有眼前這麼尷尬。

生平第一次，她和一個從未謀面的男人睡在了一起，而且還是自己主動湊上去的！

不過這也不怪自己，昨晚實在是太冷了。

想到這兒，看向炕上那個男人，沈曦怔住了。

那個男人，眼睛上綁著一條黑色的布條。

他是瞎子嗎？

沈曦輕咳了一聲，輕輕道：「那個……對不起，昨晚是我失禮了……」

——毫無回應！

被窩中躺著的那個男人，不知是沒有聽到，還是沒有睡醒，根本就沒有任何表示，仍是靜靜地躺在那裡，就連沈曦跳起來的時候帶起了被子，將他的身體露了一點在外面了，他都沒有任何反應。

若不是知道他的身上很溫暖，他這樣安靜，沈曦一定會認為他是具屍體。

看著一動也不動的男人，忽然間沈曦想起了一句話：十聾九啞。

如果一個人天生是聾子，由於聽不到別人說話，也就無法學習說話，那麼十有八九，他也會是個啞巴。這條定律，會不會也適用於瞎子呢？眼前這人，會不會既瞎又聾呢？應該不會吧？這好像有點不沾邊……

沈曦大聲地叫了一聲。「喂，這位朋友——」

還是沒有回應。

他還真是個聾子啊……

那麼，誰來告訴她，這個又聾又瞎的人是誰啊？還有，自己怎麼不在家中，卻在這裡呢？這是什麼地方啊？難不成是趙譯那混蛋趁著自己睡著了，將自己給送到哪個山裡了？怪不得房子這麼破呢！就知道趙譯那混蛋昨天來獻殷勤，肯定是沒安好心。這混蛋不會是趁自己睡著了，把自己給賣到山區來，給這個瞎子當媳婦來了吧？不能不能，他們已經離婚了，趙譯沒有權利也不敢這麼做的！

一想到此，沈曦連忙推開門跑了出去。穿過一個小小的院子，推開一扇破木門，然後她再一次傻眼了。

外面是一條不寬的街道，街的對面仍有一排矮矮的房子，在街道上走著三三兩兩的人。這些都問題不大，而讓沈曦感到傻眼的是——他們都穿著古裝！

就算再傻，沈曦也感覺到有些不對勁了。山區就是再落後，也不可能還穿著這種寬袖長衫，頭上還綰著髻吧？

沈曦連忙低下頭看自己，發現自己身上穿著一件蔥綠的布衣，樣式和自己在電視中看到的古裝是一樣的！這不是自己的衣服！再一伸手，手掌上長著薄薄的繭，這不是自己的手！

沈曦發瘋般地衝進屋裡去找鏡子，可惜這破舊屋子裡連半面鏡子都沒有，沈曦找了好一會兒，才在一個銅壺上，模模糊糊地看到了自己的臉，然後她驚恐萬分地發現，這不是自己的臉！

借屍還魂……難不成自己已經死了，附在了這個女子身上？

自己早早的就得了心臟病，不會是睡著睡著，心臟病就犯了吧？沒想到，自己以前淨做糊塗事，到後來，竟然做了個糊塗鬼，連死了都不知道。

年輕的時候不懂愛，以為愛情就是世界上的一切，愛的時候，甜言蜜語，轟轟烈烈，一切都不管不顧，恨不得世上只有彼此就好，那些誓言、那些美好，沈曦沈溺在其中，無法自拔。熱戀時，義無反顧地把自己給了他，還意外地懷孕了，還在上大學的兩個人茫然無措，偷偷地找了個小診所去墮胎，然後意外發生了，她再也無法做母親了。

剛開始的時候，趙譯也算是有責任感，對她不離不棄，甚至剛一畢業就向她求婚。婚後他也一直對她很好，兩個人的感情很穩定。

是什麼時候起，趙譯開始變了呢？

是在十年後，當同齡人相繼當上了父親，在飯桌上不斷地炫耀自家孩子的時候，趙譯動搖了。

然後有一天，她聽人說他在外面有了小三，連孩子都生了。

曾經純潔的愛情得到了如此結局，沈曦不接受這種背叛，毅然決然地離了婚，將那個曾經和自己海誓山盟的男人趕出了家。

曾有朋友勸她接受一段新戀情，沈曦也曾做過這方面的嘗試，畢竟自己還年輕，總得找個伴不是？可受過傷的心，沒有那麼容易癒合。一個在同一張床上睡了十多年的枕邊人都會背叛自己，那這世上，還有誰是值得相信的呢？

不再相信愛情的沈曦，也不再去碰觸愛情，而是開始了紙醉金迷、夜夜笙歌的生活，可在那片刻歡樂之後，留給她的總是無盡的空虛。於是，沈曦很快就告別了這種生活，開始宅在家中，日日與電腦相伴。

沈曦自以為離婚就沒事了，可沒想到趙譯那個傢伙也不知道是怎麼回事，竟然三番兩次地來找她想復合再婚。昨晚他又來了，沈曦不給他開門，他隔著門盧了好久，等他離開後沈曦上床睡覺，醒來後就到這裡了。雖說自己沒有生氣，可心裡也一直不舒服，難道是這樣導致她在睡夢中心臟病發了？

沈曦想了一會兒，也沒想出個所以然來，旁邊的男人卻在此時動了，他慢吞吞地坐了起來。沈曦抹掉眼角的濕意，去打量那個已經坐在炕頭上的男人。

三十左右的年紀，長得還算可以，就是很瘦。衣服很破很髒，頭髮也不知多少天沒洗沒梳了，亂如蓬草，散發著一股難聞的氣味。就他身下的那床被褥還算乾淨，不過也破得厲害。

沈曦皺眉，房子裡只有他們兩個人，就連被褥也只有一套，而且最主要的是，昨晚自己鑽進他被窩，他沒有往外推自己，可見這兩人應該是已經習慣同眠了吧？古代不是講究什麼男女授受不親嗎？這兩人能睡一個被窩，應該是夫妻吧？

抬頭四處一打量，這屋子真是又破又舊，還髒兮兮的，整個屋子中就自己身上乾淨。不過看著身上的衣服，沈曦忽然覺得寒冷刺骨。有毛病啊，大冬天的穿單衣，這個身體的前任主人，不會是昨晚凍死了，然後自己乘隙而入了吧？

一想到自己以後要過這種生活，還要養活炕上那位殘疾「丈夫」，沈曦覺得嘴裡越發的苦了起來。

自己從小生活優渥，幾乎是個不事生產的米蟲，現在這貧窮的日子，自己能過得下去嗎？自己要怎麼過下去？還是說自己現在離開，留這個殘疾男人自生自滅？

這個念頭只在腦中一閃就馬上被掐斷了。她不能這麼做，離了自己，這個又聾又啞又瞎的男人怕是只能等死了。那自己和那負心的趙譯又有何區別？

沈曦正在沈思間，炕上的男人摸索著來到了牆邊，然後就靠在牆上，一動不動了，蒼白的臉上，是麻木的平靜，看不到一絲希望。

看著這樣的男人，沈曦的心忽地一下子變軟了。想來前任主人很不喜歡這樣殘疾的「丈夫」，對他不管不問，沒有關心過，所以這個男人才會變得如此的沈寂和麻木吧。

「咕——」

男人的肚子忽然很大聲地響了一下，把沈曦嚇了一跳，她隨即意識到，這個男人不知多久沒吃東西了，應該是肚子餓了。

男人大概也意識到了這一點，他慢慢地將手伸向一邊，順著他的手，沈曦才發現牆邊放著一個灰撲撲的袋子，從那口袋中，男人慢騰騰地掏出了一把糙米，然後又慢騰騰的，把生米塞進了嘴裡。

「你怎麼生著吃啊？快吐了——」沈曦還沒看到過誰這麼生著吃米的，不由得大吃了一驚。

可惜炕上那男人又聾又瞎，根本聽不到沈曦的叫喊，也看不到沈曦驚訝的樣子，就那樣咀嚼了幾下，把那生米嚥了下去，然後，他又伸手抓起了第二把生米。

沈曦跳上了炕，一把抓住了男人的手。「米不能生著吃！你先等會兒，我去煮熟了吃！」

男人的手只是停頓了一下，然後又繼續向嘴裡塞去。

沈曦連搶帶奪的，將那把米硬生生地奪了下來，然後將那口破袋一起拎下了炕，找地方做飯去。

房子很小，只有兩間，一間是住人的臥室，一間壘了個火灶，和臥室的炕相連，旁邊還堆了不少雜物。

沈曦找了找，這個勉強可以稱得上是廚房的地方，只有一捧玉米麵、一小罐不知醃的什麼鹹菜，還有一點鹽，剩下別的可吃的東西是一點也沒有，柴倒是還有一堆。盆子一個、粗糙大碗三個，還有兩個是缺了口的、破筷子好幾支，都不知用了幾百年了。

沈曦皺皺眉，這種生活條件，唔……她還真沒遭遇過。別的不說，沒有火柴、沒有打火機，這火要怎麼生？電視上演的古人生火用什麼？火石吧？好像是一敲就著火。沈曦仔細找了找，也沒找著一個類似於火石的東西。

難不成要鑽木取火嗎？

沈曦傻眼了。

想了好一會兒，沈曦也沒想到生火的辦法，只好走出了院門，去找人借個火。

此時天已不早了，街上有不少人來來往往，沈曦站在自家院子門口，左右張望。沒一會兒，就看見一個老太太提著一籃子菜，從街口走了過來。沈曦笑著迎上去，親切道：「嬸子，妳家是住這兒嗎？我想借個火，家裡等著煮飯呢！」

那老太太倒是挺隨和的，停了下來和沈曦說話。「我家就住前面，那個紅木門的門口就是。小娘子妳住哪兒？我看著妳有點面生。」

有點面生？

沈曦面上不動聲色，笑著一指身後的院子。「我住這兒。」

「那個秋風秀才的老宅呀？不是說那個秋風秀才病死在縣裡了，這房子由官府收回去了嗎？」還未等沈曦說什麼，老太太就自問自答道：「你們把房子買下來了？這個破房子要價十七兩，可不便宜呢，官府的人手黑著呢！」

沈曦腦中一邊記著老太太的話，嘴裡一邊搭著話。「這不剛搬來嗎？要不能什麼也沒有嗎？連個火都忘了買了。」

老太太爽朗道：「我家還有火摺子呢，走，跟我去拿一個！」

沈曦一邊跟著老太太走，一邊問道：「嬸子，妳怎麼稱呼？」

「我夫家姓郭，妳叫我郭嬸就行了。」

等從郭嬸家出來，沈曦手裡不光有一個火摺子，還拿了兩個窩頭，抱了一棵大白菜。

沈曦回到家裡，先把那兩個窩頭拿給了炕上的男人，男人可能是餓極了，接過去後，三兩口就消滅了一個，兩個窩頭一眨眼工夫就沒有了。那麼硬的窩頭啊……沈曦眼睛都看直了，看這樣子，他似乎還沒吃飽啊……

有心想再給他點水喝，可惜碗太髒了。

從院中的水井裡打來一桶水，沈重的木桶可真沈啊，就這幾步路，沈曦還放下桶歇了好幾次。這沒幹過活，當真是不行。

打來了水，沈曦先用水面照了一下自己現在的樣子——

眉清目秀，唇紅齒白，皮膚也很好，雖然說不上是貌美如花，也算得上是中上之姿，難得的是，這個身體比前世要年輕許多。沈曦摸著這富有彈性的皮膚，心情終於好了一點。能年輕個一、二十歲，不是每個女人最大的夢想嗎？看著自己的皮膚一點點老化、一點點鬆馳，看著鏡子中的容顏一點點蒼老，大概是個女人都會覺得心慌。而現在，自己當真年輕了二十來歲，沈曦覺得不論這裡的生活環境怎麼樣，還是幸運更多一點。

臭美了好一會兒，沈曦才拿了點軟柴禾，用火摺子點著了，準備做飯。這火摺子的使用方法，她在郭嬸家就學會了，要不然這東西就是擱她手上，她也不知道是幹麼用的。等火燒大了，沈曦又開始添乾柴，倒也沒費多大勁，就把柴給點著了，屋子裡雖然煙多了點，但第一次生火，這效果已經不錯了。

倒了半桶水在那個髒兮兮的鍋裡，等水熱了，將旁邊放著的鍋刷放到水裡煮了煮，然後又將鍋子鍋蓋都刷了一遍，就把這髒水潑掉了，又換了半桶乾淨的水繼續燒。等水燒開後，又將碗筷盆子都放了進去，用開水消毒，等煮了一會兒，又挨個兒刷乾淨了。

把盆碗刷乾淨後，沈曦才舀了一小碗糙米，放到一個破陶盆中淘洗乾淨，又用淘米水仔細地刷了一次鍋，再用清水洗一遍，確定鍋已經完全乾淨了，這才放清水，將洗淨的米放好，然後猛添柴。舀出些熱水放到洗臉盆中，沈曦又將米倒入鍋裡，添了一大把柴。柴是木柴，很耐燒的，不用時刻在鍋檯前看火，只看著它快燒盡的時候再添幾根就行了。

趁這工夫，沈曦回到屋中，打算讓瞎子洗個臉。瞎子洗臉的時候，自然是要將那蒙眼的布條拿下來的，沈曦注意到瞎子的眼睛一直是閉著的，似乎睜不開。

也不知他的眼睛得的什麼病，是先天的，還是後天的啊？

不過，看他的眼睛沒有傷口也看不出腫爛，似乎很早以前就這樣了，大概他是瞎了很久了。

沈曦把水潑掉，回到廚房又加了把火，想把白菜炒了，可找來找去，也找不到油，只好切了一點白菜，用鹽拌了一下。連個味精、香油都沒有，這樣的菜能好吃才怪。

糙米很耐煮，沈曦的這頓粥直直煮了一個多小時才算軟了。沈曦看著那堆少了很多的木柴，心中有些著急了，得趕緊找門路賺錢了，要不然，就等著餓死吧！

沈曦把粥盛了出來，準備吃飯的時候，才發現連張桌子都沒有。好在炕很硬很平，沈曦就直接把碗放在了炕上，盛了一碗稠稠的粥，又撥了點鹽白菜在裡面，放進了男人的手裡。男人接過去，大口大口地扒著飯，臉上仍是木木的，沒有顯出高興，也沒有顯出意外來。

沈曦一邊就著難吃的鹽白菜，一邊不住的嘆氣，回想起前世的種種舒適與幸福，越發覺得這鹽白菜難以下嚥了。沈曦草草吃了幾口，就沒心思吃了，放下碗筷後，她不由得說道：「喂——」

也不能總和人家叫喂吧？可不叫喂叫什麼？又不知道他的名字，叫「相公」嗎？沒感情沒相處的，還真叫不出口。沈曦張了好幾次口，這個「相公」也沒喊出來，自己都覺得有些沒趣了。看他蒙個布條很酷的樣子，索性叫他「瞎子」吧！自己可一點也沒有不尊重他的意思，只是個稱呼罷了，總比直接喊「相公」能說得出口。

沈曦沒有和殘疾人士相處過，總是不自覺地忘掉對方的缺陷，此時她就忘了對方又聾又瞎又啞了，還在那兒絮絮叨叨地說話呢！「瞎子，這房是咱們租的還是買的啊？要是租的，和誰租的啊？要是買的，和誰買的啊？今天我聽鄰居郭嬸說，這房子是官府要賣的，咱們住這裡，是不是把這兒買下來了呀？」

等了一會兒，沒聽見回答，沈曦這才明白過來，懊惱地拍了拍額頭，小聲嘀咕道：「瞧這記性，又忘了你聽不到了。」

瞎子吃飯也不知飽餓，沈曦給多少他吃多少，沈曦只吃了一小碗，剩下那大半盆的粥就進了他一個人的肚子。好傢伙，一頓飯就吃了兩個窩窩頭和好幾碗粥，且似乎還沒吃太飽，沈曦想到瞎子那袋中的米，也就將將夠再吃一頓米飯罷了，若再不去買米，就要挨餓了啊！

刷好碗筷，又草草打掃了一下環境，沈曦就出了門。

沈曦也沒問路，只走了約二十分鐘，就把這小小的鎮子給逛得差不多了。鎮子實在是太小了，一般的買賣都是獨一家。當鋪一家，藥鋪一家，客棧一家，布莊一家，木匠鋪一家……

沈曦轉到鎮子北面的時候，在路邊看到一個石碑，上面鐫刻著「西谷鎮」三個大字，這肯定就是這個鎮子的名字了。

沈曦沒心思理會各種自己看著新奇或落後的事物，只是琢磨自己應該怎麼來賺錢，畢竟家裡緊等著米下鍋呢！

沈曦一邊走，一邊仔細觀察著，直到來到了一條胡同裡。這裡面都是賣早點的、賣菜的，大概類似於後世的早市。沈曦做飯炒菜的本事還行，就留了心，看看自己能不能也賣點吃食。這個鎮子不大，早市自然也不會是大規模的，不過倒是麻雀雖小五臟俱全，什麼都有。賣餅的、賣包子的、賣饅頭的、賣菜的、賣水果的，還有賣調料的、賣醃魚蝦皮的……

沈曦來來回回地走了兩趟，終於讓她有了發現：這個早市，賣乾糧的多，沒有賣粥的，也沒有賣豆腐腦、豆漿的。要不，自己擺個攤來賣粥吧？自己最擅長煮營養粥、美容粥了！

覺得自己這個想法可行，沈曦不禁有些雀躍。前世父母留下個大公司，自己只象徵性的每天去公司坐坐就有錢收，像這種要憑自己的本事來賺錢的情況，還真是從來沒有遇到過。

等米吃飯，有這個刻不容緩的事實存在，便由不得沈曦思考太長的時間了，沈曦必須開始準備行動。

她立在原地想了想，先想好賣粥所需要的用具：一口大鍋、盛粥的桶、勺子、碗筷、擺攤用的桌椅。

沈曦在早市上詳細詢問了每件東西的賣價，然後在心中大致算了算，賣粥用的用具，最少也得二、三兩銀子。

沈曦將身上翻了個遍，只在腰帶和袖子裡發現了十幾包藥粉、幾個小瓶小罐、銅錢二十一枚，再無他物。看著這點東西，沈曦嘆了口氣，粥攤還是算了吧，自己還是另想辦法，空手套白狼吧。

沈曦把這個小鎮子從東到西、從南到北，來來回回地走了好幾遍，然後又有了一個發現，這來往的人們，買的東西全都是用繩子綁在一起拎在手上的，這個世界沒有塑膠袋！

現代的生活，買東西、去超市，就連在街邊買塊烤紅薯也得用個塑膠袋拎著呀！要是沒有這些袋子，我們的生活可是沒有這麼方便的。

塑膠的造不出來，沈曦不去考慮，她想到的，是那種放糕點的硬紙袋。紙袋不防水，用途就受了限制，可這裡有油紙，沈曦剛才在早市上就看到過，有人拿油紙包餅子的。

想到做到，沈曦三步併兩步地趕去了雜貨店。

油紙很便宜，一文錢三十小張，而那種硬硬的、像牛皮紙一樣的紙要稍貴一些，二文一大張。

沈曦買了一文錢的油紙，五張硬紙，一共用去十一文，把紙拿到手中後，沈曦才發現這根本不是後世那種意義上的「紙」，而是一種類似於硬布的東西，怪不得這麼便宜呢！又花了兩文買了針線，轉去糧店買了八文錢的白麵，這才興沖沖地回了家。

回到家後，沈曦用菜刀小心地將紙切割好了。油紙用麵糊是黏不住的，沈曦就留了寬寬的邊，先摺了兩摺，然後一正一反用針來來回回的又縫了兩遍，縫好後放水試了試，果然不漏了。油紙袋縫好後，沈曦又開始摺硬紙袋，大小是比著油紙袋摺的。這裡的硬紙沒有牛皮紙硬，沈曦用了兩層。

燒了點水，打了點麵糊，沈曦找了根筷子，將麵糊抹在硬紙袋上，把邊壓齊。硬紙袋黏好後，沈曦又將油紙袋套在硬紙袋裡邊，口上寬寬地摺了兩摺，然後用剪刀剪了個洞，再拿小硬紙條用漿糊黏在這個小洞四周，防止被繩子拽脫了。最後才找了兩條線繩，從小洞中穿過去，打好了結，一個內外兩層的油紙袋就做好了。

第一次肯定做得不美觀，不過這東西熟能生巧，沈曦第二個就做得像模像樣了。做完以後，沈曦跑到廚房，拿了根沒燒盡的木枝來，蹭蹭幾筆，畫了一隻活靈活現的兔子，她想了想，又在袋子反面畫了一個圓形的商標。

沈曦拎起來看了看，雖然比不上現代的包裝袋那樣美觀，可在這個以繩拎為主的時代，這個袋子的模樣還是十分新穎的。

還剩兩張硬紙，沈曦就又黏了一個不套油紙袋的純紙袋，前後也給畫上了簡筆畫。

將這幾個紙袋拎在手裡，沈曦還真找回了一點以前上街購物的感覺。以前這種袋子拎回家就扔垃圾桶了，哪會想到，現在自己要靠它討生活了。想到此，沈曦倒有點傷感了。

不過傷感歸傷感，想活著就得吃飯，要吃飯就得掙錢，這個規律，亙古不變。

沈曦本想現在就拎出門去推銷，可剛一邁腳，就想起了炕上還有個大活人呢！單身久了，還真不習慣有人共處一個屋簷下。沈曦放下袋子，用廚房中僅有的那捧髒不拉嘰的雜麵粉貼了幾個小餅子，仍是就著鹽醃白菜，先餵瞎子吃了後，自己也湊合著咬了幾口，填了填肚子。

草草刷了碗後，沈曦抱著她的紙袋就出門了。

帶油紙袋的，糕點店、熟食店用正合適；不帶油紙袋的，裁縫店、雜貨店用挺好的。至於要賣哪家、怎麼賣，沈曦心中早就有主張了。

沈曦走沒多遠，就來到鎮上唯一的一家糕餅鋪，叫福瑞祥。沈曦已經打聽明白了，這個福瑞祥呢，是家全國連鎖店，實力很是雄厚，就連這麼個小鎮子，也都開有分店。

福瑞祥不愧是老字號的大店鋪，就連小夥計的素質都不是一般般的，聽到沈曦找掌櫃，並沒有因為沈曦穿得不好而看不起她，而是十分熱情地搬來一把椅子，讓她先坐著等，他跑後院叫去了。

片刻工夫，一個四十多歲的男人走了進來。

這個男人長得有些瘦，不過精神很好，眼睛中那精光也是一閃一閃的，一看就知道是個心明眼亮的人。

小夥計在旁邊介紹道：「這位小姐，這是我們林掌櫃。」

沈曦趕緊站起來，端端正正地行了個禮道：「小女子見過林掌櫃。」這個行禮還是上午在街上看別的女子做，她跟著現學來的。

那林掌櫃用手虛托一下，也還禮道：「小姐不必多禮，快快請坐。」

兩人看座，夥計上茶。

林掌櫃這才問道：「這位小姐，找在下可是有事？」

沈曦道：「林掌櫃，小女子特地拿了件東西給您過目一下，如果您覺得合用，就給小女子幾個辛苦錢，若是不合用，就當小女子沒來過。」

這個林掌櫃大概沒遇到過這種當面推銷的，詫異了一下，但還是應聲道：「不知是何物？還請一觀。」

沈曦將懷中那兩個紙袋拿出來，擺到林掌櫃面前。

林掌櫃拿起來，裡外地看了看，有些不確定地問道：「這裡面能放點心？」

沈曦笑道：「我看咱們這裡的鋪面，不論買什麼都是用紙包了，用草繩繫上拎在手裡，若是買得多了，那草繩不堪重負，斷了也是常事。要是有這紙袋，就是一連放上六、七斤的點心也不會破，要拿也是方便得很。」

那林掌櫃翻來覆去地看那紙袋，思量了一會兒後道：「不知小姐這紙袋成本多少？」

沈曦道：「這不帶油紙袋的，成本不到三文，那帶油紙袋的，成本是三文。」

林掌櫃道：「如果光用油紙包，十斤點心的油紙才值一文。小姐這紙袋，成本未免太高了些。」

沈曦卻道：「掌櫃的需知，人有三六九等，能吃得起點心的，都不是在乎那一、兩文錢的人。您試想一下，若有那公子、小姐想為長輩買幾斤點心，是拿草繩拎著一串油紙包好看，還是用這紙袋拎著好看？」

聽了這話，那林掌櫃臉上就掛出笑來。「小姐還真是詼諧。不過我們這裡有盒子，一樣很好看。」

沈曦也笑道：「盒子很沈咱就不說了，抱一摞盒子和拎兩個袋子，掌櫃的您說哪個好看？哪個簡便？」

林掌櫃想了想，只得承認道：「袋子要方便一些，不過盒子要大方些。」

沈曦不禁在心裡一個勁地嘀咕他：不愧是久經商場的老狐狸，這打太極的功夫真是高超得很！

沈曦自然知道推銷不是容易的事，於是又說道：「這紙袋比那油紙盒子好的地方還有一處，掌櫃的請看，這紙袋上的畫。」

「喔？這畫難道有什麼玄機不成？」林掌櫃自然早就看到紙袋上面的畫了，也看得出那畫是極為粗糙的，不過他是有城府的人，這得罪人的話自然不會說出來。

沈曦對自己的畫功是心知肚明，人家不拆穿她，她也不捅破，於是笑道：「這紙袋上，您還可以畫上各種各樣的畫，若是成親的人家訂，您可以畫上龍鳳呈祥；若是家裡有老人做壽，您可以畫麻姑拜壽；若是學生送師長，您可以畫桃李天下；若是中秋，您畫嫦娥奔月；若是端午，您畫賽龍舟……這別人家沒有，就您這兒有，還這麼漂亮，您說您這兒的點心賣得能不快嗎？」說完這些，沈曦看到那林掌櫃盯著這紙袋的眼睛熱切了起來，顯然是動心了。

把紙袋翻過來，沈曦又加了把勁道：「林掌櫃您看這裡，這是我畫的一個粗略的標誌。福瑞祥是個老字號，又開了不少分店，認識字的人固然知道招牌上寫的『福瑞祥』三個字，那不認識字的呢？您可以向你們東家提個建議，找人畫一個標誌，然後各家分店的招牌上也都刻上這個標誌，以後不管到哪裡，走南闖北的客人一看，喲，這兒也有福瑞祥呀，這熟悉的東西最親切了，以後這福瑞祥的生意肯定更蒸蒸日上啦！」

林掌櫃的顯然對這個比較感興趣，如果能讓東家對自己有所賞識，那自己也不用待在這鳥不拉屎的地方了！想到這兒，林掌櫃終於露出了急切的模樣。「小姐，您能不能再說詳細點？要不您給再畫個樣子？小明子，趕緊的，拿筆墨來，再給這位小姐沏杯好茶來！」

筆墨拿上來後，沈曦也不客氣，畫了個圓圈，接著在裡面畫了一隻小兔子抱著塊咬了一口的月餅，還圍著圓圈寫了幾個小字：福瑞祥點心。然後推給林掌櫃，道：「就像這樣，要是你們福瑞祥哪間店的招牌上都有這個，人們一看就記住了，這個小白兔抱月餅的點心是福瑞祥的。當然了，我這肯定是不行，畫得不好看，到時候你們請名家給畫一個，那可好看多啦！」

林掌櫃笑得眼睛都瞇成一條線了，連連點頭：「小姐果真是蕙質蘭心，這點子都想得到！」

沈曦當然不忘推銷她的紙袋。「林掌櫃您看，這紙袋可不比油紙，一來油紙畫不上畫，二來油紙用完就扔，沒別的用處了。而我這個紙袋呢，用完了還可以放別的東西，再說又這麼漂亮，人們是捨不得扔掉的。您再在這紙袋上寫上您店鋪的位址，只要見過這紙袋的人，就都會知道這福瑞祥啦！」

聽了沈曦聲情並茂的推銷，林掌櫃臉上露出了喜色，不過他雖然高興，還是沒有忘形，一聽沈曦的話，立即恢復了商人本性，笑著說道：「林某對這個紙袋很感興趣，不知小姐多少錢肯割愛？」

沈曦道：「小女子久處閨中，不知米薪，若不是公婆俱喪、丈夫有病，哪裡用得著我一個婦道人家拋頭露面？若論錢財，小女子實在是不知，小女子今日孤身來此，也是聽人說福瑞祥是個老字號，童叟無欺，要不小女子哪有這個膽量來見您呢？林掌櫃的，您看著給吧，小女子也不爭價。」她這話說得漂亮，實際是以退為進，話裡的意思是：我家裡條件不好，您多給點吧！我也不怕您騙我，你們這個老字號店鋪，聲譽比錢財重要。

沈曦心裡和明鏡似的，只論這袋子，根本值不了多少錢，沈曦主打要賣的，其實是創意。沈曦已經打聽到了，這林掌櫃一直想調往京城，可惜這個小地方的小店一直沒給他機會，自己若是給了他一些有價值的點子，他自然會不吝金錢，抓住這個時機的。

林掌櫃一聽沈曦已經成親了，還愣了一下，不過他是個人精，哪能不明白沈曦的意思呢？連忙叫道：「小明子，拿二兩銀子來。」然後又向沈曦道：「夫人，若論這紙袋，實實在在給不了您這麼多錢，在下給您這麼高的價錢，還有一個不情之請，請夫人這紙袋就不要再賣給別人了，而且還請您暫時保密，不要將這紙袋之事洩漏了出去。」

「這是自然，掌櫃的您請放心。」沈曦嘴上答應著，在心裡算了一下，十七兩能在這破地方買個小房子，林掌櫃給的二兩銀子連牙縫也不夠填呀！就單論自己給他出的主意，不應該只值這麼點錢。於是沈曦又笑道：「掌櫃的，小女子這裡還有一個主意，不知您要不要聽？若是您聽了覺得好，就再多給小女子些銀子，小女子孤身養一個殘疾丈夫，現在連個落腳之地都沒有，這寒冬臘月的，更是連床棉被都買不起，不得不把銀錢看得重一些。」沈曦這話，已經透露出了她的意思：對這個價錢，我不是太滿意。

林掌櫃自然聽懂了沈曦的意思，也明白如果要拿下這些好主意，最少也得拿出一床棉被加房租的錢來。他思索片刻，覺得眼前這女子的點子還是很有新意的，就算是高價買過來也合算。憑著這主意，沒準兒自己會得到東家的賞識，把自己調去京城也說不準呢！何況聽這女子的意思，還有別的點子，他不由得開口道：「夫人對尊夫君不離不棄，志氣高潔，林某佩服。林某不是那心黑手狠之人，若夫人的主意好，在下自然不吝銀錢。」

沈曦也明白這林掌櫃聽懂了她的意思，這才笑道：「剛才小女子已經說過了，人分三六九等，什麼樣的人用什麼樣的東西。咱平頭老百姓，走親串友買點心，用油紙包一下就行了，咱主要是能吃就成。可富貴人家也用油紙包，就不那麼好看了。這紙盒包的點心，就比油紙要顯得正式了。不過，這過年過節的，總有那當官的要給上面送禮巴結，這點心就有點上不了檯面了。比如說中秋送禮，小女子想，若是月餅盒裡放上一些金筷子、金刀、金湯匙，或用那玉或金子打了盒子，再用這漂亮的紙袋一套，任誰也看不出什麼來，外人只當是尋常月餅，這送禮的送得神不知鬼不覺，收禮的也收得悄無聲息，這點心的利潤必不用說吧？」

林掌櫃聽到這兒，不禁拍手叫絕。以前過年過節送禮的，從來都是金銀珠寶當道，是輪不到他們點心鋪的，畢竟巴結上司光拎幾斤點心是不夠的。不過現在有了這主意，自家的點心肯定要大賣！這種送禮的方式，肯定會讓收禮的人十分喜歡。憑著這些主意，自己肯定能調回京城了。

林掌櫃立刻在心中拿定了主意，他哈哈大笑道：「夫人真是妙人妙想，在下佩服佩服！紋銀十兩奉上，夫人覺得如何？」

十兩？還不夠買房呢！沈曦躊躇了半天才道：「林掌櫃，不怕您笑話，我們窮得連立錐之地都沒有，還請您再添些。我說一句不中聽的話您別生氣，這錢終歸是櫃上出，出多出少和您沒關係，可這些主意要是您說出來，那您還用守在這偏僻的小地方嗎？咱這是雙贏的事，請您莫要和我一個窮婦人計較這許多。最少二十兩，不然小女子只能去別處再試試了。」

見沈曦將話說得這麼死，那林掌櫃瞇著眼睛在心中一個勁兒地打算盤，見沈曦那不急不躁的樣子，似乎他一拒絕她就會拎著東西走人，想了好久，還是回京城的心思占了上風，於是林掌櫃向裡面喊道：「小明子，給這位夫人拿二十兩銀子來！」

沈曦這才滿意地站起來，笑著向林掌櫃致謝。「多謝掌櫃的厚愛，家裡正等米下鍋，小女子不跟您客氣，就覥顏收下了。」

「這是您該得的，銀子您拿好。」小夥計拿來一托盤銀子放到桌上，林掌櫃推給了沈曦。

沈曦收下銀子，又道：「掌櫃的，您是個爽快人，小女子不會讓您這二十兩白花的。投桃報李，再送您一個點心的方子吧，保證是別的點心鋪沒有的。」

林掌櫃驚奇地看了沈曦一眼，連忙笑道：「那就多謝夫人了，夫人見識不凡，這點心必是十分美味出奇的。」

沈曦拿起筆來，蘸了點墨，在紙上寫下了蛋糕的製作方法。

前世的時候，趙譯為了充紳士風度，要求生活全盤西化，像什麼蛋糕、餅乾、蛋撻、披薩之類的食物，沈曦早就會做了。只是世事變化，沒想到那時取悅趙譯的舉動，現在竟變成了自己謀生的手段。

等沈曦寫完了，林掌櫃拿起來看了看，向沈曦道：「夫人，您這方子也有點複雜，要不這樣，您在小店稍作停留，教我們的點心師傅做一遍可好？」

沈曦想了想，這蛋糕若沒人指點，怕真有點不好做，於是同意了。

這點心鋪什麼都有，只是少了牛奶。沈曦指點著點心師傅做了一次無奶蛋糕，雖然沒有奶味，但蛋糕的鬆軟可口還是讓林掌櫃喜出望外。林掌櫃興奮之餘，還不忘讓沈曦告訴點心師傅要加多少奶，什麼時候加合適。

做完這一切，日頭已經偏西了，沈曦就向林掌櫃告辭。

林掌櫃吩咐夥計道：「小明子，你去包幾包好點心給這位夫人帶著，也讓夫人嚐嚐咱鋪子裡的點心。」

沈曦心道，這林掌櫃還真是個有原則的生意人，絕不肯多占便宜。自己說送他個方子，他就送自己一些點心，若是有機會，這樣的人倒是可以結交一下。

夥計拎了四包點心過來，沈曦道了謝就拎在手上，然後笑道：「林掌櫃，我那袋子還是有用的，您看，只用草繩拎，現在我就不得不用兩隻手拎著這四包點心了，這要是看到個熟人，連禮都行不了呢！」

林掌櫃哈哈笑道：「是有點不方便，夫人就祈求這一路上別碰上熟人吧！這袋子的主意不錯，林某過兩天就去京城給我們東家看看，我們東家是個識貨的，夫人的心思不會白費的。」

兩人邊說笑邊往外走，都快走到門口了，沈曦忽然停住腳步道：「林掌櫃，小女子還有一件事相求。若是有人問起這主意，您就說是您自己想的，千萬別提我。」

林掌櫃奇道：「這是為何？」

沈曦道：「小女子只是平頭百姓，不想多惹事端，若不是窮得走投無路，今天就是您這福瑞祥，小女子都不想進的。」

林掌櫃明白懷璧其罪的道理，這麼聰穎的女子，若是被那有心人知道了，定會搶了她去，久在商場混的林掌櫃自然明白為了錢，人心能黑到什麼程度。

「夫人您放心，您出了這個門，在下就當您沒來過。」

沈曦向林掌櫃道：「掌櫃的，多謝您厚愛，就此別過吧。」

林掌櫃笑道：「以後咱生意不談，點心還是可以買的嘛，夫人難道不想看看您的紙袋賣得好不好？」

沈曦也笑了。「定來惠顧，掌櫃的您留步。」

林掌櫃將她送到門口，兩人道別。

走在路上，沈曦摸了摸懷中的銀包，一顆心喜悅得簡直快要飛出去了，若不是怕別人投來異樣的眼光，沈曦真想放聲歌唱。銀子啊，銀子啊，自己用二十一文錢賺了二十兩，這樣賺錢的速度，絕對是暴利啊！有了銀子，自己就可以開粥攤，甚至可以開粥店，不用挨餓受凍了。

這二十兩銀子，把沈曦美的，走路差點飄起來。

到了家裡後，先把點心放桌子上，跟著把銀包放上，打開來一看，裡面是十兩一個的銀白元寶，一共兩個。看到了傳說中元寶的真正樣子，沈曦很是激動。成功的喜悅是要與人分享的，哪怕傾聽的那個人是個聾子，沈曦仍是美滋滋地向炕上的瞎子嘮叨。「瞎子、瞎子，我厲害不？用二十一文錢賺了二十兩銀子，二十兩呀！嘿嘿，瞎子，光吃肉就夠你吃上一年的。今天晚上改善生活，姊做紅燒肉給你吃！」

哼著小調，沈曦興高采烈地把一錠銀子塞到懷裡，打算去購物。臨走之前，沈曦拆開一包點心，看了看，是芙蓉糕，沈曦不愛吃這甜兮兮的東西，於是她坐到瞎子身邊，笑咪咪地往他嘴裡塞點心。「瞎子，你有多高呀？這麼坐著，我也看不出你個頭高矮。等會兒我去買棉衣，你在家乖乖聽話呀，姊給你買身新衣服穿！」瞎子平靜地吃著點心，仍是連個反應都沒有。沈曦要的也不是反應，她要的就是傾洩一下喜悅的心情，管他是不是能聽到呢。估計現在在她眼前的是隻小貓、小狗，她也會興奮地嘮叨一番。

餵瞎子吃了個半飽，又給他喝了點水，沈曦這才揣著銀子出了門。

瞎子穿的是單衣，自己穿的也是單衣，這一天跑來跑去的，沈曦覺得自己都快凍硬了，現在有錢了，實在不應虧待自己，要買身厚棉衣才對。

這個鎮子太小了，連個賣成衣的地方都沒有，沈曦進了裁縫鋪。

沈曦想買兩床新被褥、兩身新棉衣、兩身裡衣、兩身夾衣，裡衣和夾衣有現成的，不過這個裁縫鋪的棉花卻是不多了。他們店裡有一床現成的被褥，但剩下的棉花如果做一床被褥，就沒有棉花做棉衣了，如果做兩身棉衣，那就沒棉花再做一床被褥了。而且聽老闆娘說，他們本地並不產棉花，棉花要從很遠的地方運過來，所以一時半會兒到不了。

沈曦想了想，自己白天要出去掙錢，穿著夾衣肯定是不行，棉衣比較重要。至於被褥嘛，大不了讓瞎子再鋪舊的，實在不行兩人暫時先擠一擠，等棉花來了再做。

老闆娘抱出來一床被褥，裡面又包了兩身裡衣、兩身夾衣，讓沈曦三天以後來取棉衣。

冬天日短，等沈曦從裁縫店出來，天色已經黑下來了。她匆匆趕到肉鋪割了幾斤肉；又去雜貨鋪買了鹽、糖等調料，還買了一把洗澡、洗頭用的皂豆；經過木匠鋪時，又買了一個洗澡的大木桶和一個洗臉盆；最後在米糧店，買了十斤糙米、十斤大米、十斤蕎麵、十斤白麵和一罐子的油。桶和米麵是大物件，店裡都會送貨的，店裡的夥計就扛著東西跟在沈曦後面。

到家的時候，天已經全黑了，沈曦讓夥計們把東西放到了廚房，他們走後，沈曦就回了房間去看了眼瞎子，剛往屋裡一站，直覺得冷風嗖嗖，沈曦一抬頭，這才發現窗戶上的紙都是破的，若再這樣過一宿，怕是會凍死。於是她又跑了一次雜貨店，和夥計問明白後，買來了一種特殊的紙，雖然夥計說這也是油紙，但很明顯的，這個和沈曦買來做紙袋的油紙不是一樣的。但現在不是較真的時候，沈曦趕緊跑回了家，聽夥計的，用麵糊糊窗紙。到家後，天已經黑了，沈曦又悲催地發現家裡沒有照明的東西，然後她只得又跑了一趟雜貨鋪，買來了油燈一盞、燈油一瓶。

就著昏黃的油燈，沈曦先打了點麵糊，上午打的已經凍上不能用了，只得重新再打了點。然後趁著麵糊還熱，沈曦踩著凳子把窗戶給糊上了。

糊完窗戶，天已經黑得很，沈曦趕緊打來水洗肉、切肉，把肉切成小塊，這才點起火，放水刷鍋。放了一瓢水，燒開後把肉倒進去煮開，撇了浮沫，把肉撈出。再重新刷乾淨鍋，等鍋燒乾，放入清水，想往裡面放糖熬糖色的時候，問題出現了。

她買糖的時候也沒細看，只看見是白色的，還以為是白糖或冰糖呢，現在一看才知道，敢情這糖是像飴糖一樣的東西？沈曦捏了捏，硬邦邦的，根本沒有後世的飴糖軟。這樣的糖，做紅燒肉肯定是不行的，沈曦只得臨時改轍，把肉給燉了。

肉燉上了，還得做飯呢，可惜就一個鍋，雖然屋子裡還有一個爐子，可沈曦知道自己生爐子的技術不行，怕是點不著。沈曦靈機一動，想起以前吃過的鐵鍋黃花魚貼餅子，自己這個也是鐵鍋，也在鍋沿上貼一圈餅子不行嗎？行不行試試看吧！這裡白麵、大米很貴，沈曦怕浪費糧食，就和了點蕎麥麵。等肉鍋燒開了，火能小一點的時候，她才小心翼翼地將餅子貼到了鍋邊上，效果還行，一個也沒掉進鍋裡去，全黏在鍋沿上了。

鐵鍋燉肉貼餅子的實驗還是很成功的。肉嚐起來味道不錯，除了有幾個餅子糊了點，還真沒別的大毛病。

飯做完後，沈曦把鍋刷乾淨，怕鍋裡殘留下油，還抓了兩把鹼粉，把鍋刷得乾乾淨淨，一點油花也沒有了，這才拎了兩桶水倒在鍋中，等著一會兒吃完飯了洗個澡。

等把飯端到屋裡，沈曦才發現自己又忘了買桌子，無奈，只得又擺在炕上了，然後裝了一碗肉，拿了雙筷子遞給瞎子。「瞎子，姊給你燉的肉，快嚐嚐香不香？本來想做紅燒肉，可你們這個破地方竟然連糖也沒有，紅燒肉沒糖可做不成。這破地方，也太落後了……」沈曦一邊碎碎唸，一邊讓瞎子左手拿碗、右手拿筷子，拿了塊餅子讓他咬一口，又放到他碗裡，幫他用筷子碰了碰。瞎子領悟力很好，一口餅子、一口肉，吃得很香。

割肉的時候聽肉鋪老闆說，這個世道肥肉比瘦肉要值錢，因為大家肚子裡都沒有什麼油水，所以都喜歡吃香香的肥肉。沈曦是吃不慣肥肉的，她把瘦肉尖都擰下來吃了，肥肉都送進了瞎子碗裡，瞎子照樣吃得很香。沈曦不好意思地嘀嘀咕咕道：「瞎子瞎子，我吃瘦的你吃肥的，我可不是欺負你啊，是肉鋪老闆說的，大家都愛吃肥肉，我這也是給你加營養啊加營養……」瞎子似乎很久沒吃過肉了，狼吞虎嚥，吃得很快。

在沈曦的嘮叨中，半盆子肉、十來個貼餅子，被兩人消滅一空，當然，主要戰鬥力是瞎子。

吃完飯，沈曦又倒了碗水來，給瞎子喝了。瞎子無事，仍是呆坐在炕上。沈曦把碗刷了，又把炕蓆用抹布擦了一遍，然後將瞎子牽到炕沿，把他身下的破行李捲起來扔到了院子裡，把炕蓆都擦乾淨了，這才將那床新被褥鋪好。

雖然說冬天冷，特別是屋子裡還沒有暖氣，可沈曦實在是受不了髒了，這澡是必須要洗的，要不然怎麼對得起自己的新被褥、新衣服呀！今天燉肉燒了不少火，炕上熱得很，這熱炕大概也能散熱，屋裡倒不是冷得伸不開手。

將洗澡用的大木桶刷乾淨後，沈曦吃力地搬到屋裡，將熱水用桶子拎過來倒進大木桶裡，試好水溫後，上炕去拽瞎子。「瞎子，洗澡了、洗澡了！我新買的被褥，可別給我弄髒了。」瞎子自然是聽不到她說什麼，不過仍是順從了她的力道，隨她下了炕。沈曦拉著他來到桶邊，讓他摸摸桶沿，又讓他用手摸了摸桶裡的水，意思是告訴他要洗澡。瞎子大概沒明白，只是彎下身去洗了兩把臉。沈曦也不是個好耐性的，心道反正兩人是夫妻，還避諱什麼啊？三兩下就把瞎子的衣服給扒下來了。瞎子大概沒想到有人會生猛到直接扒他衣服，還怔了一下，不過他聽話的沒有反抗。沈曦才不管他心裡想什麼呢，抬起瞎子的一條腿搬進了大木桶裡，瞎子另一條腿便跟上，乖乖地坐到了桶裡。

沈曦是結過婚的人，對男人的身體已經不陌生了，不過讓她沒想到的是，瞎子的身材還真不錯，她用手指戳了戳瞎子的胸口，輕佻地吹了個口哨，笑嘻嘻道：「瘦是瘦，全是筋骨肉，瞎子，你身材不錯喔！」說完後，自覺像個女流氓似的，不由得嘿嘿地笑了幾聲。幸好瞎子聽不到！

瞎子自己往身上撩著水，沈曦拿來皂豆幫他洗頭，淡淡的清香在房間中瀰漫開來，沈曦一邊給瞎子洗頭，一邊瞎嘮叨。「這玩意兒也不知道是用什麼做的，頭髮是能洗乾淨，不過不夠滑，還是沒洗髮精方便。洗髮精怎麼做來著？唉，可惜我不會做，要不這都是錢哪！錢哪！」一提到錢，沈曦就恨自己恨得不行。上輩子怎麼就不學著做點東西呢？要是自己什麼都會，光賣配方就夠吃一輩子的了，可恨自己上輩子為了伺候好趙譯那個混蛋，光圍著廚房打轉了。

想到趙譯沈曦就來氣，手上的力道也就大了不少，嚓嚓嚓，搓得瞎子的頭髮差點冒出火星子來，把瞎子疼得直皺眉。洗完頭又幫瞎子擦背，瞎子也不知多久沒洗澡了，身上髒得很，洗曦使勁一搓，那髒泥就唰唰地往下掉，洗澡水一會兒就有點混濁了。沈曦從來沒見過這麼髒的人，不由得驚嘆道：「瞎子，你這輩子就沒洗過澡吧？這水往外一潑，潑水那地兒三年都不用施肥了吧！」瞎子聽不到，自然不可能給她任何回應，所以，還是只有沈曦一個人在那邊大驚小怪。

等把瞎子身上搓乾淨了，用手巾幫瞎子擦身子的時候，沈曦這才發現瞎子那露出了本來面目的身體上有不少傷疤，特別是胸膛上，有一大條傷疤紫紅紫紅的，從左胸橫到了右腹，那傷痕足有兩根筷子長。別的地方，大大小小的傷疤更是數不勝數。

「呀！瞎子，你身上怎麼這麼多傷呀？」沈曦驚叫道。驚完了才後知後覺地想起瞎子聽不到，於是又習慣性的自言自語道：「就你這身帶殘疾的，肯定不招人待見，從小到大吃了不少苦吧？沒事沒事，現在有我了，咱們好歹也是夫妻，我肯定不會欺負你的！」瞎子依舊是無聲又無語。

沈曦拿來雪白的裡衣，幫瞎子穿好，讓他鑽進新被窩，然後悲催地發現，沒有枕頭。沈曦去外面扔掉的破被褥裡翻了翻，也沒發現枕頭，無奈之下，只好將自己還算乾淨的外衣脫下來，揉成一團，讓瞎子將頭放在上面，自己拿手巾幫瞎子擦頭髮，待那長長的頭髮半乾後，這才下去將桶裡的髒水倒了。又去廚房拎了熱水來，這次沈曦自己跳進了大木桶裡。

這裡的木桶沒有電視裡演的那麼高，進去洗個澡還要踩凳子，搞不好一個滑倒就會淹死在裡面。沈曦買來的這個木桶比那個矮多了，大概是將將夠一個成年人邁進去的高度吧。

沈曦洗完澡，也換上了新裡衣，感覺是神清氣爽。

待頭髮乾得差不多了，沈曦「噗」的一口吹熄了油燈，趕緊鑽進了被窩。瞎子早就把被窩暖過來了，沈曦一進被窩，被褥就都是暖和的。再也不用受凍了，沈曦感覺自己這個幸福啊，只差流點激動的淚水了。

躺了一會兒，枕慣了枕頭的沈曦總覺得腦袋空得慌，有心再找點什麼墊在下面，又嫌外面冷，想到旁邊有個現成的「丈夫」，不用白不用，沈曦便將瞎子的胳膊抻過來枕在腦袋底下——嘿嘿，高度將將好！沈曦帶著滿意的笑，不一會兒就睡著了。

第二章

第二天早晨醒來的時候，沈曦不意外地發現自己整個人都縮到了瞎子懷中。以前和趙譯睡的時候，也總是這樣，她都習慣了。雖然現在身邊換了一個男人，不過沈曦也沒有害羞，反正這兩個身體是夫妻，有什麼不好意思的呀！

早晨沈曦煮了點粥，用昨晚留下來的肉炒了點白菜，然後白菜吃完了，柴也燒完了。

吃罷早飯，盥洗完了，沈曦又去了昨天發現的那個早市胡同。先買了點蘿蔔、白菜之類的青菜，又買了兩擔柴，還買了兩筐煤，打算學學生爐子。畢竟煤抗燒，不用一會兒就添柴，而且屋裡生爐子，屋中也能暖和點。讓賣柴的、賣煤的將東西送到家後，沈曦又回了那早市胡同。這一次，她是來找房屋的，看看這附近有沒有人租房或賣房。

轉了一圈，結果相當不理想，古人也是有商業意識的，所有挨著早市的房子，早就住得滿滿的了。稍微偏一點的地方，房價又有些高，不太划算。沈曦想了想，還不如在現在住的地方住呢，好在離這裡也不是太遠，自己去訂個小推車，每天做好的粥推過來就行了。

粥店還是別想了，昨天買完被褥、棉衣，再經過昨天一天的採購，自己手中的銀子並不是太多了。房子的問題還沒解決呢，桌椅板凳也還沒買呢！況且這粥攤支起來，別的都好說，只是這擺攤用的桌椅死沈死沈的，要每天運來運去，那豈不是要麻煩死？還有，喝粥用的碗，每個客人用完了就必須要刷，這刷碗的水從哪兒來？而且如果生意忙，自己哪有工夫刷碗？如果僱人的話，這都得用錢呀！

怪不得沒人賣粥呢，想來必然是覺得太麻煩，哪像賣饅頭、賣餅的，只拎個籃子就行了。

不過，作為一個生意人，雖然是個偽生意人，沈曦還是有點眼光的。越是麻煩的、越沒人願做的生意，通常就意味著商機。

沈曦不是一個怕困難的人，有問題，解決問題就好了。

沈曦把這條早市胡同又挨家挨戶地觀察了一遍，找了一個只有老夫妻兩個人的人家，以每個月一百文錢的價格，將桌椅板凳放在他們的院子一角裡，還可以從他們院中的井裡打水刷碗用。那個已經白髮蒼蒼的孫大爺還說要給支個棚子，免得桌椅被雨淋壞了，沈曦自然是連聲道謝。

最麻煩的問題解決了，沈曦立刻著手準備別的東西。

沈曦去了木匠鋪，和木匠師傅探討了半天，才勉強商定了一輛獨輪車、兩個粥桶。這獨輪車的樣式，還是沈曦去旅遊時看見的，現在正好拿來套用一下。對於獨輪車的設計，木匠師傅十分喜歡，沈曦看出來後，免不得又是一番討價還價，最後和木匠師傅商定的結果是：木匠師傅不收沈曦的車錢和桶錢，沈曦要將圖紙送給他，以後不要再賣給別人。

至於桌椅板凳，木匠師傅叫她不用買新的，去當鋪淘換幾件舊的，比買新的要便宜。到現在沈曦才知道了，原來當鋪還做舊貨生意。不過想想也是，那些死當的東西，不賣難道放著發霉嗎？

沈曦只得去了當鋪，說是買舊貨，當鋪掌櫃十分熱情地接待了沈曦，然後招呼了一個小夥計，帶沈曦去了後院。後院中，果然擺滿了各式各樣的東西，新的舊的都有，沈曦選了半天，選了四張桌子、十六條長凳、二十個粗瓷大碗、十來個小碟子、幾個小瓷碗，掌櫃的友情贈送了兩把筷子，而且在這裡，沈曦還找到了一個類似於蒸鍋的東西，小夥計說是在爐子上用的鍋。由於是舊貨，價錢很便宜，這些東西加在一起，一共花去了沈曦不到一兩多的銀子。

沈曦買的東西很笨重，但當鋪不管送貨，沈曦只得又僱了輛車，把這些東西運去了早市胡同的孫大爺家。

賣粥用的東西都齊全了，沈曦看了看天空，見太陽還未正午呢，就又轉了出去。

這一次，沈曦是去了縣衙。

沈曦沒有忘記郭嬸說過的話，她和瞎子住的那房子是要官賣的，她雖然不知道這個身體和瞎子是怎麼住到那裡的，不過總覺得照他們那貧窮的樣子，十有八九是偷住的。若不想被官府緝拿，那房子還是買下來比較好。

來到縣衙，沈曦打聽清了這負責房產買賣的辦公室在哪裡，就直接去了。負責這事的公務員是一個姓王的書吏。沈曦也是長了心眼，沒有直接說要買她現在住的房子，只說看看官賣的房子有幾處。王書吏拿來個本子，沈曦見上面登記的官賣房產一共有五處，最便宜的就是她現在居住的那兩間破房了，上面注明的官價確實如郭嬸所說，是十七兩。

沈曦前世也是在商場上混過的人物，自然知道政府的生意水分可大得很，於是使出前世在生意場上和政治人物打交道的手腕，試試在這個社會能不能見效。見左右無人，沈曦便湊到王書吏面前，壓低了聲音道：「王大人，這房價還能便宜幾兩嗎？」

自古官吏哪有清的？王書吏微微一笑，裝模作樣地拿喬道：「官價如此，恐怕是不太好改。」

沈曦低低道：「若大人成全，小女子有謝儀奉上。」王書吏拿來一張紙，在上面寫明了是哪處房子，然後在價格處填了個十兩，微笑著看向沈曦。

沈曦一看，這政府果然腐敗呀，明明十七兩，原來十兩銀子就能賣呀！沈曦不由得笑道：「謝謝大人成全。大人，能不能再少一點？小女子的錢還差一點點。」說罷，拿了五兩塞進了王書吏的袖子裡。

那王書吏見沈曦竟然給了他五兩的謝錢，不由得愣了下，然後意味深長地看了沈曦一眼，另拿了一張紙，大筆一揮，將十兩就改成了五兩，邊寫邊道：「我這人就是個『小人』脾氣，別人若是對不起我，我要百倍奉還回去；若是對得起我，我也絕對不會虧待了人家。」竟然才十兩銀子就把那房子買下來了，沈曦高興壞了，對著王書吏行了個大禮，連聲道謝。

紙寫了一半，王書吏問道：「小娘子，妳家籍貫是哪裡？可帶了原本的戶籍過來？」

沈曦根本不知道什麼是戶籍，不會是戶口名簿吧？這年頭已經有戶口名簿了？心思一轉，她心中就有了主意。「王大人，實話跟您說吧，小女子根本不知道我家原籍是哪裡。小女子在娘家時，只在村裡打轉，只知道村子叫靠山屯，連鎮上都沒去過。家裡窮，哥哥娶不上媳婦，爹娘就拿我和人家換了親。爹娘把我關在馬車裡，走了三天兩宿才到了這裡，我連這裡離家多遠都不知道。我丈夫家父母雙亡，丈夫又是個殘疾，連話都不會說。在我們成親第三日，族裡有人霸占了我們的房子，連夜將我和丈夫趕了出來，要不是我丈夫心裡明白，早早藏了幾兩銀子，我們夫妻早就淪落街頭了。大人說的戶籍是什麼，小女子當真是不知道。」說罷，沈曦還擠出了幾滴眼淚。

大概是覺得沈曦可憐吧，也有可能是看在那五兩銀子的分上，那王書吏沈思片刻後道：「小娘子，妳再給我二兩銀子，我找一個無兒無女、剛死還未消戶的戶籍幫妳掛一下，不過這樣的話，妳和妳丈夫必須有一個人要改姓了。若把妳改成女兒，那妳丈夫就是入贅；若是改成兒子，那妳丈夫就得改個姓。」

沈曦聽了個大致明白，這王書吏應該是要鑽法律的空子了。不過二兩銀子買個戶籍，她當然是樂意的了，在後世做黑戶都有諸多不便，更別說這個階級森嚴的社會了，沈曦可不想被官府抓了去。

沈曦想了想，反正也不知道瞎子叫什麼，不如改他的吧，於是道：「改我丈夫的吧。」

那書吏拿來一個本子，在本子上找了找道：「就這個吧，七十歲的賈柱。妳丈夫叫什麼？我改個姓就行了。」

沈曦一聽姓賈，就想起《紅樓夢》上那有名的對聯「假作真時真亦假，無為有處有還無」來了，於是張嘴道：「那就叫賈如真吧。」

王書吏一笑，就在那卡片上工工整整地寫下了「賈如真」三個字。

「那妳呢？可還有孩子？」

「我叫沈曦，沒有孩子。」然後沈曦眼睜睜地看著那王書吏寫下：賈沈氏西。

賈沈氏……西……這麼醒目的稱呼，讓新出爐的賈沈氏西風中凌亂了……

攥著嶄新的房契和戶籍卡，沈曦喜孜孜地回了家。回到家後，趕緊找了張油紙，將這兩樣東西嚴嚴實實地包裹起來，然後找了一個空瓷罐放了進去，蓋上蓋子後還用泥巴把罐子口給糊起來了。糊完後，她把這個小瓷罐放到了廚房一個暗暗的角落，旁邊又放了兩個破罈子。最危險的地方就是最安全的地方嘛，就算真來賊了，也不會認為這個破鹹菜罐裡會藏著值錢的東西吧？何況這東西，就是自己在這個世界上的證明和財產了，可是丟不得的，也不能讓耗子給咬了去，那個王書吏說補辦可是麻煩的事呢！

把東西藏好後，沈曦心道以後就在這兒定居了，這鄰里的關係可要搞好了，特別是那個熱心腸的郭嬸，自己應該好好去謝謝她。想到這兒，沈曦梳洗得整整齊齊的，拎了一包點心就去郭嬸家了。在郭嬸家待了好長一會兒時間，兩人相談甚歡，建立了良好的八卦關係。從郭嬸的閒話中，沈曦對左鄰右舍也有了一個初步的認識，不過沈曦暫時沒有去拜訪，她還有事情要忙，這事以後再說吧！

下午的時候，沈曦沒有出門，而是將這個已經可以稱為「家」的房子、院子進行了一次全面性的清掃和整理。沒用的東西該扔的扔，有用的東西都歸置得整整齊齊的。房間和廚房她也收拾得乾乾淨淨的，就連房頂的蜘蛛網也都讓她踩著凳子一掃而光。

接下來兩天，沈曦只是在擺弄家裡，缺什麼就補充點什麼，慢慢地，這所陳舊的房子，在沈曦的整理下，煥發出了點點生機。

到第四天頭上，沈曦去裁縫鋪取來了新棉衣，摸著鬆軟的棉衣，沈曦幸福得直想流淚，這幾天可把她凍慘了，連手指頭都快生凍瘡了。這裡的冬天，賊拉拉的冷，比後世那可是冷多了。

沈曦穿上棉衣，怕把棉衣弄髒了，就又將單衣套在了外面，不用照鏡子也知道圓鼓鼓的樣子肯定不好看，不過在快被凍死的情況下，她還是很實在的要溫度不要風度了。

瞎子的新棉衣也是一件棉衣一件棉褲，沈曦替他穿上後，將那件單衣也替他套上了。女子的單衣是上衫下裙，男子的單衣是一件長褂。瞎子的棉衣做得很合身，加上他長得瘦，這棉衣在他身上一點也不顯臃腫，現在這長褂一穿，更是顯出一種安靜沈穩的氣質來了。

沈曦笑咪咪地圍著瞎子看了好久，著實過足了眼癮。

穿暖和了，沈曦又去木匠鋪取來了獨輪車和粥桶，還去孫大爺家取回了蒸鍋，到了此時，開粥攤的一切準備工作基本就緒，從明天開始，她的粥攤就可以開張了。

吃罷晚飯，沈曦把米洗淨，將米泡到桶裡，準備第二天早晨煮。又把自己醃的蘿蔔鹹菜拿出來，揀了一根嚐嚐，已經可以吃了。把這些弄好後，沈曦還幹了一件事，就是把屋裡的爐坑給清出來。既然是有煤，那這爐子可就有大用處了，可以在半夜的時候添上一鍬煤，把粥鍋安在上面，這樣就不用沈曦辛辛苦苦地去燒大灶了！

半夜時分，沈曦還真就醒了，點著昏黃的油燈，下炕去生爐子。柴呀煤呀什麼的，她臨睡前就準備好了，只要點著了就行了。

但沈曦千想萬想也沒想到，這爐子可沒大灶好點，只那麼丁點大的灶膛，放那麼點柴把煤引著了，一點經驗都沒有的沈曦就是辦不到，雖然白天的時候她請教過了郭嬸，可理論是理論、實踐是實踐啊！過了好一會兒，火還是沒點著，反倒是嗆了一屋子煙，就連炕上的瞎子都被嗆得連聲咳嗽。

沈曦氣了個夠嗆，自己一個勁兒地發狠道：「我還就不信了，我點不著你這個破爐子！暈死，大不了我不燒煤了，光燒木柴，我看你著不著！」沈曦把門打開，凜冽的風一會兒就把濃煙帶走了，相對地，也帶走了屋中的熱氣，把沈曦凍得激靈靈地打了個冷顫。不過沈曦是個不願服輸的人，頂著冷風，她跑進廚房，又抓來點柴，開始繼續奮戰。

經過半個小時的奮鬥，沈曦終於把爐火生上了！總結前幾次的經驗，這次她在木柴燒得正旺的時候放了點大塊的煤，謝天謝地，這次的煤終於著了。沈曦抹了抹頭上的汗，連忙把那一大蒸鍋的水和米安到了爐子上，慢慢地，屋子裡的煙全都散去了，熱氣也慢慢蒸騰了回來，可沈曦一點也睡不著了，她心裡惦記著爐子，一會兒就下去看看用不用添煤，一會兒又下去勾勾爐子裡的煤，反正這半宿，她就沒怎麼睡，光折騰了。不過唯一值得讓她欣慰的是，等到天濛濛亮的時候，粥終於能吃了！

沈曦先將粥桶綁在獨輪車上，再將粥倒入粥桶中，蓋好蓋子，把放鹹菜的小盆帶上，這就推著獨輪車出了門。

因為是第一天，沈曦不知道煮多少粥合適，為免浪費，就煮得少了些，這推車推起來不重，不過獨輪車的平衡不太好掌握，沈曦使著全身的力氣，左右防備，還是差點翻了車。

由於這時候的人起得都早，沈曦到了早市上的時候，已經有好多人擺上攤了。沈曦緊走幾步趕到孫大爺家門口，卻見孫大爺早就把她的桌椅擺好了，老人家正坐在門檻上看著呢，大概是怕有人偷走條凳子什麼的。

感動於孫大爺的熱心腸，沈曦遠遠地就打著招呼。「孫大爺，您可真早！」

孫大爺站起來笑道：「沈丫頭，不早啦，是妳來得太晚啦！妳看看，人家可都擺上了，做生意可是不能偷懶的。」說罷，動手幫沈曦將粥桶抬下來，放到事先準備好的案板上。

「謝謝您老的教誨，明天我會再早點來的。」沈曦把粥和鹹菜放好，一邊往外擺碗筷，一邊和孫大爺閒聊。

孫大爺道：「做生意就得吆喝，妳不吆喝，光和我說閒話，能招來人呀？趕緊喊！」

沈曦也不扭捏，放開嗓子吆喝道：「熱騰騰的八寶粥！三文錢一碗，奉送鹹菜一碟，還有座位坐，要喝的請早呀！」連著吆喝了好幾遍，直到第一個顧客上門，她才住了嘴。

第一位顧客是個穿著講究的老先生，不過衣服雖好卻很舊，有的地方磨得都起毛邊了，看樣子是個落魄的地主。他走過來看了看，慢條斯理地問：「這粥是甜的是鹹的？」

沈曦道：「這八寶粥裡面都沒加，您要是吃甜的，就給您加一勺糖，不過加糖得加一個錢，這糖可是太貴了；您要是吃鹹的，我這裡免費奉送鹹菜一碟。您吃什麼樣的？」這個世界的糖其實並不是只有「飴糖」一種，上次沈曦說買白糖，小夥計自然就以為她要買的是白色的「飴糖」。因為另外一種叫沙糖的糖是黃色的。沙糖和白糖差不多，不過沒有白糖純，顏色也是黃色的，這一次沈曦買來的就是這種沙糖。

那老先生淡淡道：「來碗鹹的，給我找副乾淨的碗筷。」

沈曦答應一聲，連忙盛了一碗粥放到桌子上，然後挾了幾筷鹹菜放到小碟子裡，端到老先生面前，笑咪咪道：「老先生您慢用。」

那老先生摸出四個錢扔給了沈曦，沈曦拿了三枚，又遞給老先生一枚道：「三個錢就夠啦，您多給了一個。」

那老先生「哼」了一聲，一臉的不耐道：「這都不懂？剩下那個是賞妳的！」

這下沈曦可愣住了，「賞」這個字她只在電視裡看到過，現實生活中可真沒有遇到過，因為那個社會沒有誰比誰高人一等，即使那處於高位的，也不敢對下級說一個「賞」字啊！不過沈曦很快就回過神來了，這可是一個階級森嚴的封建社會，自己處於這社會的最底層，這個字以後怕是會經常用到。一想到這裡，她臉上又掛上了笑容，學著電視裡的樣子回道：「那小女子就謝謝您老人家啦！」

她還未轉身走呢，那老先生又沈聲問道：「妳還未成親？一個姑娘家怎好出來拋頭露面？妳家大人呢？」

沈曦心道：你問這個做什麼？我結不結婚和你喝粥有啥關係呀？心裡腹誹著，面上她仍恭敬地回答道：「小女子已經不是姑娘，成親一個多月了。」

那老人卻是臉一沈，連說話的語氣都加重了。「胡鬧！成親了還敢自稱『小女子』，妳家裡公婆是怎麼管教妳的？」

沈曦心裡咯噔一下，這個稱呼不會有什麼問題吧？她可是和街上的女子學來的，而且和林掌櫃說話時也是用的小女子，他也沒說什麼呀！沈曦連忙請教道：「老先生，這稱呼可有不妥？我還未入門時公婆已去，只有我和丈夫兩人相依為命，家裡也沒什麼長輩。我有什麼不妥的地方，還請您不吝賜教。」

一聽到沈曦這樣說，那老先生才斂了怒容道：「既然無人管教，這也怪不得妳。妳以後要謹記，未婚的姑娘可以自稱『小女子』，這成了親的，人前要自稱『小婦人』。要不然自稱為『奴』、『奴家』也行，這個稱呼成親前後都可以用。妳千萬莫要再說錯了。」

奴？奴家？還是算了吧，沈曦還真叫不出來。沈曦暗暗嘆了口氣，只得說道：「小婦人知道了，多謝您老的指點。」小婦人……怎麼這麼彆扭啊？

那老先生見沈曦改了，便揮揮手道：「下去吧，我要用膳了。」

沈曦聽命地回到粥桶前面，粥桶前已經擠了好幾個人，有個快嘴的道：「那老頭是李秀才，以前他家可是家財萬貫哪，這李秀才就知道吟詩畫畫，家中光出不入，把這個家給敗了個七七八八，家中都快沒餘糧了還總愛裝闊，買什麼都給個賞錢。給妳了吧？」

八卦無處不在啊！看來這古今中外，只要是人，都有一顆熊熊燃燒著的八卦之心啊！沈曦一邊和眾人說著話聊著天，手底卻一點兒也沒慢，一碗一碗的粥就邊盛出去了。

在一堆賣餅、賣饅頭的中間賣粥，沈曦早就料到這生意肯定不錯，不過她沒料到會這麼不錯，這來喝粥的人從她擺上攤起就沒斷過，那二十個大碗根本不夠用，還是孫大爺看不過去了，讓孫大娘把他們家的碗都拿來了，還端來一大盆水，叫孫大娘幫忙洗碗。要不是有老倆口幫忙，沈曦還真忙不過來。

大概早晨八、九點左右，粥就賣完了，沈曦在孫大娘的幫助下，把碗洗乾淨了，把桌椅也搬回了院子裡。沈曦對老倆口是滿口的感謝，老倆口卻擺擺手，說閒著也是閒著，就當是鍛鍊筋骨了。

沈曦惦記著家裡的瞎子，客氣了一番，就推著小推車告辭了。臨回家前，還不忘買了幾個饅頭和一大塊豬頭肉。

回到家中，沈曦先去看瞎子，瞎子已經穿好衣服坐到炕頭上了。沈曦先把饅頭和豬頭肉一塊塊餵給瞎子，自己也將就著吃了一個饅頭，揀了兩塊瘦肉，早飯就算對付過去了。

剛一吃完，沈曦立即去翻錢袋。拎著沈甸甸的一袋銅錢，不論多少，僅這分量就足夠沈曦開心的了。這可是她累死累活親手賺來的啊，和以前在辦公室坐等收錢那可絕對是兩碼子事呀！

沈曦眉開眼笑的數著銅錢，那興奮勁一點也不亞於剛掙到一百兩銀子般。一個、兩個、三個……一直數到了二百四十六個，數完後，沈曦一下子就蔫了。才二百四十六文，去掉成本八十文，自己掙的這點錢，竟然才是一兩銀子的十分之一左右。要想用這種方式掙到一百兩，沈曦算了算，自己得掙兩、三年。

不過沈曦也不氣餒，相比起賣餅的、賣饅頭的，自己恐怕還是掙得多的呢！何況這裡的糙米、雜麵，不過十來文一斤；大米、白麵要貴一些，要五、六十文一斤，自己要養活一個瞎子，還是養得起的。

沈曦昨晚半宿沒睡好，今天早晨又累得很，現在吃飽了，那股睏勁兒就上來了。她把錢藏好，把院門也關了，就爬上了炕，鑽進了被窩，不一會兒工夫就沈沈睡去了……

瞎子安靜得很，自然不會去打擾沈曦，沈曦這覺就睡得格外的綿長。等她醒過來的時候，太陽已經爬過正午了。

沈曦疊好被褥，見瞎子還在炕頭上坐著呢，不由得嘀咕道：「天天坐著，你屁股不疼啊？再說了，這一動也不動的，對身體也不好啊！你應該多出去走走，曬曬太陽。唉，算啦算啦，這大冷天的，別再把你凍著了，這個破地方缺針少藥的，再有個好歹可怎麼好，你還是在屋裡貓著吧！」雖然知道瞎子聽不見，不過這屋子裡若沒個人聲，未免也太清靜了。從上輩子趙譯搬走以後，沈曦就養成了這自言自語的毛病，因為有時候，房子空寂寂的，實在是太嚇人了。

想起了趙譯，沈曦心下一黯，趙譯是她心底的傷，是她不願再相信愛情的鐵證。愛得再深有什麼用？當愛情逝去後，相愛的那個人終究會拋下自己，獨自離開的。這個世上，從來就沒有天長地久的愛情。還是咱老祖宗聰明，知道愛情靠不住，就讓後代們盲婚啞嫁，讓那騙死人的愛情統統去見鬼吧！何況這樣子效果似乎還不錯，古代離婚率那麼低不就是個很好的證明嗎？就拿這具身體的主人來說，丈夫雖然又聾又瞎又啞，雖然對丈夫似乎不怎麼好，不過也沒拋棄他不是嗎？這要是擱在現代，女的早跟人跑了！

沈曦也知道自己這是謬論，不過看著安靜的瞎子，沈曦忽然就覺得這樣也不錯，雖然這個男人又聾又瞎又啞，和自己又沒什麼感情，不過最起碼，他不會像趙譯一樣離開自己，也不會像趙譯那樣在她心上悄悄地捅刀子，如果自己願意，他會一直一直陪在自己身邊，自己這一世，永遠不會再是一個人，永遠不會再孤獨了。

沒感情怎麼了？沒感情也照樣能過一輩子。他養不了自己，沒關係，自己有手有腳，自己養他。有個永遠不會背叛自己的人陪在左右，不也是挺好的嗎？

對於生爐子，由於已經有過痛苦的經驗了，所以沈曦是記憶深刻。再一次生的時候，她沒怎麼費勁就把爐子給點上了，知道煤很耐燒，只爬起來添了一次煤，這一宿，倒沒怎麼缺眠。

瞎子雖然看不見、聽不見，但睡覺很是警醒，沈曦動一動他都會醒，只不過他不動彈、不起身罷了，而且對於沈曦半夜三更帶著一身涼氣鑽進被窩的行為，他也如同個木頭人一樣，不理不睬，沒有任何反應。

經過昨天一天，早市上不少人都知道來了個賣粥的，能在那兒坐著吃粥，還能吃到免費的鹹菜，所以沈曦的生意比昨天更好，幸好沈曦煮的粥也比昨天多。

照樣是忙碌的一個早晨，孫家老倆口照樣來幫她的忙。沈曦實在是過意不去，在賣完粥後，特意和老倆口談了談，老倆口每天幫沈曦端個粥、刷個碗的，沈曦一天給他們十五文錢。別看這十五文錢不多，一個月下來也差不多有半兩銀子呢！這個工資，沈曦給得不算低，就算是店裡僱的大夥計，一天也就十來文，小夥計兩、三文的都有，何況沈曦這兒連半天的工都沒有。孫家老倆口自然是推卻，只說幫幫忙就可以，不過沈曦已經打聽到了他們沒有兒子，兩個女兒已經出嫁，平時只靠女兒接濟度日，過得十分艱難，因此她更不願占兩個老人的便宜。

就這樣，沈曦的生活算是安定了下來。上午賣粥，下午或打掃環境衛生，或去鄰里家串串門。在這裡住過一段時間之後，沈曦很快就和鄰居們混熟了。

沈曦家左邊，是一家高姓老夫妻，帶著兩個孫女生活。老倆口性子有點古怪，沈曦前去拜訪的時候，不歡迎不說，還用防賊一樣的眼光防備著沈曦，搞得沈曦十分不自在，說了幾句客套話後，就趕緊告辭了。後來她和郭嬸說起這件事，郭嬸說那老倆口有點錢，就覺得誰都惦記著他們的錢，加上兒子不在家，整天疑神疑鬼的，怕有人偷他們的錢。他們家整天都閂著門，從來不和別人走動。沈曦聽了這事，自然就再也不登門了。

沈曦家右鄰是一戶姓張的人家，有六口人，老倆口加兩個兒子、一個媳婦、一個四歲的孫子。這張老頭一家倒是和氣得很，特別是他們家的媳婦翠姑，直爽大方，和沈曦很對脾氣。來往幾次後，兩人就姊妹相稱，混得很熟了。

其他附近的人家，沈曦也都一一拜訪了，不過是隨便叫一些嬸子、嫂子、叔伯、大爺罷了，善良和氣的人家，沈曦就偶爾去串串門，那些不好說話或名聲不好的，沈曦就碰面時打個招呼，不再深入交往。

沈曦為人和善，做事也大方，在附近很得人緣，很多姑娘、媳婦都樂意和她交往。不過這個時代對男女之防還是很嚴格的，雖不比明清時候，大姑娘、小媳婦也沒什麼隨便在外面逛悠的。一聽說沈曦家有個男人，年輕的姑娘、媳婦們都不敢來沈曦家串門，只有郭嬸等一些上了年紀的婦人，沒有這個顧忌，會偶爾來找沈曦坐一會兒。

這一天下午，郭嬸帶著三個婦人來找沈曦，沈曦趕緊把幾個人讓進了屋裡，邊沏茶邊笑道：「今天這是吹的哪股風呀？把幾位嬸子一起吹來了，這可真是難得，嬸子們快請進屋喝茶。」

「瞧沈娘子這嘴，說出話來就是讓人愛聽！」幾個人一邊取笑著，一邊在炕沿邊的椅子上坐下。

這幾個人中，郭嬸最為年長，她發話道：「沈娘子，我們今天是來和妳說個事的。」

沈曦把茶端到她們面前，也在炕沿上坐下。「什麼大事兒呀，竟然讓妳們幾位一起來了？」

郭嬸道：「這不冬天沒什麼事嘛，閒著也是閒著，我們幾個商量了一下，想織幾疋布。我們是來問問沈娘子，妳織不織？妳要是織呢，咱們就一起去買棉花紡線，這樣也便宜點。」一旁邊又一個婦人道：「線要是多了，也能多染幾種顏色，織出來的布也好看。」

織布？

沈曦一聽到這兩個泛著古意的大字，就覺得自己好像是生活在夢裡一般。

自己沒聽錯吧？織布？自己織布？

上輩子科技那樣發達，衣服都不用自己做，買現成的就行，別說織布了，就連織布機她都沒見過，現在竟然要自己來織布，這不是開玩笑吧？

見沈曦遲疑了，郭嬸小心地問道：「沈娘子，妳是不是錢不湊手？我們知道棉花有點貴，妳要是手裡緊，不織也行，我們就是問問。」

沈曦嘆口氣道：「嬸子，不是錢的事，是這織布機呀，它不認識我，我也不認識它，我根本就不會織布。」

一聽不是沒錢的事，幾個婦人都不約而同地鬆了一口氣，一個嘴快的婦人道：「織布很簡單，妳要是不會，我們教教妳就是了，這不算個事兒。」

又一個婦人道：「妳要是學不會也沒關係，我們幾個一人給妳織幾尺，幾天就幫妳織完了。」

郭嬸也道：「這買的布比織的布可貴了不少呢，咱都是過日子的人家，這幾個錢省下來，過年的時候能多買好幾斤肉呢！」

沈曦見大家都希望她能入股，自己家也確實沒有布，於是就笑著答應了。「嬸子們，這布我是和妳們織了，不過我織的時候，妳們可別嫌我慢呀，我這是大姑娘上花轎——頭一回呢！」

眾婦人一陣大笑，問沈曦想織多少布，然後不待沈曦回答，就七嘴八舌地商量起還要買多少棉花？能紡出多少線？大概織多少天？等等問題。沈曦是兩眼一抹黑，就由眾婦人作主了，她只負責出錢就行了。

郭嬸等人的辦事速度挺快的，沈曦交了錢沒幾天，棉花就買回來了。郭嬸給沈曦借來了一架紡車，讓沈曦把棉花紡成棉線。這活沈曦是肯定不會的，好在郭嬸很熱情，手把手地教沈曦怎麼紡線？紡的線怎麼能粗細均勻了？怎麼紡才能省棉花？好在這紡線技術含量不是太高，也好在沈曦不太笨，學了一天，沈曦就能紡出比較均勻的線來了，不過速度上是肯定比不上郭嬸這樣的老手的。在所有的人都紡完後，沈曦才紡了一半，於是眾婦人約了個時間，齊齊來沈曦家，只用小半天就幫沈曦把線紡完了。

紡完線後，眾婦人將沈曦紡的線拿走了，過幾天後就染了不同的顏色回來。不過大概是由於染色技術有限吧，染出來的顏色以藍色、黑色和絳紅為主，別的顏色幾乎是沒有。

眾婦人又把這些線全都團成球，然後把這些小球放到一個個格子裡，一個個拎出線頭來，由經驗豐富的人依照不同的花色，在地上一綹線一綹線地排出圖案來。

這些東西沈曦是一概不懂，只是覺得看著很神奇，明明只是一根根的線，擺弄到最後就出來了一個複雜的圖形，勞動人民的智慧，當真不可小覷啊！

這些線在地上擺完以後，就開始收線了。這次收線，是將所有的線，全都緊緊地繞到了一個像大車軸一樣的東西上，繞完之後，眾人就把這大車軸抬到織布機上去了，又有那靈巧的人，將線一根根地在織布機上拴好，穿過繒，穿過機杼，最後拴到了一個能轉動的、像長擀麵棍的東西上去了。

這個過程十分的複雜，而且織布機上的零件沈曦根本就叫不上名字來，所以後來她也不研究了，只是專注地看眾婦人怎麼織布，生怕自己到時候真拖了別人的後腿。

沈曦看這織布似乎不太難，別人上去，梭子扔得飛快，機杼聲啰啰啰的，響得十分有節奏感，織布機上的線，眼瞅著一點一點就變成了布。沈曦看得心癢癢的，也上去試了試，結果剛扔第一梭，那梭子嗖一下就穿到線下面去，然後吧嗒一聲掉在地上了，眾婦人頓時哄堂大笑。沈曦紅著張臉，又扔了第二梭，這次梭子沒掉地上，而是一頭栽入線裡面，穿斷了好幾根線，又惹得眾人一頓好笑。有人上來接那斷線，沈曦只得退了下來。

這次織布的挑起人是郭嬸，所以這織布機也就安在了郭嬸家。郭嬸大概是怕沈曦織得慢耽誤了別人，就把沈曦排在了後面，僅排在了郭嬸這個收底人之前。

雖說是有別人在織布，沈曦閒了的時候，也會去看幾眼，看看別人怎麼織。大家也都知道她不會織，她每次去的時候，織布的人都會指點上幾句，也會讓她上機子試幾梭。就這樣混著，等輪到沈曦織布的時候，沈曦已經學了個八九不離十了。

而看了別人的織布技術，沈曦更是覺得驚嘆，同一個機子上的線，竟然因為梭子裡線的顏色，使織出來的布有條紋的、有方格的，各具不同的顏色和風格，且竟能適合各個年齡層的人穿。

沈曦織得不快，兩疋布織了足足半個多月，郭嬸笑她說，要是讓她織布賣，一家子非得餓死不可。不過沈曦卻是大大的知足，以前哪會想到自己有一天能用織布機織出布來呀，想想都會覺得是天方夜譚呢！而現在自己竟然真的親手織了兩疋布，不僅帶花紋，還是兩種顏色的花紋呢！

織完布後，沈曦美滋滋地抱著布回家了，一進屋，她就將織好的布往炕上一擺，一邊輕輕撫摸著光滑的布，一邊向瞎子炫耀。「瞎子，我竟然織了兩疋布，厲害吧？還是藍白兩種花色的，以後白花紋的我做衣服，藍的你做。咱也是有布的人了，一人做兩身新衣服，穿一身，扔一身，哈哈哈……」

於是，這兩疋布不僅變成了床單、被罩，還真的變成了瞎子和沈曦的新衣服。

沈曦雖然不會做衣服，但她很虛心地向郭嬸請教了，兩身衣服做成後，沈曦剪樣縫衣也就學得差不多了。不過對於用棉布做床單、被罩的這種行為，會過日子的郭嬸給予了沈曦嚴厲的批評，讓她用麻布做床單。還有平時穿著去賣粥的衣服，也不要用棉布，要用麻布做。柔軟舒適的棉布應該省下來慢慢用，等以後有小孩了，給小孩做衣服被褥是最適合不過的了。

不過當說到小孩時，郭嬸很有意思地瞟了坐在炕頭上的瞎子一眼，沈曦又不傻，自然明白郭嬸在想什麼，不過她也不說破，只是笑笑道：「妳老人家說得對，我天天賣粥髒兮兮的，穿棉布衣服確實有點浪費了，不過我這不是沒麻布嗎？就先加減用棉布了。」

郭嬸點頭道：「這就對了，過日子嘛，總是得省著過的。過幾天我和妳李嬸她們還要織一機子麻布，到時候捎上妳，妳也織個一、兩疋。這麼好的棉布衣服，要省下來過年過節探親時穿。」

沈曦點頭答應了。

古代的勞動婦女大概是都不閒著的，這一機子布剛織完沒十天，眾婦人就真的來找沈曦了，大家湊錢買了不少麻線，又開始織麻布了。對於麻布，沈曦總覺得太粗了，有點硌得慌，所以自己只隨著織了半疋，全當湊數了。

不過這麼織下來，沈曦對織布是完全掌握了，又學會了一門古代婦女的基本手藝。

這些日子，沈曦既要擺攤賣粥，又要織布做衣服，過得是十分辛苦忙碌。以前她空閒時間多，想吃什麼做什麼，現在忙了，沒有心思琢磨吃了，這飯食上就湊湊合合了，好在瞎子不挑食，也不會說話提反對意見，要是瞎子是正常人的話，估計早就舉旗造反了。

等麻布一織完，沈曦覺得自己腸子都素細了，趕緊割了好幾斤肉，買了幾隻豬蹄回家。下午，沈曦家一直飄蕩著滷肉的香味，引得過往的小孩一個勁兒地嚥口水。

晚飯沈曦吃了不少，不過最讓她開眼的，還是不言不語的瞎子，這個傢伙純屬肉食動物，兩大碗米飯、兩大碗肉塊都不夠吃，又啃了三隻豬蹄，才算是罷了手。看他吃了那麼多，把沈曦嚇壞了，沈曦怕他把胃撐破了，再有個好歹的，因此下意識地伸出手，打算去摸瞎子的肚子。

瞎子大概沒想到有人會突然去摸他的肚子，嚇了一大跳，他嗖的一下握住了沈曦的手，似乎想要阻止她。

沈曦用左手在他臉上點了一下，調笑道：「小氣，看也被我看過了，摸都被我摸光了，現在想當貞節烈女……不對不對，貞節烈夫，哈哈，有點晚啦！」說罷，她笑嘻嘻地推開了瞎子的手，把手伸進瞎子的衣服內，去摸瞎子的肚子。

瞎子的肚子，並沒有像沈曦想像的那樣，和扣了個小碗一樣，只是稍微鼓了一點，但並不是太明顯。沈曦一邊對著瞎子的肚子比比劃劃，一邊嘆道：「這就是傳說中的橡皮肚子嗎？吃多少都能放得下，真厲害啊！」

瞎子端端正正地坐在炕上，挺直個身子，任憑沈曦對著他上下其手，他蒙著布條的臉上，看不出任何表情。

沈曦摸完了瞎子的肚子後，十分體貼地把瞎子的衣服給繫好了，然後長長地嘆了一口氣道：「你這麼能吃肉，我還得努力賺錢才行呀！再想個什麼法子呢？要不，在粥攤上再賣點別的東西？」

有了這個想法，沈曦就又開始瞎琢磨了，晚上躺在被窩中翻來覆去的睡不著覺，動來動去的，讓瞎子也沒睡好，不過瞎子仍是木木地躺著，安靜地忍了。

沈曦想了半宿，也沒想出什麼好主意來，待睏極，也就慢慢睡去了。

沈曦的生意一直都不錯，來買粥的顧客是絡繹不絕。粥攤上由於設了桌椅，在吃粥的時候，有不少人邊吃邊聊，因此在這段時間內，沈曦對這個世界已經有了一個很深的瞭解了。

這個國家，叫中嶽國。中嶽國相鄰的還有四國，不出沈曦所料，分別是東西南北嶽四國。沈曦在心裡腹誹，前世的國家有東西南北中五嶽為山，這輩子的國家分為東西南北中五嶽為國，自己和五嶽，當真緣分不淺。

這五個國家，都崇尚武學，幾乎可以說是舉國皆武，凡是有條件的人家，都會送孩子去學武，而武者在國家的地位是崇高的，特別是武神，更是淩駕於帝王之上。武神是這個世界在武學上所能取得的最高成就，據說武神的能力十分強大，在這世上可以說是無敵的，這五個國家加在一起，一共才六個武神。

五嶽個個都有自己的武神。東嶽武神是一位女子，叫風纏月，武器是一條長鞭；北嶽有兩位武神，洪峰用刀，蘇烈用杖，其中洪峰是六個武神中年紀最大的；西嶽武神叫歸海墨，一把扇子使得出神入化；南嶽武神用刀，名字很奇怪，叫本我初心。沈曦現在所在的國家是中嶽國，也有一位武神，叫霍中溪，擅長用劍，中嶽人親切地稱呼他為劍神。

這位劍神霍中溪，現在才三十四歲，是六個武神中年紀最輕的，但同時也是武功最高的。北嶽國有兩位武神，再加上本國環境惡劣，一直想要南侵，對中嶽國的侵略從沒有停止過，甚至在霍中溪出現之前，曾一天之內向南入侵五百里。在中嶽國風雨飄搖之際，年僅二十四歲的霍中溪成功晉級為武神，並在一次追殺中，將蘇烈打成重傷，生生地扼住了北嶽國侵略的腳步。中嶽國得以保全，霍中溪也一躍成為中嶽人心中的神。在隨後的十年裡，由於有霍中溪的坐鎮，中嶽國一直平安得很。

別的國家，由於各有武神，從未受到過侵略，同時也因顧忌別的國家有武神，沒有哪個國家輕易發動過戰爭。所以說，除了中嶽國一直受北嶽國的威脅外，其他國家皆十分安定。

沈曦瞭解到這個資訊後，一直無語得很。把一個國家的安危繫在一個人身上，這在後世那個民主的社會是根本不可能發生的事。在沈曦看來，什麼武神、劍神的，來一顆導彈就能轟得連渣都不剩，弄一顆原子彈，估計那六個武神能一起滅了。正由於存了這樣的想法，沈曦就將武神給看扁了，看得比紙還扁。

「落後呀落後，愚昧呀愚昧……」沈曦一邊感嘆著，一邊把劍神、武神統統扔到腦後，繼續她的賣粥大業去了。

沈曦並不太在意這個社會的統治者是誰，不管是劍神霍中溪還是皇帝安修慎，都離她太遠了。她一個普普通通生活在社會最底層的小老百姓，是踩著天梯也搆不到這些大人物的。

不過沈曦不在意，並不代表著別人不在意，也不代表著來她粥攤上吃粥的人不在意。中嶽國土生土長的老百姓們，是十分崇拜和喜愛劍神霍中溪的。每天在粥攤上談論劍神，是他們必做的功課，沒過多久，關於劍神的一切，就連皇帝陛下一直想把他妹妹嫁給劍神、劍神和哪幾個公主吃過飯見過面，她都聽得一清二楚了。

不光是劍神，當今陛下安修慎也是老百姓討論的一個重要話題，因為這位皇帝陛下登基成帝的過程充滿著傳奇色彩。據說上一任皇帝是他的哥哥，這位上任皇帝愛遊玩，每每帶著皇后、妃子出宮遊玩，所到之處官員為了逢迎皇上，大肆鋪張，花錢如水，弄得民不聊生，怨聲載道。

當百姓陷入水深火熱之中時，仍是那位劍神霍中溪仗劍而出，廢了上任皇帝，把一向有賢名的安修慎扶上了皇位。對於上任皇帝安修謹，劍神也沒取他性命，只是讓他求仁得仁，把他扔到了一個風景秀美的小山村，讓他自由自在的遊山玩水去了。

百姓們大概很恨安修謹，每每提起這段，都是一臉解氣。沈曦沒經歷過那時的情形，心下有點不以為然，只是對那個被廢掉的皇帝安修謹有點同情，不過是愛旅遊罷了，至於就連皇位也不讓坐了嗎？你看電視上，康熙一年微服出訪好幾次呢，也沒人跳出來說要廢了他吧？當然了，那只是電視，和歷史不同，這一點沈曦還是明白的。

不管是皇帝也好，劍神也罷，都對小老百姓沈曦沒影響，沈曦對國家最大的貢獻，就是每天去擺攤的時候，交五文錢的稅，五文錢對沈曦來說不算多，還是能拿出來的，所以她也就沒再去腹誹當政者了，繼續如小螞蟻一樣，勤勞地經營著她的粥鋪。

忙碌的日子過得很快，在不知不覺中，鎮子上就日益變得喜慶起來，卻是一年一度的春節已經臨近了。

到了此時，沈曦才愕然發覺，原來，自己來到這個世界已經兩個多月快三個月了！從城市白領到一個街頭擺攤賣粥的貧民，沈曦沒想到自己在短短的時間內，就完成了這一巨大的轉變，現在回想起來，逛街、喝咖啡、吃西餐、逛超市的時光，竟然像是一場短暫的夢，而這個夢，在自己為生活奔波的辛苦中，似乎就要慢慢淡去了。沈曦還沒來得及和以前的美好時光做個告別，那段時光就這樣遠去了。

沈曦打算好了，要花一下午的時光去回味往昔，思念早已去世的父母，可惜計劃趕不上變化，傷感的情緒剛醞釀上來，隔壁的翠姑就來邀她一起去買年貨，沈曦推辭不過，只得放下前世種種，和翠姑上街了。

這個社會，過年是個很隆重的節日，大家辛辛苦苦勞累了一年積攢的錢財，似乎都等著在這時候花出去。稍微過得去的人家，都大包小包地往家裡拎東西。沈曦自然不能免俗，也買了不少飴糖、瓜子、果蔬、魚肉等年貨。

過了臘月十五，鎮子上忽然發生了一件讓沈曦十分關注的事情。

一直在早市上擺攤的沈曦驚奇地發現，就在這幾天之間，滿大街竟然都是印著「福瑞祥」三個大字的紙袋了，而且人們嘴裡都在談論著「蛋糕」這個新點心。

就連來買菜的人們，也人人都以拎個紙袋為榮，誰要是還用草繩拎，就會有熟識的人問：「怎麼不拎個袋子呀？你看這多方便，能放好多東西呢！你看我這袋子，上面畫的是桃園結義呢，是我家那小子的同窗送來的，好看吧？」然後那熟人也會回道：「這樣的袋子我家也有，今天我家女兒去她姑家，便是拿袋子裝著禮物去的，我還特意買了兩斤蛋糕讓丫頭給她姑家帶去了，這蛋糕呀，又軟又甜，可真是好吃呀……」

沈曦一聽到這樣的對話，就不由得抿嘴笑起來。她還特意借了一個袋子過來端詳了一番，福瑞祥用的紙比她當初用的好多了，比後世的紙袋還要硬，做工也確實下了功夫，比沈曦做的精緻太多。那紙袋上的畫，並不是手工繪製，而是印上去的，雖然印的沒有後世那麼精美，也足夠讓沈曦大大的驚訝一番了，她一直都以為這個世界沒有印刷術呢！最讓沈曦吃驚的，莫過於福瑞祥的商標，用的竟然就是當初她隨手畫下來的小白兔吃月餅，只不過這圖被高人給改了一番，看起來比當初更有韻味了。

沈曦萬萬沒想到，這個福瑞祥竟然有這樣大的手筆，好幾個月一直隱忍不發，臨到春節前才拋出這個重磅炸彈。沈曦可以想到，福瑞祥肯定會爆滿，而別的點心鋪，在這措手不及下，會被他們壓得連身都翻不過來。這個春節，就是福瑞祥大當其道的春節。

收了攤後，沈曦還特意去福瑞祥看了看，果然看見買點心的人絡繹不絕，夥計們忙得連喘口氣的時間都沒有。

沈曦也沒有進去，只是遠遠地看了一會兒，然後就慢慢地轉身走了，嘴角噙著一絲笑意。

這個世界，我來過了，而且，還留下了一點東西，這就值了！

第三章

這是沈曦來到這個世界的第一個春節，也是沈曦過的第一個古代春節，所以沈曦很是重視，過慣了後世那種已經沒有了滋味的年，沈曦更想要的是在這裡體會一下過年的原汁原味。

每天吃過午飯後，沈曦就擠在熙熙攘攘的人群中，上街買東西，這古代雖然沒有二十一世紀那麼先進、那麼富裕，可好多東西，比後世那機器製造出來的有趣得多。

就像這春聯，後世有各式各樣的，印刷更是精美無比，但大多數都無人欣賞。可在這裡呢，想得到一幅春聯不是一件容易的事。首先，這裡沒有印刷精美的對聯賣，所有春聯全是手寫；其次呢，這手寫的書法就有好有次，立意就有高有低，在大年初一品評每家的春聯，是大家必做的事，就算不識字的，也會跟在別人身後看熱鬧；最後，這春聯可不是家家都貼得出來的，一些不識字的人家，為了春節能得到一幅春聯，往往會求親靠友，託人找關係，當然也有花錢買的。

沈曦雖然也會寫字，簡化不簡化的不說，光這用毛筆寫就愁死她了，所以這春聯，十有八九她要去買了。還有鞭炮、煙花、酒肉、菜蔬、福字、窗花、送禮物品、新鞋、新帽……沈曦統統一個字：買！

臘月二十五，沈曦祭了神；臘月二十六，清掃了一下環境衛生；臘月二十七，她包了一天的餃子；臘月二十八，她最後一次擺了粥攤，前來吃粥的每一位老顧客，都得到了她特別奉送的豬肉白菜餡冷凍水餃一份。

經過這幾個月的瞭解，沈曦已經知道，在這個世界，還沒有水餃呢，一般人家都是蒸餃、蒸饅頭、蒸包子，這大概和這裡的麵粉不純有關。麵粉裡如果有太多麥麩，會影響麵粉的黏度，這樣的麵粉包成餃子放到水裡煮，很容易就煮成一鍋菜湯，這個問題，沈曦在第一次煮水餃的時候就發現了，上次做的時候，煮的餃子就破了將近一半。所以，這次做水餃的麵粉，是沈曦特意借來個小石磨磨了又磨，再用細篩子篩了又篩，篩得細細的、白白的，感覺和後世差不多了才和成的麵。

沈曦在贈送水餃的同時，還特意告訴人家，這東西能蒸能煮，煮著吃最好，煮的時候不要煮太長時間，不然容易煮爛了。

這一波老客戶大回饋行動把這些老顧客都感動壞了，特別是那個落魄的老先生，更是借來紙筆，當場給沈曦揮毫了一幅對聯，上聯是：一桶煮乾坤；下聯是：八寶安天下。

沈曦不懂欣賞，只看得出這對聯很大氣，倒是在旁邊看熱鬧的人們大聲叫好。

還有幾個酸書生一個勁兒地搖頭晃腦，道：「明莊公手筆，仍是如此氣勢磅礡，不愧當年鬼才之稱，雖老，餘威猶在。沈娘子，這對聯妳可要好生收著，今年奪魁之聯，必是此聯！」

沈曦趕緊把這對聯收好了，然後鄭重地向老先生行了一禮致謝。

二十九這天，沈曦貼好窗花，還買了不少的點心，預備著給來拜年的人吃。下午沈曦關好院門，燒了不少的開水，和瞎子洗頭又洗澡，洗得身上乾乾淨淨的。把洗澡水潑掉，屋子收拾乾淨後，沈曦又拿出剪刀，幫瞎子剪指甲。

瞎子照例在炕頭上坐著，沈曦坐到他對面，握起了他的右手。瞎子的手，乾燥溫暖，大而粗糙；沈曦的手冰涼如玉，小巧纖細。如果是大手牽著小手，這必定是極養眼的一幅畫，可現在嘛，是小手握了大手，讓沈曦看上去，不合常理且喜感十足。沈曦笑嘻嘻地在瞎子手心裡撓了幾下，癢得瞎子直縮手。沈曦緊緊地拉住瞎子的手，拿著冰冷冷的剪子在瞎子的手指尖晃呀晃，還故意用剪子時不時地碰瞎子幾下，把瞎子嚇得直攥拳頭。

兩人的手你追我躲地玩了好一會兒後，沈曦覺得和瞎子的感情「交流」得也差不多了，這才拉過瞎子的手，仔仔細細地幫他把長指甲給剪了。剪完手指甲，又抱起瞎子的腳，給他剪腳趾甲。

手上用著剪刀，沈曦的嘴也沒閒著。「瞎了啊瞎子，你這命可好了去了，就連我爸媽我都沒給他們剪過指甲，今天倒先伺候你了，等你以後出息了，可別忘了姊呀！算了算了，你都這樣了，還往哪兒出息去呀？還是我養著你吧……這該死的剪刀，就是不好用，你看，差點就剪到你的手指頭了，這要是有指甲刀多好呀，喀喀兩下就完事了，絕不會剪到肉的。這個破地方實在是太落後了，我估摸著連做指甲刀的鋼都沒有，更別說那麼細緻的工藝了，看來，我這輩子是再也用不到指甲刀了……」

幫瞎子剪完指甲，沈曦又下炕拿來梳子，替瞎子打理他那已經半乾的頭髮，嘴裡又不時閒聊道：「這什麼破地方，讓男人留這麼長的頭髮幹麼？留個小平頭多好，平時洗臉往上抹兩下，連頭都洗了，乾淨利索又省事，多好呀！再說了，男人留長髮，這不是搶女人的風頭嗎？長髮飄飄，一向可是女人的專利呀……」

瞎子洗乾淨了，指甲剪了，頭髮也梳好了，整個人看起來既清爽又乾淨，沈曦歪著頭打量了他好久，臉上忽然浮現出了一個調皮的笑容，她嘿嘿笑了兩聲，伸出手去，用指尖挑高瞎子的下巴，流裡流氣地道：「妞，給大爺笑一個！」說完後，覺得不太應景，又改口道：「不對不對，應該這樣說。相公，來，給娘子笑一個……」

可惜她的「相公」既聾又啞又瞎，聽不到也看不到她在幹什麼，別說笑了，人家連眼皮都沒眨一下——也許眨了，不過他眼睛上蒙著布條呢，眨了也看不見啊！

大年三十這天，剛吃過早飯，沈曦就開始準備一年中最重要的一餐。切肉、洗菜、收拾魚蝦，到得中午時，已經做出了兩桌豐盛的飯菜。

沈曦也不知道瞎子家姓啥名誰，還用祭不祭祖先，反正也像模像樣地擺了一席酒菜，胡亂嘀咕了一番，算是祭祖了。

祭祖的東西先擺著不撤，沈曦又在炕上開了一桌。紅燒肉、清蒸魚、孜然羊肉、油燜大蝦、紅燒里脊、涼拌雞絲、清拌黃瓜，還有一道丸子湯。沈曦家的飯菜，不可謂不豐盛。

將瞎子扶到桌子前，沈曦倒上了兩杯酒，一杯遞給瞎子，一杯自己端了起來。「瞎子，這也算是咱倆在一起過的第一個春節，我也沒別的說，就一句話，有我一口吃的，絕不會讓你餓死了！乾杯！」如此感人的話，瞎子聽不到，只是默默地捧著沈曦放到他手中的酒杯，安然不動。沈曦喝了一口酒，見瞎子沒動靜，知道他是聽不到，握起瞎子的手，就將酒杯舉到了瞎子嘴邊。

瞎子淺淺地喝了一口，大概是以前喝過吧，沒有做出吐舌頭哈氣這種新手動作來，臉上仍是平靜得沒什麼表情。沈曦趕緊挾了一塊肉放進他嘴裡，瞎子來者不拒，很痛快地吃掉了。沈曦做菜的手藝還是很好的，畢竟當了家庭主婦那麼多年，又獨居了好長的時間，是少不得要自己動手的。瞎子十分十分的捧場，這麼多的菜，吃下去了一大半。沈曦有心試試瞎子的酒量，故意給瞎子喝了不少酒，可那麼多酒下肚了，瞎子竟一點醉意也沒有，只是臉越來越白，把沈曦嚇了個夠嗆，生怕他再喝出內傷什麼的，就不敢再給瞎子喝了。

沈曦今天很高興，已經有好幾年了，從她知道趙譯有外遇後，每年的除夕都是她自己一個人過，這是這麼多年來第一次有人陪自己過春節，即便這個人不言不語，沈曦也覺得很滿足了。

從此以後，不再是一個人了啊……

眼前這個人，不會背叛自己，不會和別人勾搭在一起，也不會再讓自己傷心，他的身體、他的一切，都是徹徹底底屬於自己的，今生今世！

沈曦笑著，笑著，眼中不知怎的就有了淚花，臉上不知什麼時候就有了淚水。

沈曦把頭埋在瞎子胸前，索性唏哩嘩啦痛痛快快地哭了一場。

瞎子聽不到看不到，也不知道沈曦在哭，只是直直地挺著身子，支撐著撲倒在他懷中的沈曦。

沈曦哭痛快了，自己蹦下炕去，打了盆水，洗去了臉上的淚痕。

洗罷臉，她發現瞎子又坐回炕頭上發呆了，表情一如既往的麻木茫然。

「瞎子，你……」沈曦挫敗地嘆了一口氣，看來自己兩個多月的努力，在瞎子的心裡，沒有激起半點感動。

大概是由於他這麼多年的遭遇，見慣了人情冷漠，受慣了責打和遺棄，對生活早已喪失了信心，所以自己對他是好是壞，他根本就不在乎了。何況他聽不到看不到，自己做的任何改變，他無法直接明白，而是必須在一點一滴中，慢慢地讓他體會。何況，對沈曦來說，她只需要有個人陪在她身邊，不再讓她飽受寂寞之苦，這就足夠了。而且就她內心來講，她很喜歡瞎子現在的樣子，這個樣子，就不會背叛她、就不會離開她了，不是嗎？

下午的時候，依照以前的過年習俗，沈曦開始和麵包餃子。

包好以後，沈曦看天色還早，就托了一盤子生餃子去送給郭嬸。這些日子郭嬸挺照顧自家的，時不時地送點白菜、大蔥什麼的，沈曦也不是那不識趣的人，也經常端了點心和吃食送過去。

湊巧得很，郭嬸家正坐了一大幫三姑六婆在閒聊呢，一見沈曦拿的餃子，個個白潤可愛，不由得都問道：「沈家娘子，妳拿的那是什麼？餃子嗎？也太小了吧？」

「各位嬸子、嫂子都在呢！這是我包的水餃，放開水裡煮，煮熟了就能吃了。」這些嬸子、大娘的，沈曦也都認識，只不過沒有郭嬸熟悉罷了。

一個手快的婦人周娘子伸手就拿了一個，立刻就把水餃拽變形了，麵還黏了一手，只得訕訕地鬆開手道：「怎麼還是生的？」

旁邊那個叫李嬸的婦人笑道：「誰讓妳愛占小便宜呢，活該黏一手！」

那周娘子也不惱，仍笑咪咪地問沈曦。「沈家娘子，這東西要怎麼吃呀？」

沈曦道：「鍋裡放水，燒開後把水餃放進去，煮個一刻鐘吧，撈出來就可以吃了。」

那周娘子忙招呼郭嬸道：「郭嬸，妳快去煮了吧，讓我們也嚐嚐鮮，我們可還沒吃過水餃哪！」

聽了這話，郭嬸就不高興了。沈曦每次送給她的東西都好吃得很，自家都吃不夠了，哪能讓別人吃了去啊！她老人家見多識廣，經的風浪多得很，當下不動聲色地道：「咱讓沈家娘子說說怎麼做吧，咱們要是也會做了，就是天天吃，那也現成啊！」

郭嬸的兒媳婦自然是挺自家婆婆的，也順著婆婆的話道：「沈家妹子，做這個水餃要用什麼呀？妳說說，我去準備。」

沈曦又不傻，自然明白這裡面的彎彎繞繞，當下笑道：「這就和蒸餃子一樣，只不過是用水煮罷了。要說不一樣呀，就是那麵得好好磨磨，再細細篩篩。」

郭嬸道：「哎呀，真是不湊巧，我家的石磨還在沈娘子家呢！」

沈曦也道：「嗯，在我家呢，不過我還沒用完，想晚上再磨點細麵呢，郭嬸我過幾天給妳送過來吧？」

郭嬸還沒答話，那周娘子卻笑嘻嘻道：「石磨呀，我家就有，等會兒我就去搬！這蒸的我是吃過，這煮的我可真沒見識過。妳說這麵做的東西，總煮會不會破了啊？」

沈曦解釋道：「只要時間不長就煮不破。」

郭家兒媳婦趁著別人不注意，剛要端著餃子走，只聽周娘子又道：「呀，這煮餃子我們沒見過，這時間長短可真不好掌握。嬸子，要不現在就把這餃子煮了，讓我們都學學吧？」

郭嬸那臉當即拉了好長，不滿地瞪了周娘子一眼。

那周娘子卻只顧盯著郭家兒媳手中的餃子，渾沒在意。

郭家兒媳看了婆婆一眼，似乎在問該怎麼辦？

郭嬸不悅道：「媳婦，這盤餃子是沈家娘子的心意，妳先端下去，再拿些菜、麵粉來，咱們合夥做一頓餃子，讓沈娘子教咱們怎麼煮，以後呀，這各家都會煮了，就不用再麻煩別人了。」

一聽郭嬸放了話，那周娘子眉開眼笑道：「那我去取石磨，今天咱也嚐嚐水餃是什麼滋味！」說罷，一掀門簾出去了。

這郭家大嫂挺精明的，知道這餃子是大家做的，若不留大家吃幾個，就會有人說閒話。若是做多了，讓別人白吃她家的東西，又覺得心疼，特別是這白麵，平常就吃得很少，不過在這大過節的時候，才買來了一些，絕對不能浪費在周娘子那樣的人身上。所以她什麼東西也不多拿，只舀了一小瓢麵粉，拿出來了小半顆白菜心，問沈曦道：「沈家娘子，這些東西夠嗎？」

沈曦點點頭道：「菜再少些，用不了這麼多。」

周娘子家離這裡也不遠，很快就取回了石磨，幾人把那麵粉又用石磨磨了幾遍，再用篩子篩去裡面粗糙的東西，留下很細很細的白麵。

那周娘子抓了把細白麵粉觀察了一番，又說道：「沈娘子就是能琢磨，看這麵粉細的，這麼細的麵粉做出來的餃子肯定好吃！弟妹，趕緊多拿點麵粉來，我今天可得多吃幾個！」

這話又換來郭嬸的一個白眼，郭家兒媳婦雖然隨口答應了一聲，但卻始終文風不動。周娘子討了個沒趣，不過她也不惱，仍是笑咪咪地和眾人一起磨麵粉。

五、六個婦人同時動手，有和麵的、有切菜剁菜的，不一會兒工夫，菜、麵就準備好了。

沈曦道：「這麵和好了，不用發起來，只醒一會兒就好，這樣的麵好用。這個餡，就不用我說了吧，大家都拌過。」

那周娘子又問道：「沈娘子，妳家餃子裡都放什麼餡呀？」

沈曦看了她一眼，懶得惹她，只是淡淡道：「油、鹽是肯定要放的，要是有五香、花椒、香油什麼的，放點最好，至於雞蛋、蝦仁、肉什麼的，有什麼放什麼唄！」

那周娘子吐吐舌頭道：「乖乖，這個餃子包出來肯定好吃，裡面要放那麼多東西哪，這可吃不起。就算不放餡，見天的吃這麼細的白麵，那也吃不起，我又不像郭嬸人緣這麼好，平白就有人送吃的。」

見她越說越不著調，郭嬸連忙插話道：「沈家娘子，妳看這麵行了嗎？」

沈曦也趁這機會過去看麵了，離這個神經兮兮的周娘子遠一點。

眾婦人都會做蒸餃，水餃不過是小了一點罷了，程序都是一樣的，很快地，三、四十個餃子就包好了。

水燒開後，餃子也下了鍋，沈曦幫忙看鍋，告訴大家什麼時候撈餃子合適。等餃子撈出來後，天已經黑下來了，沈曦記掛著瞎子，遂向郭嬸告辭。「郭嬸，天太晚了，我得回去了，我出來我家相公不知道，我怕他擔心。」

郭嬸把她送到門口，看著孤身獨影的沈曦，忽地長嘆了一聲。「唉，攤上這麼一位，可真是辛苦妳了。」

沈曦不愛聽別人用憐憫的口氣說瞎子，於是淡淡一笑。「沒什麼辛苦的，只不過是多個人吃飯罷了。郭嬸妳回去吧，餃子要趁熱吃了。」

郭嬸道：「等會兒我讓妳大嫂子給妳送點瓜子、糖瓜什麼的，要不這守夜可難熬得很。」

沈曦道：「糖什麼的我也買了不少，就不用勞煩大嫂子了。」

兩人正在門口說話，卻見那周娘子端著一大盤熱氣騰騰的餃子，小步跑著就出來了。見沈曦和郭嬸站在門口呢，急慌慌地擠了過去道：「趁熱乎給我家小寶嚐嚐去，涼了就不好吃了！」

等她跑遠了，郭嬸向她的背影狠狠地啐了一口道：「光占便宜不吃虧，走哪兒都招人煩！要不是看在同宗的分上，我早不和她走動了。沈娘子妳可千萬離她遠點兒，她這人一肚子歪心眼，不定什麼時候就能咬妳一口！」

畢竟人家是親戚呢，這種事沈曦一個外人也不好發表意見，因此她只是笑了笑，就辭了郭嬸，趕緊回家。

兩輩子為人的沈曦早就知道，鄰居之間，有來有往方是相處之道，若小裡小氣的，沒有人會拿真心對待。鄰居之間相處好了，比親人還要借力三分，所以沈曦和左鄰右舍之間從來不吝嗇。至於郭嬸說的那個周娘子，沈曦也看不上她的為人，自不會主動去招惹的。

回到家中，沈曦點上蠟燭。今晚是大年夜，她也和別人一樣，買了幾根紅紅的蠟燭，打算點到天亮。她還踩了凳子，在門口掛了兩盞火紅的燈籠，在紅彤彤的燈光映照下，就連沈曦家那扇破木門看著都精神了不少。打了一點麵糊，沈曦將老先生給她寫的春聯貼在了門口，站遠了看看沒有貼歪，這才滿意地回廚房做飯去了。

沈曦點著大灶，下了點餃子，又將中午的剩菜熱了熱，和瞎子一起吃了年夜飯。瞎子似乎很喜歡吃餃子，又吃了三大碗。

飯還沒吃完呢，外面噼噼啪啪地就響起了鞭炮聲，屋子裡也被鞭炮、煙花照得一亮一亮的。這個除夕，從這時起，真正的熱鬧了起來。

吃罷了飯，又沒有聯歡晚會看，沈曦點了一根香，也拿出鞭炮煙花來門口放。這裡賣的鞭炮只有兩種，一種是響兩下的那種雙響炮，一種是煙花。煙花自然比不上後世多彩多樣，花朵也小得多，不過色彩倒是很鮮豔，漂亮得緊。可惜沈曦的膽子有點小，生怕被炸了手，不敢湊近了點火，總是不等火線點著了就跑開，在旁邊畏畏縮縮地等半天，才敢上前再重新點。

一群在街上放鞭炮的男孩子看到沈曦這滑稽的樣子，不禁都笑著圍了過來。沈曦也不惱，笑咪咪道：「你們誰放得好呀？幫我放放吧，我家鞭炮可不少呢！」

一個十來歲的半大小子率先跑了出來。「我來我來，我膽子可大了！」

沈曦將香遞給他，那小子走到鞭炮旁邊，伸長了胳膊，拿香頭往引線上點。

沈曦連忙喊道：「快跑快跑，別炸了！」

旁邊的小孩都笑道：「離得遠哪，炸不了！」

那半大小子把引線點著後，趕緊往後跑，剛站到沈曦旁邊，那炮「啾」的一聲就上了天，「咣咣」兩響，震得地動山搖。

小孩子們仰起頭，看著天上的炮火，臉上都洋溢著幸福的笑容。

孩子……多麼可愛啊！

上輩子年輕不懂事，不知道珍惜自己，終釀大禍，一生不育。這不僅是自己一生悲劇的根源，也是自己對未來毫不在乎的原因。

現在，自己不再是那殘缺的身體了，自己還能再生育，自己還會有自己的孩子……沈曦忽然覺得，現在的生活，很好，很好！

「嬸子，還放炮嗎？」有孩子在拽著沈曦的衣服，高聲問著。

沈曦低下頭，看著小孩那掛著企盼的小臉，柔聲道：「放，嬸子家炮有得是，今天可勁兒地讓你們放！」

孩子們爆出一陣歡呼。

沈曦回到屋裡，把自己準備的鞭炮和煙花全部拿出來，在小孩子的歡呼聲中，沈曦家門口轟轟的鞭炮聲，響徹雲霄。

沈曦和孩子們鬧到很晚，等她關門回屋時，發現瞎子已經睡著了。

外面那麼熱鬧，這也能睡得著？

暗笑著瞎子的好睡，沈曦也脫了衣服，鑽進了被窩。

守歲什麼的，先睡一覺再說吧。

習慣性地往瞎子懷裡一縮，預想的睡眠卻沒有如期而至。

枕著瞎子的手臂，沈曦遲遲難眠。

身邊這個男人，應該是在這個世界上陪自己一輩子的吧？雖然他不能言、不能聽、不能看，但再換個男人太麻煩，而且這個三妻四妾的社會，男人又太容易變心，還是這個瞎子好，最起碼，他肯定不會離開自己，也不可能去納妾。雖說不能養家，不過這不是問題，自己勤快些，總能養活兩個人的。不不，以後也許會是三個人、四個人，自己會生一堆小寶寶，來彌補上輩子的缺憾。

憧憬著美好的未來，沈曦臉上帶著笑容，依偎在瞎子懷裡，慢慢地沈入了夢鄉……

大年初一，天剛濛濛亮，沈曦就起來了。她以為自己起得不晚，可還沒等她洗臉呢，就聽到砰砰的敲門聲。她趕緊順了兩下頭髮，前去開門。

門閂剛抽出來，大門就被人從外面擠開了，然後呼啦啦地闖進來一群小孩子，圍住沈曦不停地喊「嬸嬸，過年好！」、「嬸子，某某某給您拜年啦！」。

望著這群可愛的小傢伙，沈曦眼睛都笑到沒縫了，連聲道：「好好好！大家快進來，嬸子給你們糖吃！」這話一出口，沈曦就覺出有點不妥來了，瞎子還在被窩裡躺著呢，孩子們進屋不太方便。可還沒等她開口再說什麼呢，孩子們已經都一溜煙地跑進屋了。沈曦只能苦笑一聲，跟著孩子們進了屋。

孩子們早就聽大人說過，這個嬸嬸家中有個瞎叔叔，不過平時沈曦不太在家，他們也就沒機會來看瞎叔叔，現在終於有機會看到好奇已久的瞎子了，孩子們當然跑得比兔子還快。

一進屋裡，孩子們就都把目光投向了炕上，果然，在被窩裡，躺著一個眼睛緊緊閉著的叔叔。

孩子們面面相覷，誰也不敢說話了，過了好一會兒，才有一個大孩子壯著膽子說：「叔叔過年好！」

炕上毫無動靜。

小孩們不知所措，慌亂地看向彼此。

沈曦進來看到這種情況，不由得柔聲笑道：「不用害怕，叔叔耳朵也有點問題，聽不到你們說話，所以他不知道你們來了。」說罷，端過盛糖果的盤子，一人抓了一把糖塞進他們的口袋裡。「來，吃糖，嬸嬸買的糖可多呢！來，一人一把。」

孩子們一見沈曦給了一大把糖果，立刻高興了起來，小手捂著口袋，嘴裡不停地道著謝。

沈曦喜歡孩子們，又一人給抓了一大把瓜子裝口袋裡、一人給了一塊點心，把孩子們美得直冒鼻涕泡。在沈曦家玩了好一會兒，他們才依依不捨地去別家拜年了。

看著孩子們高興的樣子，沈曦心中也是暖暖的。

怕還有人來拜年，沈曦趕緊上炕，把瞎子從被窩中拽了出來，瞎子似乎沒睡醒，身上軟綿綿的，沈曦半扶半抱地幫他穿上新衣服，讓他靠牆坐好，自己快速地疊好被褥。

又伺候瞎子洗完臉、梳好頭，看著瞎子整潔得很了，這才去下廚煮餃子。

餃子是昨天做出來的，沈曦留了一些，留待今早煮。

在沈曦煮餃子的時候，又來了兩撥孩子拜年，沈曦又是糖、又是瓜子點心的，把孩子們都歡歡喜喜地打發走了。

等沈曦煮完餃子回來，發現瞎子又摸索著把那布條蒙在眼睛上了，沈曦不禁嘮叨道：「既然都瞎了，繫這麼個東西幹麼？耍酷啊？」不過她沒有去摘瞎子的布條，因為以前洗臉的時候沈曦幫他摘過幾次，但後來他都摸索著自己又蒙上了。沈曦沒那份閒心總管他，也就聽之任之了。

大概是沈曦的大方已經在四周傳遍了吧，在沈曦和瞎子吃飯的時候，又來了好幾撥小孩拜年，這些孩子居住得要遠一些，有的沈曦都沒見過。不過大過年的，也不能把孩子們打出去不是？點心是一會兒就沒了，沈曦挨個給孩子們糖和瓜子。

看著孩子們歡快地往外跑，沈曦暗暗擦了把冷汗。幸好糖果和瓜子買得多，要不來拜年不給糖，自己這臉可丟大了！

沈曦原本以為不會有多少人來拜年，畢竟自己在這裡沒有親戚，而且來了才短短幾個月的時間，可讓沈曦沒想到的是，吃過飯後，就陸陸續續來了不少大姑娘、小媳婦拜年，沈曦家一上午就沒有斷過人。沈曦琢磨著大概是因為昨晚她大方地讓孩子們放了半宿鞭炮的緣故吧，還有一個可能，就是大家對瞎子很好奇。

大姑娘們因為沒出閣，能去的人家有限，小媳婦也由於太年輕，不好隨意出入有男人的人家。今天是正大光明可以參觀瞎子的日子，平時早就被好奇心滿漲的女人們，自然不會放棄這個機會。

看著大姑娘、小媳婦的眼光雷達一樣唰唰地掃在瞎子身上，沈曦只得慶幸瞎子看不見、聽不到，要不被這麼多女人看著，肯定會不好意思地躲開了。

姑娘們看完了瞎子，訂親的慶幸自己的未婚夫沒殘疾，沒訂親的姑娘則開始擔憂自己的親事。結了婚的小媳婦擔心的又不同，自己過日子後就知道了養家的辛苦，因此對靠不住男人、反倒還要養男人的沈曦，是百分之百的同情。

只有一個瘦弱的小媳婦嘆息一聲，道：「沈家妹子，妳也別太難受了，這家相公這樣，也比那些不掙一文錢卻還要出去花天酒地的男人強。」

沈曦還未說什麼，旁邊一個媳婦就攔住了她的話。「鄭娘子，大過年的，不要說這種喪氣話。沈娘子是中用的，妳也是中用的，比我們這些抄手等吃的人強多了。」

又一個媳婦道：「鄭家妹子，妳且放寬心，妳家相公還年輕，這還是孩子心哪，等再過幾年，年紀大了，就知道顧家了。」

鄭娘子又嘆了口氣，抹了抹眼角的淚，強笑道：「咱不說這些了。我們聽說沈家妹子做的餃子能煮，今兒是來認妳當師父的。」

沈曦這才明白為什麼今天會來這麼多大姑娘、小媳婦的給自己拜年，原來她們是禮下於人，必有所求呀！沈曦笑道：「這大年初一的，妳們不用去拜年嗎？」

眾姑娘、媳婦七嘴八舌地答道：「我們都拜完了，妳家是最後一家。」

和沈曦比較熟悉的翠姑道：「妹子，我已經向我婆婆吹出去啦，說今天中午讓他們吃上水餃，我估摸著就我這大粗手指頭，那麼小的餃子我怕一時半會兒做不完，這不，我把麵粉都拿來了，姊妹們一邊學一邊幫我包，中午我正好下鍋，妳看行不行？」

現在的白麵粉是很貴的，沈曦自然知道她是怕浪費了自己的麵粉，也不捅破，只是笑道：「只要大家不嫌我的手藝粗，我自然是傾囊相授。」

於是接下來的半天，沈曦又當了一回包水餃的師父，收下徒弟十來個。

臨中午的時候，餃子總算包完了，翠姑非得留下不少的餃子給沈曦不可，沈曦知道這是她們表達謝意的方式，遂含笑收下了。見沈曦收下了謝禮，那些姑娘、媳婦們這才笑鬧著回了家。

送走這群花枝招展的客人後，沈曦把餃子端到廚房放起來，自己點火熱了熱昨天的冷飯冷菜。就算是再喜歡吃餃子，這頓頓吃怕也是頂不住。

下午沒有人來上門拜年，沈曦遂把門鎖了，也左鄰右舍的去轉轉，給人家也拜拜年。每家每戶見了她都很熱情，家裡的媳婦、姑娘、老太太總會拉沈曦說會兒話，這一轉就是小半天，等沈曦回到家中，腮幫子都笑疼了。

回到家裡後，沈曦望著坐在炕上的瞎子那平靜的樣子，不由得羨慕道：「還是你好，不用去拜年，你可不知道我今天去了多少家、走了多少路。」說罷，見瞎子仍是那樣無動於衷，沈曦不由得玩心大起，竄到炕上，抓住瞎子的手就往自己臉上按，壞壞地笑道：「相公，快給娘子揉揉臉，娘子我笑得臉都疼了。」瞎子修長的手觸碰到了沈曦的肌膚，沈曦帶著他的手，在自己臉上輕輕撫摸，她的雙眼緊緊盯著瞎子的臉，試圖尋找瞎子害羞臉紅的樣子，可惜她又一次失望了。瞎子似乎不知道他手下是什麼東西，仍是呆呆的，只不過手指卻在沈曦臉上來回的滑動，似乎是在認知新事物。

沈曦眼珠一轉，待瞎子的手滑過她嘴邊時，她啾的一下，就在瞎子的手心裡親了一下。這突如其來的碰觸，似乎嚇到了瞎子，他如同受驚了一般，猛的一縮，把手就收回去了。

一直盯著瞎子的臉的沈曦，終於看到了一絲有別於呆呆的表情，那就是慌亂。

是不是還可以看到別的表情呢？

沈曦趁熱打鐵，攬住瞎子的脖子就湊了過去，然後她的唇，印到了瞎子的唇上。

瞎子的唇緊閉著，也不知道張開，沈曦用牙齒輕磕瞎子的嘴唇，終於叩開了瞎子的牙關，兩個人唇齒交融在了一起。

沈曦前世就經歷過了男歡女愛，已識得情滋味的身子禁不起挑逗，吻著吻著，她不由得就真的沈醉了，臉頰潮紅，呼吸也粗重了起來。

直吻到幾乎窒息了，沈曦才迷迷濛濛地放開了對方，伸手習慣性地就要去脫眼前男人的衣服，在意亂情迷中，她瞥見了瞎子脹紅的臉龐，於是她想起了自己吻瞎子的初衷。沈曦停下脫瞎子衣服的手，瞪大了眼睛看著瞎子終於有了變化的臉。

瞎子的臉很紅很紅，呼吸也急促得很，胸脯起伏得很厲害，似乎剛才這個吻，給了他一個前所未有的衝擊，一種無與倫比的感覺。

沈曦伸出手撫上瞎子的臉，呵呵笑道：「臭瞎子，讓你天天裝木頭，現在終於露底了吧？嘿嘿，你是逃不出姊的手掌心的，獻出你的肉體和貞操，姊養你一輩子！哈哈哈哈……」講到最後，自覺自己很有御姊風範，沈曦笑得十分誇張和猥瑣。

其實沈曦以前受的也算是淑女教育，從來沒在人前如此放肆過，不過瞎子不能聽、不能看、不能說，沈曦就無所顧忌起來，種種張狂的形象，她全都沒有節制地表現了出來，其中還包括一些大違她本性的舉動。

笑完了，沈曦又調戲了瞎子一番，增加兩人之間「感情」的交流，直到天黑才依依不捨地下炕做飯了。

正在吃晚飯時，忽聽得有人敲門，沈曦連忙放下碗筷去開門，一打開門，卻吃了一驚。原來門外站的不是一個人，而是一群人，確切地說，是一群峨冠博帶的讀書人。

一見有人來開門了，開門的還是個俏麗的小娘子，門外的書生們不由得臉上都帶了笑，紛紛給沈曦見起禮來了。

沈曦連忙也還了禮，禮貌地問道：「各位先生，不知來寒舍有何貴幹？」

領頭的一位十七、八歲的俊俏書生道：「這位小娘子，能否告知妳家是以何業為生的嗎？」

沈曦雖然很奇怪他為何有此一問，卻仍有禮地回道：「小婦人不才，以賣粥為業。」

沈曦話音還未落，眾書生一陣喧譁，七嘴八舌地道：「果真是賣粥的！清軒兄高才，這也能猜得到！」

那領頭的清軒朗聲道：「非我才高，只因家母曾不止一次買過八寶粥，是以小生一見這對聯，自然就想到了。」

又一書生追問道：「這八寶粥因何而得名？」

未等沈曦回答，那叫清軒的書生已經替她回答了。「這位娘子賣的粥中放了高粱米、大米、糯米、小米、紅豆、綠豆、大棗、花生八種東西，所以稱為八寶粥。」

眾書生連聲問道——

「放這麼多東西，想必是極好吃的，不知這位娘子的店鋪在哪裡？」

「這位娘子，妳能不能搬去南梁城的博山學院賣粥呀？學院裡賣的飯食實在不堪入口。」

「小娘子妳在哪兒賣粥？明天定去惠顧！」

……

聽著七嘴八舌的議論，沈曦有點亂了。這群書生來她家是幹麼來了？為她推銷八寶粥來了？上門光顧她的生意來了？

還是那個叫清軒的書生靠譜，重重咳嗽了一聲，向眾人喊道：「好了好了，各位，咱們也該討論一下正經事了。這位娘子門首的對聯，氣勢磅礴，恢宏壯闊，依小弟之見，西谷鎮對聯，當以此聯掄魁。」

眾人連忙附和道：「正是、正是，小弟（愚兄）也正有此意。」

沈曦這才明白了，原來這些人是為評選對聯而來的，看這樣子，李老先生給自己寫的對聯是拿了全鎮第一了。

那清軒一招手，一個小童立即捧上來一個禮盒，送到沈曦面前。

沈曦也沒接，疑惑地看向清軒道：「什麼意思？」

那清軒解釋道：「每年正月初一，我們南梁府的博山學院都要評出全府最出色的對聯，我們幾個人是負責咱們西谷鎮對聯評判的。每個鎮的魁首，不管是寫聯人還是貼對聯的人家，都會有薄禮相贈，今年小娘子家的對聯拔了頭籌，這小小禮物還請這位娘子笑納。另外，還請這位娘子告知小生，這對聯是何人所寫？」

沈曦不客氣地接過禮盒，笑咪咪道：「這對聯是李楨李老先生寫的。」

眾書生頓時鴉雀無聲，臉上表情各不相同，有懷疑、有不屑、有仰慕、有深思……

倒是那清軒豪爽大笑道：「果然是老而彌堅，明莊公前輩胸中錦繡，遠非我等初生之犢可比。列位，咱們這就去明莊公前輩府上請教請教如何？」

眾學子皦然而應，一行人吵吵嚷嚷地就向南走了。

見他們走遠了，沈曦這才關了門，拎著盒子回了屋。

一回到房裡，沈曦立刻就噼哩啪啦地說道：「瞎子，咱們今年可真是好彩頭呀，李老先生給我寫的對聯竟然拿了全鎮第一名，一群在書院上學的學生還送了一個禮盒給我呢！嘿嘿，不知道裡面裝的是什麼？不會是文房四寶吧？那我可沒什麼用……」沈曦一邊嘀咕著，一邊打開了禮盒。然後她十分鬱悶地發現，盒子裡裝的還真是文房四寶！雖然這東西質感不錯，可自己一個賣粥的，哪用得上這東西呀！

沈曦啪的把盒子蓋上就扔一邊去了，心道反正那對聯也不是自己寫的，這東西呀，還是等過些日子送給寫對聯的李老先生吧！

大年初二以後，就是探親訪友的日子。

沈曦沒有親戚，不過朋友還是有兩家的。她拎起早就準備好的年禮，先去了孫大爺家。孫家今天很熱鬧，兩個閨女全都回來了，沈曦沒在那兒多待，只把年禮放下就回來了。沈曦去的第二家是王書吏家，當初要不是人家，自己這房子還買不了那麼便宜呢！再者，與官府的人打好關係，沈曦覺得很有必要。

給王書吏的年禮，沈曦是用了心思的，既貴重又不華麗。王書吏笑咪咪地收下了，還和沈曦說了好一會兒的話，直到有別的客人來，沈曦才起身告辭。那王書吏還要沈曦留下來用飯，沈曦知道對方只是客氣話，婉言推拒了。

大年初二夜裡，下起了厚厚的鵝毛大雪，雪直直地下了一宿，到天亮還沒停。待沈曦起來做飯時，大雪封得連門都推不開了。看著門外那厚厚的雪，沈曦閃過腦海的第一個念頭不是堆雪人打雪仗，而是這麼大的雪，不知會不會凍死人？

在這裡過了這麼長的時間，特別是做街頭擺攤這種生意，各種各樣的資訊沈曦都能接收得到，在客人的閒聊中，沈曦早就把這個世界瞭解得透透的。她知道這裡有很多人吃不飽、穿不暖，知道這個世界上有很多無家可歸的乞丐，當然也知道這裡真的會餓死人、凍死人。

沈曦怎麼也忘不掉，當郭家媳婦看見她穿著嶄新的棉衣時那羨慕的眼神，畢竟就連郭家媳婦成親時，娘家和婆家也沒能給她置辦起一身裡面三新的棉衣，只外面用了新布，裡面絮的舊棉花。

沈曦也忘不掉，當翠姑的婆婆第一次來她家串門，看見她家那套簇新的棉被時那激動的神情，因為婆婆這一輩子，也沒鋪蓋過這麼暖和的被褥，她蓋的被子，都是葛麻的。

沈曦也忘不掉，曾見過睡在稻草中取暖的一家人，大人們身上裹著獸皮葛衣，孩子們伸出來的手上，那紅紅紫紫的凍瘡……

想到這些，沈曦忽然覺得自己變得和前世不一樣了。在上輩子，從沒為衣食擔過心，所以滋生出來的全是享樂的念頭，好多煩惱現在回想起，根本就不值得一提。而現在，在生存線上掙扎，上輩子那種傷春悲秋、無病呻吟的毛病竟然就這樣好了，不知何時，自己竟然這樣的務實起來了。

原來，就在不知不覺中，自己已經慢慢地接受著這個世界，慢慢地被這個世界改變著，慢慢地和這個世界融合著呀！

沈曦在門口呆立了很久，才平息了心中的萬千思緒。

不管怎麼樣，生活總是得繼續的，不吃早飯是要餓肚子的。

沈曦用力地推開門，一頭扎進了廚房中。

這幾天吃肉吃膩了，今早吃粥！

一般來說，到正月十五才算是把年過完了。沈曦這些日子也沒急著出攤，而是窩在家中，用碎布頭拼了兩個枕頭，裡面塞上蕎麥皮。晚上睡覺的時候，沈曦拿出一個給瞎子枕上了，當要擺第二個的時候，沈曦發現瞎子已經把胳膊伸好了，等著她枕呢！

沈曦在心中暗笑個不停，看來這幾個月，已經習慣了彼此的不光是自己，還有自己身邊這個男人呀！

沈曦把枕頭一扔，美滋滋地躺在了瞎子的胳膊上，嗯，還是這個好，軟硬適中，溫度合宜，比蕎麥皮可強多啦！

這個正月，沈曦是想吃什麼做什麼，吃飽了睡、睡飽了吃，短短十來天，感覺自己就胖了一圈，就連瞎子都讓沈曦給養出肉來了，那胳膊枕著是更舒服了。而無所事事的沈曦，把調戲瞎子當成了開胃菜，沒事就拉個小手、偷個小吻什麼的，短短沒幾天，瞎子就已經習慣了沈曦的各種調戲，對沈曦突如其來的親密也不再嚇一跳了。

正月十五是上元節，不光要吃元宵，還要做彩燈呢！這個上元節在這裡可是僅次於春節的大節日，十三、四的時候，就已經有不少人開始做燈籠了，街上也添了不少賣燈籠的。沈曦本來想買兩盞應應景，可翠姑說這花燈還是自己做的有趣。

翠姑雖然長得比較粗壯，其實手十分的巧，那竹篾條一到了她手上，三五下就能紮出個燈籠的架子來，那紅紙抖抖，就很服貼地黏在了架子上。

沈曦雖然做得也不是太難看，可手藝比起翠姑來，那可是差得遠了。所以後來她也就不丟人現眼了，只揀翠姑做的拿了幾個，高高地掛在了房檐下、大門外。

按照這裡的習慣，十五掛燈籠的時候，家裡的院門是不關的，所以十五那天夜裡，當翠姑來邀沈曦一起去賞燈時，沈曦就笑咪咪地拒絕了，若她走了，家裡只留一個瞎子，她可放心不下。

吃罷元宵，沈曦坐在炕頭上，把橘子瓣掏出來，一瓣一瓣餵給瞎子吃，等瞎子不吃了，就拿來針線、秸稈，把掏空了的橘子做成了一盞盞小橘燈。一根蠟燭斷成幾截，沈曦把蠟燭點著了放到小橘燈中，提著這幾盞小橘燈，拎了個凳子，就坐在了門口。有小孩從門口經過時，她就笑咪咪地送一盞小橘燈，這小巧可愛的小橘燈霎時就贏得了孩子們的心，沈曦頓時受到了孩子們的熱烈歡迎，一大群小孩嘰嘰喳喳地圍在沈曦家門口，為了得到沈曦的小橘燈，一個個小嘴甜得像抹了蜜一樣，還有幾個可愛的小孩獻出芳吻幾枚，親了沈曦一臉的口水，親得沈曦是心花怒放。

沈曦索性把剩下的橘子都拿了出來，橘瓣掏給孩子們吃了，把橘子皮全做成了小橘燈。有得吃又有得玩，孩子們圍著沈曦打轉，都鬧瘋了，直到各家的家長尋來，這才漸漸散去。

孩子們走了，沈曦也關了門。

幫瞎子洗了手臉，沈曦又拿來牙粉，用乾淨的麻布蘸了幫瞎子擦牙齒，幫瞎子做完這些後，沈曦自己也洗漱了一番，這才吹熄了蠟燭，鑽進了被窩。

被窩裡，瞎子被沈曦身上的冷氣一撲，不由自主地打了個冷顫。

沈曦把冰冷的手放到身上搓了搓，把自己冰得直哆嗦，然後她壞心大起，把冰涼的手悄悄地伸向了瞎子的肋下。瞎子沒有防備，嚇了一大跳，不由得伸手去推沈曦的手。

沈曦反握住瞎子的手，把頭偎在瞎子胸前，好久好久之後，才輕聲道：「瞎子，我們要個孩子吧！」

瞎子任由沈曦握著，沒有一點反應。

沈曦鬆開瞎子的手，一點點地解開了瞎子的衣服。

瞎子的手握緊了，然後又慢慢鬆開，仍是靜靜地躺在那裡，任由沈曦胡作非為。

沈曦把自己的衣服也脫掉了，兩個在同個被窩中睡了好幾個月的人，終於赤身相對了。沈曦把身體覆在瞎子身上，暖暖的身體讓她的心跳不由得加快了。她的手指插進瞎子的髮中，輕輕地撫摸著瞎子柔順的頭髮，然後湊過去，吻住了瞎子的唇……

撕裂般的疼痛從下身傳來，沈曦愣住了。

這具身體，怎麼可能還是處女之身？

隨即，沈曦又想到了自己剛來時，瞎子那襤褸的樣子。大概是自己的前身看不上瞎子，所以一直沒有和瞎子圓房吧。

想到這裡，沈曦釋然了，隨即心中又升起了一股喜悅。

嘿嘿，瞎子未經人事，這簡直是太好啦、太好啦！他從頭到腳、從裡到外，都是屬於自己的啦！

沈曦歡喜之下，都忘了身上的痛，趴到瞎子身上，對著瞎子好一番親吻。

沈曦原本以為整天坐在炕頭上的瞎子不會有太好的體力，可沒想到，瞎子的持久力會那麼長久，而且這傢伙的自制力相當好，有幾次沈曦都已經感覺他快到了，可在那緊要關頭，他會停下來，在她體內停留一會兒，等心跳慢慢平復以後，再重新開始進攻。

於是，在這痛苦與美好的折磨中，沈曦度過了她的第二次初夜……

第二天醒來的時候，沈曦覺得下面有點疼，但心情卻是愉悅非常。沈曦忽略那點疼痛，啾的一下，在瞎子的臉上親了一口，嘻皮笑臉地道：「人都說會咬人的狗不叫，這句話可真對呀！別看你不言不語的，嘿嘿，床上還是挺厲害的呀！」這麼羞人的話，沈曦也就是仗著瞎子聽不到，這才敢大言不慚地講出來，否則，沈曦是打死也說不出這話來的。

瞎子抬起手摸了摸被沈曦親過的地方，再無其他表示，只是坐了起來，摸著衣服就要自己穿。

沈曦本來打算今天出攤來著，可昨晚折騰得太晚了，她後半夜竟然沒能起來生爐子，這粥自然是賣不成了。沈曦看看天色還早，打算再睡個回籠覺，她見瞎子要起來，悄悄地從後面抱住瞎子的脖子，把胸脯貼在了瞎子的後背上，還壞心眼地用軟軟的胸在瞎子的後背上蹭了蹭。

瞎子身體一僵，然後呆愣了一會兒，竟然沒理會沈曦，若無其事地繼續穿起了衣服。沈曦想要瞎子陪她一起睡，自然不會放他走，雙臂一使勁，就將瞎子拉倒了，然後縮進瞎子懷裡，俏皮道：「吃完就想跑呀，相公？做男人可不能這麼沒責任心唷！娘子我還沒睡醒哪，你就再乖乖地陪娘子睡會兒吧！」說完了，又覺得「相公、娘子」實在彆扭，不如那喊了十來年的「老公、老婆」聽起來順耳，於是又嘀咕道：「相公、娘子，怎麼這麼彆扭呀？」

管他彆扭不彆扭呢，沈曦整個人都趴在瞎子身上，瞇著眼打盹。大概是昨晚太累了的原因吧，沒一會兒工夫，她居然真的睡過去了……

再醒來的時候，瞎子居然還真陪她躺著呢，這讓沈曦小小的吃了一驚。因為照以往的習慣，瞎子睡醒後是必定不會睡懶覺的。

「嘿嘿，上過床就是好，連瞎子都能感覺出不一樣來了！嗯，這個男人，調教空間很大的呀！」沈曦一邊嘿嘿地笑著，一邊穿衣服。

瞎子感覺到沈曦動了，也坐了起來摸衣服。

對著瞎子滿身的春光，沈曦賤兮兮地對他上下其手，狂吃了他一通豆腐。

瞎子的適應能力良好，對沈曦的賊手不屑一顧，利索地就穿好了衣服。

看著瞎子視她如空氣的樣子，沈曦長嘆一聲。「革命尚未成功，同志仍需努力啊！」

吃罷「早」飯，沈曦查看了一下米及鹹菜的數量後，去補充了點米，然後又去孫大爺家裡刷了刷碗，並告知孫大爺、孫大娘，明天準備擺攤。

下午沒事，沈曦在家裡洗了洗衣服，打掃了下環境衛生，一天很快就過去了。

晚上的時候，沈曦三兩下就把瞎子扒光，又上下調戲了一番，可惜身子還沒有好利索呢，只好望色興嘆了。

第四章

正月十七清晨，天剛濛濛亮的時候，沈曦的粥攤就支上了。

大概是由於還處在正月的原因，來喝粥的人並不是很多，幸好沈曦知道這年後第一天肯定是賣不動東西，煮的粥少，不然非得剩半桶不可。

從正月十八開始，粥攤上開始人潮多了，以前的老顧客聽到沈曦出來擺粥攤了，就又都來喝粥了，沈曦的生意一如既往的火紅。那位李老先生自然也來報到喝粥了，沈曦趁著人少的時候，把文房四寶送給了他，並極為誠懇的請李老先生收下，說自己用不著，放著也是可惜了。李老先生倒是痛快地收下了，但第二天，他就帶來了一盒從福瑞祥買來的蛋糕，回贈給了沈曦，倒讓沈曦有點哭笑不得。不過經過了此事，李老先生對待沈曦，明顯比以前親切了許多，也不再動不動就打賞了。

沈曦的生活，就這樣平平靜靜的繼續了。凌晨起來生爐子煮粥；清晨去擺粥攤，上午十來點鐘收攤；中午吃完飯，睡個午覺；下午不是洗衣、清掃，就是去買生活日用品；晚上的時候，就和瞎子在被窩中卿卿我我。

瞎子在床上的表現，實在是出乎沈曦的意料。沈曦以為像瞎子這樣完全生活在黑暗中的人，又是個新手，乍一嚐到歡好的滋味，必定會天天索取。可瞎子的自制力非常好，不多不少，五天一次，從不縱慾，也從不禁慾，不到那五天的日子，無論沈曦如何挑逗，他都只會單純地摟著她睡覺。

對著這樣的瞎子，沈曦有點無奈，又有點欣賞，當然，欣賞是多過於無奈。

在閒暇時，沈曦總是想像著自己能生一個孩子，一個性格非常像瞎子的男孩，若他也有瞎子這樣的自制力，肯定會成為一個有所作為的人物，而不是像自己這樣庸庸碌碌。沈曦躺在瞎子懷中時，曾不止一次地向瞎子描述過他們夢想中的孩子，不過瞎子聽不到，自然沒有回應。

說到孩子，沈曦忽然想起了一件很嚴重的事情——她來到這個世界好幾個月了，還沒有來過月經。以前光顧著瞎忙，竟然忽略了這個問題，而且上輩子的長期閉經已經讓她形成習慣，對不來月經已不敏感了。莫不是自己這身體又有什麼毛病？不會還是不孕吧？

一想到不能生小孩，沈曦一夜未眠，天亮後趕緊急匆匆地跑去醫館。

醫館裡那個翹著山羊鬍子的老大夫光診脈就幫沈曦診了一刻鐘，然後拈著山羊鬍子，慢條斯理地說：「這位小娘子，妳是不是得罪過什麼人哪？體內怎麼亂七八糟的，有好幾種毒啊？好在這幾種毒相互壓制，這才沒要了妳的命。」

沈曦一下子就愣住了，這個身體有毒？她來了好幾個月了，愣是一點也沒發現異常呀！還有，這個身體的原主人，到底是幹什麼的？怎麼會中毒呢？

可惜這個身體沒有留給沈曦哪怕一絲絲的記憶，雖然有個瞎子在身邊，有可能知道她這個身體的過去，可他聽不到說不出的，沈曦覺得自己可沒有辦法讓瞎子明白自己的意思，也沒有辦法明白瞎子的表達，所以這個身體的往事，還是讓它隨它的主人消散去吧。

老大夫沒留給沈曦什麼時間思考，仍是慢悠悠地說道：「雖然妳這毒有點麻煩，不過我給妳開點藥，調理一個月，管叫妳百毒全消。」

沈曦「嗯嗯」地答應著，趕緊又問了自己比較關心的問題。「大夫，您再給看看，我月事不來，會不會和這些毒有關係？」

老大夫拿出毛筆蘸了墨開始寫藥方，頭也不抬地回答。「沒事沒事，不是妳身體的毛病，是一種毒給牽制住了。我先給妳開五天的藥，五天後妳再來，我再給妳看看，到時候再依照妳身體的情況開藥。」

沈曦付了診金，拿了老大夫的藥方去抓藥，然後肉痛地花了二兩銀子，抓了九包藥。

在回家的路上，沈曦又拐去雜貨鋪買了個藥罐，到家後，洗淨了藥罐，將藥材放進去，把藥罐安在爐火上，不一會兒工夫，屋中就滿是藥味了。

中藥是出了名的難吃，那味道不是苦的就是酸的。不過為了治病，沈曦捏著鼻子就往嘴裡灌，頗有一口乾的豪爽氣勢。

沈曦心中是很害怕的，上輩子不能生育，已經是她人生的大痛了，若這輩子再不能，沈曦覺得自己還不如早早了斷，開始下輩子輪迴的好。

有些缺憾，可以彌補；但有些缺憾，卻能造成心理陰影，一輩子、幾輩子都無法彌補。

前世由於不能生育而造成的傷害，是沈曦始終抹不掉的傷。

沈曦連著喝了五天的藥，第六天的時候，又去老大夫那兒複診。老大夫仔細地幫她診了診脈，然後又開了五天的藥，這次的藥更貴了，花了三兩銀子。

沈曦有點鬱悶了，光喝藥不見效，這銀子還花得賊快，照這進度下去，自己家破產在即呀！不過想歸想，沈曦仍是老老實實的把藥喝了。

又喝了五天後，沈曦再去複診，這次老大夫臉上露出笑容了，慢悠悠地說道：「三天後若來月事，這藥照喝，若是不來，藥先別喝了，再來我這兒一次。」

這就是自己快好了的意思？沈曦積極抓藥，這次又是三兩銀子。

沈曦回到家後，趕緊熬藥，十分積極地喝下一碗又一碗的中藥。還別說，老大夫確實很厲害，在第三天早晨，沈曦下腹開始疼，不到中午，下面就流出了黑紅的血。雖然血色不正，但總比沒有來得強啊！

這個世界是肯定沒有衛生棉的，沈曦前幾天還特意去問了翠姑，來月事了怎麼辦？結果翠姑的回答讓沈曦很無語，翠姑說，用破布裹上草木灰就行了。沈曦心想，這也不健康呀，若再感染個婦科病什麼的，治病又是一大筆錢，而且還不見得能治好。

於是沈曦只得自己動手，把自己織的棉布用開水煮開，晾乾後，裁成一小條一小條的，裡面絮上一層棉花，然後再縫好，自己做了簡易版的衛生棉。可做好後，沈曦算了算成本，很吃驚地發現，這衛生棉的價錢可不便宜呀！以後每個月，又要多一筆開支了。

沈曦這一次的月經，十分的不正常，除了量大、血色不正、血塊較多外，肚子還疼得格外厲害，不是平常的那種經痛，而是一種搜腸刮肚的疼，好似有人拿著鋼刀在她肚子中一下一下地刮一樣，這種疼痛，不由得讓沈曦想起了讓她出意外的那次流產手術。

本來肚子就很疼，這一聯想就更疼了，沈曦怕自己像前世一樣再出什麼意外，強忍著痛去了老大夫那裡，老大夫又幫她診了診脈，告訴她這是排毒的正常反應，忍著吧。

沈曦無奈，只得又一步一晃地走回了家。這一路上冷風颼颼的，吹得身體是又冷又疼。回到家中，沈曦直接爬到炕上，抖開被子鑽進了被窩，在被窩中哆嗦半天，不知何時，沈曦才迷迷糊糊地睡了過去……

沈曦睡了很長的時間，在夜幕降臨後，被肚子痛給疼醒了。醒來後，沈曦只覺得口乾舌燥，渴得想喝水，可這個大冷天的，又沒有熱水瓶可以保存熱水，要想喝熱水，只有現燒。沈曦肚子很痛，加上不願離開溫暖的被窩，就不想自己再下去迎著冷空氣燒水了，可若自己不去燒水，家中並無別人可用，雖有一個瞎子，可那是不頂用的。

大概生病的人都比較脆弱吧，沈曦想到上輩子父母在世時，自己稍微有個頭疼腦熱的，父母必定緊張得要命，噓寒問暖，關懷備至。想吃什麼、想喝什麼，只要說一句話，父母必定馬上辦到。還記得有一次自己發燒了，大晚上的非要吃西瓜，父親二話沒說，開車就跑超市去了，馬上拎回來了一個大西瓜。想想父母，再想想現在連口熱水都喝不上，沈曦頓時覺得無比的委屈、無比的心傷。將頭埋進被窩裡，沈曦沒有出息地哭了起來。

「媽媽……媽媽……」

「爸爸……爸爸……」

在這個寒冷的冬日初夜，沈曦哭得無助而哀傷，就像個被遺棄的小孩一樣。

炕頭上的瞎子，靜靜地坐在黑暗中，如同一座亙古未變的雕像。

沈曦哭了好久好久，壓抑了許久的對父母的思念，讓她根本抑制不住自己的感情。

等哭累了，眼睛也哭腫了，沈曦這才漸漸安靜下來。

在黑暗中靜靜地躺了一會兒後，沈曦的眼光終於落到了炕頭上坐著的那個人身上。

在這一刻，沈曦對瞎子是心有埋怨的，為什麼他偏偏殘疾得這麼嚴重？如果他能聽得到，自己說想喝熱水，他就算摸索著也應該能幫自己燒一口來。可偏偏，他就如同一個木頭人一樣，只會呆坐著，什麼也做不了，什麼也做不了。無法給自己關懷，無法給自己照顧，就連一點點溫柔，都無法給予自己。

此時此刻，沈曦在心裡問自己：自己就這樣照顧他，圖的是什麼？難道圖的只是兩人相擁時的那一夜溫柔嗎？如果只是這樣，隨便一個男人都可以給予自己，何必要這樣苦苦守著他，苦苦為難著自己？

在這一剎那，沈曦對自己的堅持動搖了，她閉上眼睛，眼角又有淚流了下來。

小時候，每當自己一哭，媽媽都會說：「曦曦，不要哭，妳想要什麼，妳就自己去想辦法呀，哭有什麼用呢？曦曦是大孩子了，不能再哭了，要堅強喔！」

每當這時，小沈曦都會堅強地抹掉眼淚，奶聲奶氣地說：「曦曦不哭，曦曦很堅強！」

此時此刻，沈曦是多麼希望媽媽在自己身邊，多麼希望媽媽告訴自己該怎麼做呀！

又哭了好長的時間，沒有了媽媽的可憐孩子只得自己堅強，摸黑爬了起來。一出了溫暖的被窩，沈曦就激靈靈地打了個冷顫，有那麼一瞬間，沈曦想要再鑽回被窩去，可現實卻由不得她，不管做飯還是熬藥，時間都已經太晚了。

沈曦穿好衣服，摸著火摺子，點亮了油燈，昏黃的光給屋子裡帶來了光亮和溫暖。沈曦無奈地嘆了口氣，去廚房拿來柴和煤，把爐子點著了。今天不舒服，也懶得做費事的飯，沈曦下了點米煮粥，菜也懶得切，草草拌了點鹽做鹹菜了事。粥熟了以後，沈曦又將藥罐安到爐子上，接著熬藥。

沈曦心情不佳，只吃了小半碗粥，喝了一碗米湯。大概是由於今天伙食不好吧，瞎子竟然也吃得不多，只喝了一碗粥就放下了筷子。沈曦知道他沒吃飽，忍不住低聲道：「再吃點吧，不然晚上要餓了。」瞎子聽不到，自然是沒有動。沈曦又盛了一碗粥，找來一根湯匙，舀了粥，送了一勺到瞎子的嘴邊。被碰觸到嘴唇，瞎子大概明白了沈曦的用意，張開嘴將那匙粥吃了。沈曦一勺一勺的餵，瞎子一勺一勺的吃，一碗白粥很快就餵完了，沈曦這才把桌子收拾了。

若在平時，吃完飯沒事了，沈曦那張嘴也閒不住，總會東扯西扯地瞎說一會兒，權當和瞎子在聊天，可今天一則是肚子疼，一則是心情不好，沈曦收拾好了桌子，就趴在被子裡，望著油燈上閃爍的火苗發呆。一時間，屋子中寂靜一片，只有藥罐裡的藥汁燒開後，咕嘟咕嘟的聲音。

沈曦呆呆地盯著油燈，什麼也沒想，什麼也不願想，腦子中一片空白，一片空白……

由於沈曦的發呆走神，導致了一個很嚴重的後果，那就是藥罐中的藥，燒乾了！等沈曦聞到一陣刺鼻的焦糊味時，藥罐已經冒起黑煙了。

「我的藥！」沈曦大叫一聲，趕緊下炕端起了藥罐，但一切已經無濟於事了。

沈曦看著燒焦的藥材和燒黑的藥罐，什麼憂傷、什麼哀愁全都拋到九霄雲外去了，剩下的只是鬱悶和心疼。

「這都是錢哪，都是錢哪！真是屋漏偏逢連夜雨，船遲又遇頂頭風！氣死我了，氣死我了！」沈曦一邊刷洗著藥罐，一邊恨聲不斷。

刷好藥罐，重新倒進一份藥材放到爐子上熬，沈曦又躺回了被窩，不過這一次，她不再發呆了，而是牢牢地盯著藥罐，生怕再一次把藥熬壞了。

「不行、不行，吃藥花錢也太快了，家裡都快沒錢了，還得想個法子再賺錢才是！想什麼法子呢？什麼東西才能賺錢呢？」沈曦自言自語的，又開始嘀咕了。

沈曦想到了自己剛研究成功的簡易衛生棉，可又一想，這個社會棉花太貴，棉布也不便宜，來一次月經要半兩銀子，這成本也太高了些，普通人家根本負擔不起。而且有個很關鍵的問題：純棉的吸水性，沒有後世的衛生棉那麼好，除非壓得很厚、很結實，才能保證不漏，只是如果太厚了，墊著就不舒服了。還有，棉布雖然吸水但不隔水，時間一長，還是得透到衣服上。這個生意不好做呀，沈曦只得將它劃掉了。

沈曦又將前世自己所能想到的東西全都回想了一下，電器的劃掉，鋼鐵的劃掉，機器的劃掉，科技的劃掉，不會的劃掉……然後沈曦發現，她還是得從最簡單也最複雜的吃中找出路。將各種飯菜小吃統統在腦中想過一遍後，沈曦還真的找到了一樣這個時代沒有，而前世又十分常見的東西，那就是——豆腐！

別的技術含量太高的東西，沈曦不會做，而豆腐，她雖沒動手做過，但她用過豆漿機，豆漿機說明書上附帶的食譜裡面就有豆腐、豆漿和豆腐腦的製作方法。雖然當時自己只是草草看了一眼，不過大致過程還是記了差不多的。

一邊賣粥，一邊賣豆腐或豆腐腦，完全不會影響生意，這麼做很划算呀！而且豆腐好呀，便宜又好吃，四季不耽誤，肯定賣得快。覺得這個方法完全可行，沈曦的心情這才多雲轉晴，腦中已經想像出自己一天收入一兩銀子的畫面了！

這一次，由於沈曦盯得牢，藥熬得剛剛好。沈曦一口氣把那苦苦的藥汁喝光，把碗往桌上一扔，又躺回被窩想她的發財大計去了。她在被窩中興奮了好久，才後知後覺地發現，都這麼晚了，瞎子竟然沒有來被窩睡覺！

沈曦抬頭向瞎子看去，只見瞎子仍呆呆地坐在炕頭上，閃爍的燈光照在他那蒙著布條的臉上，竟然驀地增添了一絲與往日迥異的神秘和威嚴。

神秘？

威嚴？

一個瞎子而已，哪會有那些東西？

沈曦自嘲地笑了笑，然後過去拉瞎子的手。「夜深了，咱們睡覺吧。」

瞎子一如往昔，順從地讓沈曦幫他脫掉了衣服，順從地和沈曦一起躺進了被窩。

沈曦吹掉油燈，把被子壓嚴實了，偎進了瞎子溫暖的懷裡。

「瞎子，是不是今天飯不好吃，怎麼吃這麼少？明天我去割點五花肉，做你最愛吃的紅燒肉好不好？」瞎子沒有反應，只是任由沈曦撫摸著他沒吃飽的肚子。

「瞎子，肚子痛，幫我揉揉。」沈曦把瞎子的手放到自己的肚子上，還示範性地帶著瞎子的手在自己的小腹上揉了幾把。

瞎子明白了沈曦的意思，整個大手捂在沈曦的小腹上，輕輕地、慢慢地幫沈曦揉著肚子。

瞎子的手很溫暖，揉得也很溫柔，沈曦舒服得直哼哼。

沈曦一邊享受著瞎子的服務，一邊想道，其實瞎子是個很溫柔的人，只不過對於外界的無知，讓他顯得無情了一些，自己剛才實在是不應該生出不想再堅持的念頭的。既然已經做了夫妻，還是好好過日子吧！瞎子雖然不是個正常人，但總比那些在外面花天酒地還妻妾成群的男人強吧？

想到這兒，沈曦的心氣也順了，她仰起頭，在瞎子的唇上輕輕吻了一下，柔聲道：「瞎子，我又新想了個賺錢的法子，以後我多多掙錢，一定讓你天天有肉吃。」

瞎子沒有聽到沈曦的話，自然是沒有任何反應。

沈曦白天睡的時間長了，晚上就有點不睏，瞎子似乎也沒有睡著，手一直在幫沈曦揉肚子。瞎子的手十分的溫暖，揉得沈曦肚子中熱烘烘的，肚子都不那麼痛了。身體舒服了以後，沈曦怕瞎子再累著，不再讓他揉了，兩個人相依相偎著，雙雙睡去。

睡覺的時候，沈曦作夢了，在夢中，她的身體似乎變成了一條河流，流淌不盡的熱水從上往下一直在流、一直在流……

沈曦的肚子第二天就沒那麼痛了，等沈曦又去老大夫那裡複診的時候，老大夫吃驚地告訴她，她的身體恢復得特別好，只要再抓一次藥就可以了。沈曦歡歡喜喜地又抓了三兩銀子的藥，咕嚕咕嚕又喝了五天。

最後一次去的時候，老大夫告訴她，她的身體已經完全好了，生孩子是完全不成問題的。

得知自己無礙了，沈曦比撿了金元寶還要高興，回到家中後，賊兮兮地在瞎子的臉上突襲了一口，在欣賞著瞎子驚嚇表情的同時，憧憬著在不久的將來，有個軟軟的、可愛無比的孩子叫自己娘親。

沈曦的身體好了後，家裡的錢也折騰得差不多了，於是賣豆腐的計劃被提上了日程。對做豆腐，她還是有一定瞭解的，她打過幾回豆漿，覺得豆腐離自己並不遙遠。

沈曦知道做豆腐要用鹵水或石膏，這個鹵水是什麼東西她不知道，可這個石膏，藥鋪裡就有得賣。能當藥用的，當然也可以食用了，沈曦去藥鋪買回了點石膏。這個豆腐腦變成豆腐的過程，據說還得用石頭壓，於是沈曦又揀來大石頭一塊。豆腐在哪兒壓也是個問題，這個東西還得往下漏水，還得能放穩了。沈曦想到自己小的時候，街上賣的豆腐都是放在一個大木頭盤子裡，於是她又讓木匠給她做了一個淺淺的木頭盤子。萬事俱備後，沈曦開始著手準備做豆腐。

她先去翠姑家借了個小石磨，自己洗好豆子開始磨，轉石磨轉得胳膊都疼了，終於把豆子磨成了粉了，然後沈曦悲催地發現，豆粉泡水離豆漿差了十萬八千里。第一天的實踐，以失敗告終。

第二天下午，沈曦邊磨豆子，邊往裡面加水，胳膊都累了，再次悲催地發現，這磨出來的東西靜置一會兒後，水是水，粉是粉，很明顯的分了兩層，一看就知道不是傳說中的豆漿。第二天的實踐，再次以失敗告終。

第三天，胳膊腫得很疼，歇一天，順便回想過去，總結經驗，吸取教訓。然後沈曦就想起來了，用豆漿機打豆漿前，還有一個十分關鍵的步驟自己忽略了，那就是泡豆子。於是沈曦腫著兩條胳膊，泡了一些黃豆。

第四天，沈曦聰明地把石磨放到了瞎子面前，然後手把手地教會了瞎子磨磨，在瞎子磨磨時，沈曦忽然想起了上輩子人們常講的驢子磨磨要蒙眼的故事，看著眼睛上也蒙著布條的瞎子，沈曦不厚道的笑了。

有了瞎子的助陣，再加上沈曦的改良，這泡了水的豆子，居然真的磨出了豆漿，雖然這個豆漿比較粗，豆渣和豆皮也都在裡面，不過這難不住沈曦。她找來塊乾淨的白布，將豆渣和豆子皮都濾了出來，剩下的就是豆漿了。

沈曦把豆漿放進鍋裡，開始用大火煮，燒開後再滾一會兒，拿掉上面那層薄薄的豆皮，下面就是熱氣騰騰的豆漿了。

把成功的豆漿舀出來半盆，沈曦用剩下的豆漿來實驗做豆腐。可真正做豆腐的時候，沈曦犯了愁，這個石膏要怎麼放進去呢？是直接扔片呀，還是用水化開呀？這放石膏的時間、濃度什麼的，有沒有什麼講究呀？

她努力回想那個簡易的說明書上的做法，可惜什麼也沒想起來，於是她想了個聰明的法子，將豆漿再舀出來一半，鍋中留一半，然後將石膏片扔了進去，用勺子攪和了幾下，幾分鐘過去了，豆漿沒有凝固成豆花，沈曦又扔了幾片進去，頓時覺得滿鍋都是石膏味，半鍋豆漿就這樣廢掉了。

把做壞的豆漿扔掉，沈曦把那半鍋豆漿又倒入鍋中燒開了，這次，她把石膏片研成了粉末，然後放在碗中用清水化開了，再將石膏水倒入鍋中，用勺子攪拌了幾下，這一次，很有成效，鍋中竟然真的慢慢有豆花出現了。沈曦不敢放太多石膏，怕放多了豆腐有石膏味，可若是少放的話，那豆花結得又不是很凝固。沈曦無奈，只得一點點地往裡面加石膏水，等到她覺得差不多的時候，才將豆腐放到了木製的豆腐盤中。

這時候豆花的樣子應該就是豆腐腦了，沈曦先盛了一碗出來，然後把剩下的那些用白布蒙好，上面蓋了一層板子，最後用石頭壓上了。

沈曦也不知道這豆腐腦要壓多久會變成豆腐，大約隔個幾分鐘吧，她就把石頭挪開，掀開白布看看，這樣折騰了五次，當沈曦再次掀開白布的時候，豆腐成形了。

終於做出了豆腐，讓沈曦心花怒放。沈曦拿雙筷子先挾了一點，然後很傷心的發現，這個豆腐不光石膏味太重，吃起來還很粗，大概是因為她沒把豆渣濾乾淨的原因。

沈曦怕石膏吃多了出問題，這一盤子豆腐，連同那碗豆腐腦，她沒敢吃，全部都扔掉了。

當天的晚飯，是餅子就豆漿。

瞎子對甜甜的豆漿很捧場，消滅了一大半，沈曦因為許久沒喝過的原因，也喝了不少。

以前沒想到吃豆腐的時候，沈曦還沒覺得多饞豆腐，現在勝利在望了，卻越發覺得饞豆腐了。

在吃的激勵下，沈曦又踏上了不屈不撓的豆腐製作之路。

在石膏問題上經歷過好多次失敗後，沈曦終於還是成功地製出了豆腐！在自己品嚐後，覺得口感不錯，還沒有任何副作用之後，沈曦就將豆腐拿出來做菜了。

小蔥拌豆腐是第一道菜，然後麻婆豆腐、家常豆腐、紅燒豆腐、肉沫豆腐、涼拌豆腐、豆腐湯……一一被沈曦擺上餐桌。直到自己吃得不想吃了，沈曦這才停止了瘋狂的做豆腐。

然後，沈曦的粥攤上少了一桶粥，多了一小桶豆腐腦、一小桶豆漿和一盤子豆腐。

豆腐腦還是四文錢一碗，而豆腐，則是一文錢一小塊。事實證明，和偉大的中華民族同源的中嶽國人民的口味，和華夏子孫還是差不多的，沈曦的豆漿、豆腐腦和豆腐受到了熱烈的歡迎，為沈曦生意的成功轉型打開了局面。

由於別處沒有賣豆漿、豆腐腦和豆腐的，這些東西賣得很快，利潤也比粥更大，若不是有一些老顧客堅持要喝粥，恐怕沈曦就不再做粥，只做豆漿、豆腐腦和豆腐了。饒是這樣，沈曦也將粥減少到了一小桶，加大了豆腐腦和豆腐的製作量。

雖然一起賣這麼多樣東西有點辛苦，不過掙的錢確實多，特別是豆腐，由於用油紙就能包走，所以在冬天這個沒什麼青菜的時節，分外的受歡迎，尤其是在鎮子上的客棧和酒店都固定從沈曦這裡買豆腐以後，沈曦賺得就更多了。這幾樣東西平均下來，沈曦一天能賺六、七百文，把沈曦美得都快找不到東南西北了。

白天有銀子，晚上有男人，這種日子，沈曦過得是十分的滿足啊！

轉眼間，冬天過去，春天來到，天氣一天比一天暖和了。

在沈曦的豆腐事業中，時間很快就進入了三月。

陽春三月，萬物復甦，鎮子外的野地裡長滿了嫩嫩的小草和綠綠的野菜。

閒暇時候，翠姑會來找沈曦，提了籃子一起去野外挖野菜。這個時代沒有農藥的摧殘，遍地都是野菜，且沒經過化肥的催生，野菜的味道不管是涼拌、做餃子還是炒了吃，都十分的美味可口。而且在空曠自由的大自然中行走，本身就是一件解放心靈、舒展身體的好事情，很快地，沈曦就喜歡上了挖野菜，和同去挖野菜的翠姑，感情也是越來越要好。

這一天，翠姑端了一個盆子過來，盆子中放著一塊白白的、圓圓的，好像一張大餅一樣的東西，沈曦迎上去，好奇地問道：「這是什麼？」

翠姑隨沈曦進了屋，把盆子放到桌子上，這才道：「這個東西叫醋蛾子。我們家今天在做新醋，把醋缸洗了，這個醋蛾子是多出來的，妳要不？」

沈曦吃了一驚，道：「妳家醋也是自己做？」

翠姑笑道：「妳還驚訝呢，我知道妳是買醋吃的時候，可是更驚訝呢！這誰家的醋不是自己做呀？偏妳錢多，整天往雜貨鋪去送錢！」

前世的時候醋超市有得是，誰還自己家裡做呀？這些東西一般人都不會做好不好！沈曦以前覺得自己占了幾千年的便宜，很有優勢，什麼都懂，現在看來，古代家庭婦女才個個是萬能的呀！新世紀的新女性，穿越到這裡來，那就是一無是處的廢物呀！

沈曦一邊瞎想著，一邊向翠姑說道：「我這不是不會做嗎？這醋蛾子我要了，不過得勞煩翠姑嫂子教教我做醋才是。」

翠姑白了沈曦一眼。「看起來挺端莊的一個人，私底下總這麼不正經！翠姑就翠姑唄，還加個嫂子幹麼？做醋最簡單了，我先把材料告訴妳，妳買好了，自己做就行了。」

沈曦連忙點頭：「好，妳說吧，我聽著呢！」

翠姑道：「一斤酒、一斤糖，回來後放十斤水，把醋蛾子放進去，攪勻了放個日頭曬不著的地方就行了。醋罐刷乾淨點，別沾油就行，最好蓋個嚴實點的蓋子，悶一、兩個月就能吃了。」

沈曦驚訝道：「這麼簡單？」

翠姑笑道：「可不就這麼簡單？妳以為有多難呢？淨花那冤枉錢！」

沈曦鬱悶了，這幾個月來自己嫌醋貴，一直省著用醋呢，卻原來根本就不用省呀！

翠姑臨走前，又丟了一句。「對了，過幾天我家做大豆醬和醬油，妳要是也想做點，就買幾斤豆子讓我婆婆幫妳一起做了就行了，省得妳麻煩了。」

不會吧？連大豆醬及醬油都會做？

沈曦有點不敢接受這個事實，又大大地受了一次打擊。

鬱悶至極的沈曦到雜貨鋪買了一個小缸、一斤酒、一斤糖。

回家後，缸洗淨，把糖、酒、水攪拌好了，糖全化開了，又把醋蛾子放進去，密封好蓋子後，就放到了廚房的一個角落裡。

接著，就等著一、兩個月後吃醋了。

過了幾天，天氣更暖和了，翠姑來找沈曦，說她婆婆要做醬和醬油了。沈曦便拎著自己買的十斤黃豆，到翠姑家開眼長見識去了。

大豆醬很好做，把豆子炒熟，用石磨磨成瓣，鍋裡放水，把豆瓣煮開煮爛，放入鹽，拌勻後放入大缸中就可以了。如果想要讓醬發酵得快一點，就在冬天的時候把蒸好的玉米麵或豆麵包子曬乾曬硬，用石磨磨成粉，放進醬缸裡攪勻就行了。醬做好在太陽下曬三、五天後就可以開始食用。等醬發酵完成，把醬缸放到蔭涼的地方保存就行了，可以吃一年。

醬油的製作方法則沒有那麼簡單，不是一天、兩天就能做完的。沈曦全程進行了參觀學習，也記了個大概流程，不過醬油的製作是要豆子發酵，以後還要進行曝曬，等能曬出醬油來，最少也得三個多月。沈曦自然不可能在翠姑家盯三個月，所以在差不多不用幫忙後，就忙自己的事去了，只等著三個月後吃醬油就好了。

來古代才短短不到一年的時間，沈曦數了數，自己已經學會了紡線、織布、做衣服，現在又學會了做醋、做醬、做醬油，自己正在向古代的勞動婦女一步步靠攏呀！若在以前，誰要說自己會做這麼多東西，估計十個人有九個不相信，唯一相信的就是她自己了，所以，現在的沈曦，頗有點沾沾自喜啊！

時間慢慢走進春暖花開，四月的天氣，已經很暖和了，特別是中午的時候，暖暖的太陽曬在身上很舒服。於是沈曦在院子裡擺了一把椅子，等擺攤回來，就扶瞎子去院中坐坐，曬曬太陽。瞎子曬太陽，她去做飯，吃完午飯，兩人再小睡一會兒，然後再扶瞎子在院中坐著，沈曦則在院子中翻整土地，打算種一些時令蔬菜。

沈曦家的院子不太大，寬只有兩間房的長度，長大約有二十來米，院中還有一口井，不過種兩個人吃的菜，還是綽綽有餘的。

沈曦不懂農時，不知道什麼時候種什麼菜，可她天天在早市上混，看到別人賣什麼菜秧子，她就買點回來種什麼菜，怎麼種？種多少？澆多少水？她都和賣菜秧子的人問好了，這才買回來種。

在菜農們的指導下，沈曦種了蔥、黃瓜、豆角、茄子，還有一畦韭菜。在沈曦的精心照料下，菜長得很是不錯。不少已經冒出了尖尖的綠芽，長出了嫩嫩的葉子。

閒了的時候，沈曦也會搬個板凳出來坐在瞎子旁邊，和瞎子一起曬太陽，後來有感於板凳不能躺，有些不方便，她又跑到木匠鋪裡，和木匠研究出了一把躺椅，然後以二兩銀子和一把躺椅的價格，把躺椅的製作權賣給了木匠師傅。上次的獨輪車由於方便省力，能攜帶的東西又多，給木匠師傅帶來了巨大的利潤，擺攤賣東西的人，幾乎已經人手一個了。木匠師傅現在十分歡迎沈曦前來訂做東西，而且已經很熟練地會運用「買斷」這個詞了。

有了躺椅以後，瞎子就更喜歡在外面曬太陽了，他經常躺在上面，任憑太陽將自己蒼白的臉色曬成了和煤一般黑的顏色。不過曬曬也有好處，瞎子的精神竟然漸漸好了一些，不再整天木木地在炕頭上呆坐了，而是偶爾會摸索著站起來，在院子中走動走動。

春光融化的，不僅僅有雪水，似乎也有瞎子心中的冷漠，面對沈曦時，瞎子也不再是木木呆呆的，偶爾會在沈曦面前展露出一些不一樣的表情。

這天沈曦擺完攤回來，瞎子正躺在躺椅上曬太陽，沈曦放好推車，先去洗了洗手，然後拎了一包點心出來，坐到了瞎子旁邊的凳子上。

「剛買的涼糕，來嚐嚐，好吃不？」沈曦拿了一個圓圓軟軟的涼糕，塞進了瞎子的嘴裡。瞎子吃了一個，微微點了點頭，示意好吃。

沈曦看著躺著很愜意的瞎子，眼珠子骨碌碌地轉了幾下，臉上帶上了幾許壞笑。

她將涼糕叼在嘴上，俯下身去趴在瞎子身上，把涼糕哺進瞎子嘴裡。瞎子早已習慣沈曦的各種調戲，已是寵辱不驚了，所以他面不紅、臉不赤的就將涼糕吃了下去。

一見自己的調戲沒見效，沈曦有點失望，她又不懈地叼了個涼糕，繼續餵食，瞎子也繼續將涼糕吃掉了，不過這次他嚼得很快，在沈曦還沒抽開身之前，他的涼糕已經嚥下，隨後，他猛地伸出手，一下子將沈曦攬到了自己身上，他的嘴，也準確無比地親在了沈曦的嘴上。

沈曦錯愕不已，眼睛瞪得大大的，根本就不相信瞎子會這麼主動。待她回過神來想接受這個來之不易的親吻時，瞎子已經放開了她，又躺回躺椅上去了，那懶洋洋的樣子，似乎剛才他什麼也沒做過。

「啊啊啊，瞎子，你竟然親我了！」沈曦發出一聲歡呼，然後她飛快地趴在瞎子的胸膛上，笑咪咪地道：「親愛的，來來來，讓姊教教你，什麼是真正的接吻！來吧，法式深吻……」沈曦的餘音，消失在了瞎子的唇間……

春天帶走了寒冷，也帶走了棉衣，在沈曦和瞎子都換了夾衣後，端午節也悄然而至了。在這個沒有什麼娛樂的時代裡，端午節的賽龍舟無疑在這個小鎮子上掀起了一波歡快的浪潮。

對賽龍舟沈曦沒什麼興趣，她感興趣的，是端午時吃的軟軟甜甜的粽子。

沈曦極喜歡吃粽子，特別是沈媽媽包的純糯米粽子，可惜自從沈媽媽過世後，就再也沒人包給她吃了。後來她想過要自己做，可終是因為自己一個人，不值得動手做，總是從超市中隨便買一些便罷。

今年有了瞎子，有了家，沈曦很早就買好了糯米，打算自己做粽子。除了純糯米餡的，她還打算做豆沙的和鹹肉的。

端午節這天，沈曦剛剛擺攤回來，東西還沒放穩呢，就有一個衣衫光鮮的人來拜訪，沈曦迎出來一看，發現來人是很久不見的福瑞祥林掌櫃。

林掌櫃一見面就向沈曦行禮。「夫人，半年多沒見，可還記得林某？」

沈曦連忙行禮道：「林掌櫃說笑了，您是小婦人的財神爺，小婦人怎麼會不記得您呢？」行禮畢，沈曦領著林掌櫃進了屋。

屋子收拾得很乾淨，但是房間不大，家具也不多，看得出她的日子過得比較拮据，看來自己所謀之事，絕對可成。當他的眼光掃到炕頭上的瞎子身上時，目光明顯凝滯了一下，不過他是個精明的人，立刻把目光移開了。

沈曦笑著介紹道：「林掌櫃，這是我家相公，他身有殘疾，不能給您見禮，您莫怪罪。」

林掌櫃看到瞎子眼睛上蒙的布條，自然就明白這男人是瞎子了，連忙應道：「不妨事、不妨事。」

沈曦客氣道：「林掌櫃您請稍坐，我去燒水泡茶，這客人來了連杯茶都沒有，實在是讓您笑話了。」說這話也就是意思意思，這裡沒有暖壺，要沏茶就得先去灶下燒水，等燒完水把茶泡好，沒有半個小時根本拿不下來，沈曦可不想為了一杯茶如此折騰。

林掌櫃果然是聞弦歌而知雅意的妙人，連忙止住沈曦，道：「林某不渴，夫人也不必過於多禮了。夫人請稍坐，林某此次前來，還有要事相商。」

「林掌櫃您也請坐。」將林掌櫃讓到那屋中唯一的椅子上，沈曦坐到了炕沿上。

林掌櫃似乎在斟酌措詞，暫沒開口，沈曦也懶得和林掌櫃那麼規規矩矩的小婦人來小婦人去了，於是便像平常說話一樣地問道：「前些日子我去福瑞祥買點心，聽夥計說您高陞了，我還沒恭喜林掌櫃哪！」

林掌櫃一個生意人，自然也是不慣說那文謅謅的話，聽沈曦這樣說話，很是輕鬆了一些。「林某確實於年前被東家調去了京城老店當掌櫃，這完全得力於夫人，林某不敢忘了夫人的好，本來過年應該送些年禮給夫人的，可京城離這裡實在是路途遙遠，林某只得望路興嘆。這次林某來故地巡店，若再不來探望夫人，那可真是失禮至極。」

沈曦道：「林掌櫃您這可是謙虛了，咱們公平買賣，您給的銀子不少，咱當時可是銀貨兩訖的，我可不敢忘呢！」

見沈曦不挾恩自重，林掌櫃對沈曦又看重了一層。「夫人去年給林某支的招，得到了東家的讚賞。年前將夫人的紙袋和蛋糕一舉推出，咱福瑞祥賺了個盆滿缽滿，林某也得到了東家的賞識。那些主意是極好的，林某當初的銀子給少了，憑那好主意，千兩也不為過。夫人想必也看到了，我們福瑞祥用的標誌，正是夫人畫的，我們東家說不能白用『我』的畫，給了我一些潤筆（注），我給您帶過來了。」說罷，從袖中掏出一張銀票，放到桌子上。

沈曦打眼看去，隱約看出上面寫的是「二百兩」。

這張銀票放在桌子上了，林掌櫃卻又將手伸入袖中，再掏出來一張銀票，是一百兩的。

沈曦前世也是上過商場的人物，心中也是有些生意經的。若論那些主意還有那個商標，福瑞祥的東家再給二百兩這也說得過去，畢竟憑著那些東西，這福瑞祥可是大賺了一把，這二百兩銀子，對福瑞祥來說連根牛毛都算不上。可現在林掌櫃又給加了一張銀票，沈曦絕對不會傻兮兮地當成是林掌櫃的謝禮，這很明顯，從來沒有買家心疼賣家，主動去給賣家加錢的，最起碼，沈曦沒見到過這種「君子」。俗話說，禮下於人，必有所求。這林掌櫃，怕是還有用得著自己的地方。自己一個貧窮的弱質女流，能值得人看上的，大概還是讓林掌櫃得到甜頭的那些生意經吧？

想明白了這些，沈曦心下也坦然了，於是正容道：「林掌櫃這是什麼意思？你們東家給的這錢，我收下了，說句不好意思的話，這也算是我該得的。只是您這是鬧哪齣啊？」

林掌櫃鄭重地道：「夫人，您且聽林某說。林某現在覥為京城老店掌櫃，日得東家看重，可您知道，林某並無出奇制勝之計，只不過是借了您的東風罷了，因此林某雖處高位，卻一直戰戰兢兢的，今日來此，還想聆聽夫人高見，讓我福瑞祥更上一層樓！」

果然是來取經的！

白送上門來的一百兩銀子，沈曦自然是不能放過的，於是她想了想以前那些老字號糕點店的運作，和林掌櫃侃侃而談，從裝修到服務、從買三贈一到限時促銷、從統一店面到加盟收費……除了融資上市以外，沈曦將自己所知道的關於糕點業的知識全告訴林掌櫃了。到了最後，沈曦還送上幾道後世常吃的點心製作方法。比如餅乾、肉鬆麵包、奶油蛋糕什麼的，特別是沈曦以前自己DIY過的東西，她將配方全都送給了林掌櫃，肉鬆和奶油的製作方法也

注：潤筆，意指請人家寫文章、作畫、寫字的酬勞。

教給了他。一百兩銀子，總不能讓人家白花不是？

兩人相談甚歡，直到日過中天，林掌櫃才依依不捨的告辭離去，而沈曦看著那張已經屬於自己的銀票，美得不知道東南西北了。

「瞎子、瞎子，你說你娘子能幹不？三百兩呀，夠咱倆逍遙一陣子的了！嘿嘿、嘿嘿……」沈曦炫耀完了，啾的一聲，在瞎子臉上親了一下，心情大好。

「啊，瞎子，你說咱這三百兩怎麼花呢？開個粥店？還是買地當地主啊？咱倆就什麼也不幹了，當收租的地主和地主婆，好不好？啊呀，這銀子還是先不要動了吧，等咱有了孩子後再說。孩子的教育是個大問題呀，在這小地方，連個正經學堂都沒有，孩子哪能受到好的教育呀？不行不行，咱以後得搬家，搬到大地方去！窮什麼也不能窮教育不是？為了免除下一代的苦難，我寧願搬家呀……」沈曦一邊碎碎唸，一邊把銀票藏了起來，打算投資房地產的念頭雖然生了根，但沒發出芽來。

既然說到了孩子，沈曦又鬱悶了起來，戳著瞎子的胸脯唸唸叨叨。「咱倆同房這都五個月了，我的病早就好了，我這肚子怎麼就沒動靜呢？都怪你這傢伙不賣力，辦個事還要準準的五天一次，誰家兩口子不是興致來了就做呀？偏你這麼古怪！我還就不信了，今晚我就對你來個霸王硬上弓，看你能咋地！」瞎子抬起頭，一臉茫然無辜的表情。

看著瞎子那蒙著布條的眼睛，沈曦就像是揮拳打到了空處一樣，渾身的氣勢頓時萎靡了下來。沈曦捧著瞎子的臉，在他那蒙著布條的眼睛上親了親，低聲道：「唉，算啦算啦，我什麼也不說啦，反正你也聽不見。麵包會有的，孩子也會有的，我不著急，不著急。」瞎子似乎不願意讓沈曦碰他的眼睛，輕輕抬起手，將眼睛捂上了。

這孩子氣的動作，惹得沈曦一陣好笑，說不得，沈曦又將瞎子上下調戲了一番。

吃罷午飯，沈曦把早就準備好的糯米、竹葉端到桌子上，自己坐在桌前包粽子。一個人枯坐無聊，沈曦又開始對著瞎子嘮叨。「瞎子，你說你不能聽、不能看的，你天天都在想什麼呀？你從小到大都沒有和人溝通過嗎？你是哪兒人呀？你爹娘呢？你不會是從小就被他們遺棄了吧？瞎子你放心，咱們的孩子不管長成什麼樣，我肯定對他好的。還有你，只要你不當負心漢，我這輩子絕對當你的賢妻良母。你若也學趙譯那個混蛋……算了算了，你都這樣了，肯定不會和那個混蛋一樣的……」說到了趙譯，沈曦就什麼心情也沒有了，整個下午，她都沒有再嘮叨，而是靜靜地包著粽子。

蒸好了粽子，直到吃晚飯的時候，對上瞎子那張平靜的臉，她的心情才算是好了不少。大過節的，自己這是發什麼羊角瘋？想那個混蛋做什麼，自己不是已經有瞎子了嗎？還是瞎子好，他離不開自己，也不會有別的女人看上他，他這一輩子，完完整整的，全都是自己的。這樣，不是更好嗎？那個混蛋，已經是上輩子的人，自己就當他死了，以後再也不必想他，只守著瞎子過日子吧！

想開了這些，沈曦的臉上終於又露出了笑容，對待瞎子就更親熱了，就連粽子都給瞎子多塞了幾個。

晚上的時候，沈曦又嘗試著勾引瞎子，又以被瞎子禁錮在懷中而告終。沈曦一邊用腿蹬瞎子，一邊喘著氣低喊：「死瞎子、臭瞎子，就會用這一招！有種你放開老娘，看老娘不把你榨乾了！」然後她亂動的腿也被瞎子壓住，沈曦徹底動彈不得了。

瞎子用摟著沈曦後背的手輕輕地撫摸著她的背，似乎是在安撫她。瞎子這為數不多的安慰和親近，把沈曦激動得夠嗆，用唯一能動的嘴在瞎子胸膛上一頓亂親，可惜這事被瞎子誤解了，瞎子似乎還以為她在挑逗他呢，後背也不撫摸了，騰出一隻手來，把沈曦的腦袋死死按在自己的胸膛上了。於是沈曦的勾引計劃，再一次失敗，瞎子五天一次的頻率，除了不可抗拒的紅信來潮，仍未能被沈曦人為打亂。

雖然已經有了三百兩的鉅款了，清晨的時候，沈曦還是照樣去擺攤了。家有千金，不如日進斗金，這個道理沈曦還是明白的。何況用那三百兩銀子做什麼，可得好好規劃一下，不能急在一時，畢竟這可不是二、三兩的小買賣。

過完端午節沒幾天，某個早晨，那個經常來沈曦這裡喝粥的李楨李老先生，等喝粥的人都走了後，忽然湊到沈曦身邊，看看左右無人，遂小聲道：「沈娘子，趕緊把手上的錢都買了糧食存起來，我得到消息，快要打仗了，這糧價馬上就要漲起來了！記住，要不動聲色的買，若是被人記住了妳買的糧食多，怕到時候會有人去搶妳！」

這個消息，把沈曦炸得魂都飛了！

去年秋天，北嶽國武神洪峰和蘇烈二人共襲霍中溪，霍中溪殺死蘇烈、重傷洪峰，自己也身受重傷，下落不明。洪峰回到北嶽國後，發出武神令，尋找重傷的霍中溪，宣佈殺死霍中溪者，自己將收其為關門弟子，親授武功。武神收為弟子，還親授武功，何況霍中溪又身受重傷，這是何等機遇？一時之間，北嶽國武士紛紛湧入中嶽國，試圖找到霍中溪。

霍中溪受的傷很重，洪峰也不知道其是死是活，只不過在那幾個月的尋找中，那麼多人，竟然連霍中溪的一點消息也沒能打聽得到，於是世人紛紛猜測，霍中溪其實已經傷重而亡了。

然而中嶽國劍神山和皇室早已放出風聲，說霍中溪已經安全回到了劍神山，只不過霍中溪正在閉關養傷，是以北嶽國人根本找不到劍神。而最有力的證明，則是在春節時，皇室一年一度舉行的節日盛宴中，劍神霍中溪也露面了！雖然時間很短，也看得出劍神的身體確實很虛弱，但，畢竟劍神還活著！這一重要的消息，不但穩定了中嶽國的形勢，也震懾了北嶽國的進犯和囂張。這段傳聞，中嶽國人人盡知，沈曦也早就聽說了。

不過據李楨透露，霍中溪當時受傷頗重，洪峰一直認為他應該死了，因此懷疑春節時出現的劍神可能是冒牌的。最近洪峰的傷養好了，他準備再一次發動對中嶽國的戰爭，若霍中溪還活著，大不了就退回去，若霍中溪不在，那更好，乘機滅了中嶽，也好遂了心願。洪峰的心思其實一想就明白了，他已經年近八十了，若不趁還活著的時候替北嶽國開拓疆土，恐怕北嶽再也沒有機會南侵了。

李老先生早年曾經仗劍遊學，知交遍天下，前幾天他北地的一個朋友帶了全家來投靠他，告訴了他這個消息。

臨走前，李老先生一再叮囑沈曦，這消息不要外傳，一傳出去就會引起社會的動盪，若兩國打不起來，誰傳出去了，誰就會因為造謠生事一罪被官府抓去。而這個罪名，很有可能是要殺頭的！

沈曦唯唯諾諾地點著頭，心中卻是掀起了滔天巨浪。

戰爭要來了？

上輩子處在一個和平的時期，連打架都沒看見過幾回，眼前卻要面臨到戰爭？

一想到戰爭的可怕，沈曦只覺得眼前一陣陣發黑。

自己一個弱小女子，在這個戰亂的社會裡，要拿什麼自保？等待自己的，怕是只有一個結局吧？

要不，逃吧！

可自己能逃到哪兒去？

國家都可能會滅亡了，哪裡又會是安全的呢？

沒有經歷過戰爭的沈曦，心裡徹底的慌了。

晚上睡覺的時候，沈曦縮在瞎子的懷裡，恨不得把自己縮到瞎子的身體裡去，才能讓自己找到一些安全感。

瞎子似乎感覺到了沈曦的恐懼不安，難得地伸出了雙手，將沈曦緊緊地抱住了。

感受到瞎子的關心，沈曦漸漸平靜下來，只是臉色仍是十分難看。

沈曦躺在瞎子的胳膊上，仍有些心悸地道：「瞎子，要打仗了，咱們怎麼辦？我一個弱質女流，你一個又聾又瞎的殘疾人，咱們哪有反抗的能力啊？要不，我們逃吧？逃到山裡去，逃到別人找都找不到的山裡去！」

也許逃到山裡去是個好選擇，可她轉念一想，山裡都是毒蛇猛獸，自己一點野外生存的知識都沒有，又哪有可能生存得了呢？何況，戰爭一起，勢必有不少人要進山躲避，萬一有人起了歹心，自己和瞎子肯定還是個死。

想來想去，沒有活路。

沈曦看著身邊的瞎子，想著未卜的前程，不由得流下了眼淚，眼淚順著臉頰滑落，流到了瞎子的胳膊上。

瞎子伸出手摸上了沈曦的臉，當他摸到沈曦臉上的淚時，手明顯地停頓了一下，他摸索著去擦沈曦的眼淚，並輕輕地吻著沈曦的額頭。

瞎子溫柔的安撫，讓沈曦生出了一股對夫妻分別的恐懼與淒涼，她的眼淚流得更凶了，如同奔湧不息的溪水一般，不斷地流過瞎子的胳膊。

瞎子安慰良久，見沈曦沒有要停止的意思，他輕輕嘆了一口氣，翻身壓到沈曦身上，輕車熟路地進入了沈曦的身體，很快就將沈曦帶到了慾望的海洋，沈曦細細的嬌吟慢慢取代了低低的抽泣。

五天一次的頻率，終於被沈曦的哭泣打破了……

瞎子的刻意溫柔似乎給沈曦帶來了奮鬥的力量，一番歡愛後，沈曦睜著眼睛籌劃了半宿，心中漸漸有了主意。

第五章

第二天，趁著熬豆漿的時候，沈曦一邊清點了家中所有的財產。除卻林掌櫃給的三百兩，從賣豆腐以來，自己也攢了三十六兩多一點，一共是三百三十六兩。

清早，沈曦照樣去擺攤，等收了攤後，走到糧店門口，花了五兩銀子買了雜糧，晚上沈曦偷偷在院子裡挖了個坑，把糧食用油布包好，埋進了炕裡，然後把挖下來的菜又種在了上面。

第三天沈曦還是去擺攤，收攤後沈曦從雜貨鋪買了二兩銀子的鹽醬鹹菜。晚上又挖了個坑，把這些瓶瓶罐罐埋了，上面依然種菜。

第四天，沈曦沒有去擺攤，而是起了個大早，僱了輛馬車，直接去了附近最大的鎮子，這個大鎮子上有錢莊，不過這個錢莊遠遠不如後世的銀行正規，不知是不是也知道局勢要變化了，一百兩銀票竟然只換給九十兩銀子。

逃難的時候，帶的東西是越少越好，這樣方便行動，但錢肯定是越多越好。沈曦琢磨著萬一真打起仗來了，錢莊裡的錢肯定是取不出來的，那三百兩的銀票，不如換成現金的好。無論在哪裡，真金白銀都是硬通貨啊！

取錢的人不是很多，但也不少。一聽說一百兩只給換九十兩，有不少人憤然離開，也有不少人商量著去更大的城市取錢，那裡的兌換不會扣這麼多。

沈曦是個膽小的，也知道戰爭若真來了，銀票就是一張紙，什麼也買不到，於是她毫不猶豫的就將三百兩銀票換成了二百七十兩銀子，換完後，她又去糧店買了些米麵油鹽和油布，直到將馬車塞得滿滿的，這才坐上馬車回了家。晚上的時候，她又挖坑，把這些東西用油布包好埋了起來，上面仍是種了菜當掩護。

後來的日子，沈曦照樣天天去擺攤賣粥，不過賣完粥後，她總是要去糧店、雜貨店買些米糧鹽醬之類的東西回來，然後都挖坑埋了。等沈曦家的院子已經再也挖不下坑的時候，沈曦手中的銀子已經只剩二百二十兩了。

剩下的元寶是肯定不能放在屋裡的，若真打仗，這屋子裡肯定不安全，沈曦想了好幾天，終於被她想到了一個穩妥的地方。她把院中的井從內壁上摳下來幾塊磚，將裡面掏出一個洞，把二十個元寶用包袱裹了，塞進洞裡，然後再和了點泥，將那幾塊磚又抹了回去，這樣從外面一看，誰也不知道這井壁中藏了東西。

剩下的二十來兩銀子，沈曦放在手邊，作為日常花用。

日子一天天過去，糧店的米價也漲了起來，不過漲的幅度不大，人們依然沒有重視。沈曦特意去郭嬸家串門，暗示了郭嬸糧食要漲價，郭嬸嗯嗯敷衍了幾句。她也曾暗示讓翠姑多買些糧食，翠姑卻說糧價總會有漲有落的，過幾天就會落價了。沈曦在心裡替她們著急，可她還是牢牢地記著李老先生的話，沒有把實情抖出去。

到了第十一天，來喝粥的人比平時少了三分之一，就連來的顧客，也不見誰有心情在攤上慢慢吃，都是急匆匆地帶回家吃去了。當天，糧價上漲了一倍。

第十二天，喝粥的人又更少了，只剩下原來的三分之一了，即使沈曦煮得少，也沒有賣完。這一天，糧價一下子漲了五倍。聽喝粥的人說，錢莊裡擠滿了兌錢的人，現在已經是一百兩銀票兌六十兩銀子了。

第十三天，北方前線傳來了壞消息。北嶽國試探了無數次，而霍中溪始終沒有露過面，已經康復的洪峰終於按捺不住，劍鋒指向了中嶽。在洪峰的壓陣中，北嶽國勢如破竹，一天之內便直取中嶽國八十六城！這天，沈曦沒有擺攤，只是去街上轉了轉，發現糧價已經漲了十倍，而且是限量出售了，而錢莊聽說已經關門，不再出兌現銀。

第十四天，糧店關門了，門上貼了一張紙：米已售罄。

一時之間，中嶽國內形勢大亂，達官貴人紛紛四散逃命，就連沈曦所在的小鎮，由於偏僻，竟也成為許多人避難的極佳場所，小鎮上，經濟崩潰，亂象橫生。一些本地的大宅紛紛為外來勢力占據，就連一些中等住宅，也都被人占了去。幸好沈曦那兩間小房是在貧民區，外來勢力還看不上這種小破房，暫時還是安全的。

房子雖然安全，可米價、糧價卻高得離譜了。大米現在已經漲到了十兩一石，還經常沒貨。雜糧、粗糧現在五兩一石也是供不應求。

錢莊早就關門了，好多人手中的銀票成了廢紙，無處兌換，一時之間，飢民遍野。餓急了眼的人，有些膽大的開始鋌而走險，有好幾個富戶被飢餓的災民給砸了，全家都被打死了。

聽到這些消息，沈曦嚇得都不敢出門了。怕有人闖進來，她甚至用石頭把院門給砌死了，事實上院牆也不高，若真有人要進來，那是擋不住的，沈曦這樣做，也只是求個心安。不知道戰爭什麼時候會燒到這裡，也不知道這些糧食能支撐多久，沈曦減少了家中做飯的頻率，甚至不敢在白天做飯了，怕炊煙引來快餓瘋了的人。

晚上，沈曦就連睡覺也不敢脫衣服，整夜整夜地躺在瞎子懷裡合不上眼。倒是瞎子，對外面的世界渾然不知，雖然對沈曦穿著衣服睡覺的行為不能理解，但這阻止不了他五天一次的頻率。

在這不知還有沒有明天的日子裡，沈曦也放縱了自己，從不拒絕瞎子的索歡，過著活一天算一天的日子……

經過了二十來天的騷亂後，鎮子裡的治安終於被一個大人物給整治好了，當街上再無打鬧時，沈曦從牆頭和隔壁的翠姑互通了消息，得知這個大人物調來了一大批糧食，暫解了鎮子裡的糧食危機，不過大米已經漲到六十兩一石了，雜糧四十兩一石。一石是前世的一百二十斤，也就是說，大米一兩銀子才買二斤，雜糧一兩銀子才買三斤。

看著餓得面黃肌瘦的翠姑，沈曦心中一陣愧疚。自己家裡的糧食還很多，可是怕引火上身，因此明知道翠姑家在挨餓，愣是沒有支援他們。這也怪不得沈曦心狠，在這個物價飛漲的亂世，糧食就是命，沒有人願意把命送出去。特別是在這個人心不安的時候，有時候好心是會引來災禍的。萬一翠姑一家不小心將自家有糧的消息洩漏出去，那等待沈曦和瞎子的，必定是搜家殺身之禍，沈曦不敢冒這個險。

街上陸陸續續的出現了去買糧的人，沈曦怕惹人懷疑，也從牆頭爬出去，花了五兩銀子買來了十五斤糧食，又花一兩銀子，買了一小袋鹽。在街上，沈曦碰到餓得全身浮腫的郭嬸，沈曦將自己買的糧食，分了一半多給她。郭嬸沒有說什麼感激的話，只是握著沈曦的手，一個勁兒地流淚，她也並沒有推辭，因為在她身後的小孫子，已經餓得連走路的力氣都沒有了。

世道如此艱難，有不少人退入深山中。可盛夏時節，正值野獸最為猖狂之際，沒有武功、沒有經驗的人進去，十有八九都成了野獸的糧食，而能在山中存活下來的人，多多少少都會武功，普通人進去只有被獵殺搶奪的分。因了這兩個原因，鎮上的普通百姓並沒有減少多少。

大人物調來的糧食並未緩解多少矛盾，糧食實在是賣得太貴了，當窮人們的錢財耗盡的時候，鎮子再一次亂了起來。漸漸地，鎮子裡出現了餓死的人。剛開始，還有親人強撐著力氣將死人抬到城外挖個坑埋了，後來，死的人多了，人們就將死人往亂葬崗上一扔草草了事，連埋都不埋了。

沈曦打聽到這個消息後，立刻再一次的閉門不出了。她知道，飢餓的人們很快就會暴動了，此時此刻，城裡城外，已經沒有一點地方是安全的了。

晚上，沈曦躺在瞎子懷中，害怕和緊張折磨得她無法入睡。她不斷的喃喃低語，又不斷地與瞎子說話，似乎在用這種方式，緩解她內心的恐懼。

「瞎子，外面餓死了好多人，城裡肯定是又要亂了。瞎子、瞎子，我們怎麼辦？我好害怕……」

「瞎子，你說會不會有人來搶咱們？咱們一個弱、一個殘，連自保的能力都沒有，怎麼辦？怎麼辦……」

「要是有人來搶咱家了，咱們肯定是要挨打的……瞎子，你別怕，打幾下就打幾下，你可千萬別反抗啊，不然連小命都保不住了……」

「瞎子，萬一我要是死了，剩下你一個人，你怎麼辦呀？瞎子，我捨不得你……」

「亂世這麼可怕，我好想回去，爸爸、媽媽……媽媽、媽媽……」

在這黑暗的夜裡，在不言不語的瞎子懷中，沈曦完全掩飾不住她對亂世的恐懼，她顫抖的身體在瞎子的懷中，猶如一片風中的枯葉。

瞎子感覺到了沈曦的不安，可他無法表達出來，只能用他並不強壯的胳膊，將沈曦緊緊地抱在懷中，用自己的胸膛，給她帶來一晚的溫暖。

瞎子大概也意識到了沈曦的反常，生活作息也不像以前那樣規律了。有時候沈曦半夜醒來，會發現瞎子並未睡著，而是躺在炕上一動也不動，不知道他閉著眼睛在想什麼。只要沈曦一動，瞎子會立刻把手伸過來，把沈曦抱入懷中，似乎是想保護她，給她安全。在這危難的時刻，兩個人對彼此的關心，卻是更進了一步。

時局亂，沈曦心中如火在焚，可有一晚，當她在瞎子的眼角發現兩行黑血時，她是徹徹底底的快要崩潰了！

「瞎子！瞎子，你的眼！」沈曦搖晃著躺得直挺挺的瞎子，惶恐和擔憂的聲音尖利而短促。

瞎子似乎沒有睡著，他若無其事地抬起胳膊，扯過頭下的枕巾，把那兩行黑血擦掉，然後拍了拍沈曦的胳膊，似乎在示意她，他沒事。

「瞎子、瞎子，你疼不疼？眼睛疼不疼？」沈曦顫抖著伸出手，想要去摸瞎子的眼睛，卻被瞎子制止了。

瞎子伸手把沈曦摟在懷裡，不停地用手輕輕拍打著沈曦的後背，如同在哄小孩子睡覺一樣。

瞎子的溫柔，讓沈曦更加害怕會失去他。在這亂世，瞎子就是她唯一能活下去的動力，若沒了瞎子……沈曦不敢想像，自己單獨一個人，如何在這荒饑遍地、哀民遍野的世道活下去。

「瞎子，你不要死，不要留下我一個人！我不要再一個人，我好怕……」沈曦緊緊地抱住瞎子，淚如泉湧，無止無息。

沈曦擔心著瞎子的病情，一夜未合眼，她恨自己為什麼只記得存糧食而不知道存點藥材，也恨這個天殺的世道，為什麼不給人一條活路？若是藥店還在營業，若是還有大夫在看病，那她說什麼也會帶瞎子去看眼睛。可這亂世，只有飢民和飢餓，剩下的，什麼都沒了……

沈曦一夜憂心未眠，天亮的時候，隔壁翠姑家傳來一陣撕心裂肺的哭聲，讓沈曦更是心驚肉跳。她強打起了精神站在牆角，聽著牆那邊的動靜，從哭聲中，沈曦知道了，翠姑的婆婆昨晚餓死了。

哭聲持續了半天，然後翠姑家的門打開了，有兩個人抬著翠姑婆婆的屍體出門了。

這是在沈曦附近第一次出現死人，特別是在沈曦隔壁出現的，讓沈曦原本就已經不堪重負的心幾乎承受不住，於是，她病倒了。

在這個年代，平時生病都會有生命危險，更別說是現在這亂世了。

幸好沈曦命大，高燒了兩天一夜後，在沒有吃藥的情況下，竟然就挺過來了。

瞎子看不見東西，也不知怎麼摸索的，竟然給沈曦煮了一點米粥，端到了沈曦的面前，沈曦看著一臉擔憂的瞎子，心中是悲喜交加。

喜的是，瞎子對她的感情終於有了回應；悲的是，在這個亂世，他們這對一點自保能力都沒有的夫妻，十有八九是無法保全了。

沈曦沒餓死也沒病死，瞎子的眼中也沒再流出黑血，她總算是稍稍心安了一點。

可就在她生病的這幾天裡，左鄰的高大爺、高大娘和他們家的兩個小孫女，也都餓死了。而翠姑家，翠姑的公公和小叔子也餓死了。當翠姑家再次傳來哭聲時，沈曦忍不住趴在牆頭安慰了翠姑幾句，然後她驚恐地發現，翠姑的孩子已經瘦得沒有人樣了，腰腹深深地陷了進去，就像一副骷髏架子蒙著一層肉皮般。此時這個孩子正半死不活地躺在地上，用那兩隻眼窩深陷的眼睛，絕望地注視著他旁邊已經死去的爺爺和叔叔。

看著瀕死的孩子，沈曦的心再也無法狠下去了，她跑回廚房，用布袋盛了一點米，然後隔著牆輕聲喚來翠姑，把米遞了過去。

翠姑感激地看了沈曦一眼，連話都沒來得及說，就匆匆跑去了廚房，沒一會兒工夫，翠姑家的廚房裡升起了炊煙，大概都沒等到粥熟透，翠姑就匆匆地端來了一碗，給她兒子灌了進去。小孩子被粥灌得咕咚咚的，卻仍是狼吞虎嚥的把一碗粥一口氣喝光。

沈曦不敢再看這人間慘劇，把頭縮了回來。

接下來的日子，沈曦大致估計著翠姑一家快沒米了，就隔牆扔一點過去，翠姑也不言聲，只是悄悄地撿起來去做飯，一家三口藉此得以存活。

過了幾天，鎮上的局勢卻又發生了變化。

不知道從哪兒來了一夥匪徒，每天闖入別人家，胡亂搜索，似乎是在尋找什麼東西。這夥人凶殘暴戾，稍遇反抗立刻殺人滿門。鎮上有勢力的人家聯合起來派人對他們進行圍剿，卻被他們殺了個七零八落，他們更是連夜闖入這些人家中，將這些人統統滅了門，就連當初平定鎮子混亂的那個大人物家，也沒能倖免於難。

鎮子上再也沒有其他力量敢反抗他們了，不管是什麼樣的人家，只好把大門打開，任他們搜個夠。剛開始他們還不取錢財，後來見無人反抗，索性變成了挨家挨戶搶劫了，還有不少姑娘被毀了清白。鎮子上的情形又亂了起來，有不少人想要捲起家財逃走，有人成功了，可更多的人被他們殺死在了城門口。

搜了幾天，鎮子的東南北三個方向都搜完了，馬上就搜到沈曦他們住的貧民區了。

沈曦嚇壞了，她躲在瞎子的懷中，瑟瑟發抖，雖然她明知道，瞎子並不能替她擋任何風雨。

連著好幾個晚上，沈曦都不能入睡，她張大著耳朵，緊張地聽著外面的動靜。在寂靜的夜裡，外面的聲音聽得格外清晰，沈曦聽到有人在喊救命、有人在喊打喊殺，還有人在街上驚慌跑過。有人在咳嗽、有人在說話，甚至有一晚，有人在敲她家的門……每每聽到一點點動靜，沈曦的神經都會繃得緊緊的，害怕和惶恐時時刻刻地圍繞著她，讓她整夜整夜睡不著，幾天下來，沈曦已經消瘦得不成人形了。

沈曦的輾轉難眠，也影響到了瞎子，瞎子也陪著她，整夜整夜的不睡，不過由於不能說話的原因，他總直直地躺在炕上，不知道在想什麼。

沈曦千想萬想也沒預料到，率先闖入她家的，不是那夥盜匪，而是一群餓紅了眼的暴徒！

沈曦給糧食、翠姑接糧食，兩人自以為做得隱秘，可誰也沒料到，這麼隱秘的事情，竟然還是洩漏出去了。這個洩密者，是翠姑的兒子，那個年僅五歲的孩子。

世道亂，大人知道利害關係，能忍得住不出門，可不再餓肚子的孩子卻是關不住的。翠姑一個不留神，孩子就跑了出去。

同一條街上那個精明的周娘子，那個愛占便宜的周娘子，看見這個孩子還有力氣在街上跑著玩，不由得強撐著飢餓的身體，笑咪咪地套孩子的話。孩子才五歲，能懂得什麼？就把沈曦給他家米吃的事抖了出來。那周娘子回家叫來了自己的弟弟，一個小混混，然後這個小混混糾集了一群人，趁著黑夜的掩護，翻進了沈曦家的院子。

沈曦聽到院中有動靜，趕緊翻身起來，人還未下炕，門就被踹開了，一根大木棍立刻朝她敲了下來！

瞎子不知道沈曦為何突然起來，恰巧在此時拽了她一把，讓她躲過了這一棍子，可瞎子拉的勁太大了，沈曦的頭一下子撞到了牆上，立時暈了過去……

不知過了多久，沈曦醒了，她翻身坐起，發現自己躺在院子的角落裡。頭頂上火辣辣的疼，沈曦伸手摸了摸，摸到一片黏膩，把手伸到眼前一看，滿把血紅。

看到血，沈曦立刻就想起了昨晚的事，她立刻爬了起來，發瘋般地衝進了屋裡，只看到滿目瘡痍，沒有看到那個長期在炕頭上坐著的人。沈曦接著又跑進了廚房，廚房已被翻了個底朝天，東西摔了個稀爛，可瞎子，仍沒在裡面。

瞎了——

沈曦的眼淚忽地一下子溢出了眼眶，她伸出手胡亂地擦了擦眼睛，又將廚房及房間找了一遍，除了在房間的炕上發現了大片的血跡外，仍沒有瞎子的身影。

沈曦死死地盯著那灘血，那裡正是瞎子躺著的地方！

瞎子不會是……沈曦不敢想。

「瞎子、瞎子！」沈曦一邊呼喚著，一邊衝出了家門。

街道上，扔滿了亂七八糟的東西，可沒有一個人影。沈曦跑進翠姑家，卻發現翠姑家院門大開，翠姑一家三口的屍體就躺在院子中。

沈曦的淚流得更凶了，她沒有去管翠姑一家的屍體，而是強忍了恐懼和噁心，一邊喊著「瞎子」，一邊將翠姑家搜了一遍，結果，還是失望，這裡，沒有瞎子。

淚水如同決了堤的山洪，沒個能停下的時候，沈曦的眼前模糊著，都看不清路了，她如同一個瘋子般，在左鄰右舍間衝撞，不停地敲著別人家的大門，哭喊著問瞎子的下落。有的人家會隔著門告訴她一聲「沒看見」，而有的人家卻始終閉門不開。

一條街跑遍了，沒有人知道瞎子的下落。沈曦的心中布滿了絕望，她的心很清楚地告訴她，在這個亂世，一個瞎子是活不下去的，可沈曦就是控制不住自己幾近瘋狂的行為，她腦中只有一個念頭：找到瞎子，活要見人，死要見屍！

沈曦在街上胡亂跑著，碰到一個人就衝過去問人家有沒有看到一個眼睛蒙著布條的瞎子，已經對死亡麻木的人們只會冷漠地搖頭，任憑他們的搖頭將沈曦扔向絕望的深淵。

時間一點一滴的過去，沈曦哭得再也流不出眼淚，她的嗓子哭啞了，眼睛也哭腫了，終於有一個好心人告訴她，去城外的亂墳崗子上看看吧，死人都被扔到那兒了。

沈曦呆呆地應了，順著那人指的路，來到了城外。

還沒走到亂墳崗子，沈曦老遠就聞到了一股惡臭。沈曦此時傷心欲絕，也顧不得臭味了，拖著沈重的步伐，慢慢走上了亂墳崗。

只看了一眼，沈曦就吐了出來。

亂墳崗上，群蠅亂舞，蛆蟲滿地，各種蟲子在屍體上鑽來鑽去，有的屍體已經腐爛不堪，有的屍體血肉模糊著，有的屍體肚子脹得很大，彷彿下一刻就會爆炸開來……沈曦何曾看過這種地獄般的慘相？又被這惡臭一薰，險些暈了過去。

不過一想到瞎子，想到他們相守的那些日子，沈曦心中就有了勇氣，她強迫自己看向那些屍體，試圖從那滿山的屍體中，找到自己熟悉的那個身影。

在亂墳崗走了一段後，沈曦發現越中間越是腐爛的屍體，而邊上的屍體都還保持著完整，這說明早死的人是扔在裡邊的，新死的人是扔在邊上的，於是沈曦圍著邊尋找。每當看到和瞎子常穿的藍色衣服相似的屍體時，沈曦的心都會絕望地狂跳。

沈曦圍著大大的亂墳崗走了半圈，沒有找到瞎子的屍體，在這些屍體裡面，卻發現了不少來喝過粥的顧客和左右的鄰居。骨瘦如柴的郭嬸，還是喪命在這場饑荒中，她深深凹陷的臉上，還保留著臨死前那痛苦的表情；還有一個曾經給沈曦拜過年的小孩，他一臉的委屈，似乎在責問著這個殘酷的社會，為什麼不給他長大的機會；還有那個在正月初一時，意氣風發地指點對聯的俊俏書生清軒，他不是餓死的，是被人在他年輕的脖子上砍了一刀……

生命是如此的脆弱，前些日子還看到的活蹦亂跳的人，會講話、會笑、會跑會走，為什麼，為什麼說死就死呢？

沈曦每看到一張熟悉的面孔，心就會痛幾分，痛到最後，她都麻木了，都不知道什麼叫痛了。

當沈曦流著淚走到亂墳崗深處時，發現有幾個面黃肌瘦的人正有氣無力地拿著鐵鍬往那些屍體上埋土。

沈曦連忙跑過去，還沒到跟前，只聽見有人喝道——

「那個小娘子，別過來，小心中了屍氣！」

沈曦連忙停住腳步，嘶啞著聲音問道：「你們這是在幹什麼？」

那人回道：「天氣太熱，若不把這些屍體埋了，怕是會生出瘟疫來。小娘子，妳來這裡做什麼？」

沈曦抽泣了幾下，眼中已經流不出半滴眼淚來了。「我家昨晚被人搶了，我丈夫不見了……」

那人同情地望著沈曦道：「小娘子，不是我說喪氣話，但尊夫君恐怕是凶多吉少了。妳也不用再找了，北邊這一帶都被我們用沙土蓋上了，妳想找也找不了。」

聽了這話，沈曦頓時覺得天塌了，眼前閃過一片黑又閃過一片白，亂得她頭昏目眩。她一屁股跌坐在地上，激飛了不知多少的蒼蠅。

沈曦坐了好一會兒，才強撐著立了起來，勉強道了聲謝，然後深一腳淺一腳地走了。

渾渾噩噩的，沈曦都不知道自己是怎麼回的家，反正等她清醒過來的時候，她已經到家了。

家，已經不再是那個溫馨的家了。

門掉了，歪在一邊，窗戶整整齊齊地被一刀兩斷，窗紙破碎如沫。炕也被人刨開了，炕上的被褥沒有了，破炕蓆被扔在了院子裡，櫃子裡的衣服倒是沒被搶走，不過從櫃子裡被扔出來了，扔得滿地都是。廚房更是被搶劫一空，就連空罈子都被砸碎了，沈曦家的房契沒有了，只有那張記錄著賈如真和賈沈氏西的戶籍卡被扔在了地上。沈曦剛買回來的那十來斤米還有油、鹽，統統被人拿走了。就連院子中長的那幾畦青菜，都被拔了個精光。

望著自己親手建起來的小家被毀成這樣，沈曦心底的悲痛和淒涼，用語言已經無法說出來了。

在院子中呆呆的立了好久好久，直到已經疲累得再也站不住了，沈曦才走回了屋裡，連門都沒有關，就縮在牆角，不知是暈還是睡了過去。

不知睡了多久，沈曦被一陣翻東西的聲音吵醒了。她慢慢地睜開眼睛，看見兩個瘦成皮包骨的人正在翻櫃子。

沈曦沒有說話，也沒有上去撲打驅趕他們，只是漠然地看著他們，眼睛裡一點神采也沒有。

那兩個人翻了一會兒，什麼也沒找到，看了角落裡的沈曦一眼後，兩個人默默地走了。瞎子死了，似乎連沈曦的靈魂都帶走了。沈曦不知道自己活著還能做什麼？在這個亂世，自己唯一在乎的人都死了，那麼，自己也不用再這麼擔驚受怕的活著了。不如就這樣去了吧，沒準兒等再睜開眼的時候，還是躺在自己那張舒適的床上，感嘆著昨晚作了一個惡夢。

於是，沈曦又閉上了眼睛……

混混沌沌中，又來了好幾撥人翻找東西，大概是覺得沈曦快被餓死了吧，竟然沒有一個人來打擾她。沈曦就這樣，在昏昏睡睡中，不吃不喝地度過了一天又一天。當她幾乎都快失去知覺的時候，有人扶起了她，還給她餵了點水。

是瞎子回來了嗎？

沈曦用盡了全身的力氣才把眼睛睜開了一條縫，映入眼簾的，不是瞎子那熟悉的容顏，而是白髮蒼蒼的李老先生。

李老先生見沈曦醒了，又端起碗來送到沈曦的嘴邊，慈祥地看著沈曦道：「沈娘子，喝點水吧。我這裡還有一把米，妳不會餓死了。」

沈曦艱難地把頭歪到一邊，有氣無力地說道：「不……了，我……去找……我相公……」

李老先生這些日子見慣了生死，聽沈曦這樣說，眼中連波瀾都沒起，只是仍勸沈曦道：「沈娘子，可不能這麼想，妳現在的情況，妳相公肯定不願意妳去找他的。」見沈曦又要閉上眼睛，李老先生連忙道：「死有什麼大不了的，可妳這一死，妳相公豈不是要斷了血脈？妳相公若是在天有靈，必不願讓妳斬了他的宗祠的。」

血脈？

沈曦一個激靈，連眼睛都睜得大大的了，她有些不敢置信地問道：「我……懷孕了？」

李老先生道：「妳這個傻女人，連有了身孕都不知道。我剛才給妳診過了，妳已經有了一個多月的身孕了。」

在古代，由於醫學不發達，大夫也少，一般讀書人都會一點看病診脈，而且其中確實也出了不少的醫學大家。

真的懷孕了？她懷了瞎子的孩子？自己企盼已久的孩子，竟然已經悄然來臨了嗎？

這突如其來的驚喜，激得沈曦的心臟一陣劇烈的收縮，在一陣抽搐的疼痛中，沈曦暈了過去。

等沈曦再醒過來時，天已經完全黑了。李老先生還守在她身邊，一見她醒了，就端過來一碗米湯，碗底有一層薄薄的米粒。「沈娘子，快吃了，吃完了就有力氣了。」

沈曦渾身已經沒有一點力氣，稍微動一動，眼前就會天旋地轉，李老先生見她掙扎不起來，只得把她扶起，將碗端到她的嘴邊。這一次，沈曦如得了瓊漿玉液一樣，把一碗米湯喝了個精光。

李老先生將沈曦放平，這才笑道：「這就對了，為了肚子裡的孩子，妳也得活下去。別太絕望了，沒準兒過些日子，朝廷就會來放糧了，且忍忍這幾日吧。」

沈曦長出了一口氣，仍虛弱地向李老先生道：「李先生……謝謝您……」要不是李老先生救她，自己恐怕是要隨瞎子去了。想到瞎子，沈曦心中仍是痛得一抽一抽的。

李老先生也笑了笑，可惜瘦骨嶙峋的，笑起來實在是有些嚇人。「謝什麼謝，誰沒個落難的時候？好了，妳歇著吧，我要走了，家裡還有一大家子等著吃飯呢，我得去撿點柴。」

沈曦連忙問道：「您住哪兒……怎麼找……您？」

李老先生道：「我住在城南城門口的李家老宅，妳若是有什麼不舒服的或是不懂的，就去找我，一般的小病，我還是能對付的。」說罷，老人家蹣跚地走了。

城南的李家老宅。沈曦將這個地址牢牢地記在了心間，等自己精神了，一定要回報他老人家！

李老先生走後，沈曦又在地上躺了半宿，大概由於肚中有食的原因吧，到夜深的時候，覺得精神了許多，身上也有了點力氣。沈曦強撐著起了身，搖搖晃晃地走到門口，將歪在一邊的大門扶起來關上了。就這麼一點動作，就累得沈曦呼呼直喘，搖搖欲墜，讓她不得不坐在地上歇了好一會兒。

等休息夠了，喘得不那麼厲害了，身體也有一點勁了，沈曦又費力地搬來幾塊石頭，把院門給擋上了。沈曦怕石頭少了外人能闖進來，搬一塊就歇一會兒，搬一塊就歇一會兒，一連搬了十幾塊，這才住了手。

搬完石頭後，沈曦又在地上躺了半個多小時，一是休息一下攢點體力，二是聽一下街上是否還有動靜，是否還有人走動？

當沈曦確定沒有人走動以後，她走到廚房，找到了一個斷了柄的鏟子，想了想後，她又找到了刀和一個沒有摔碎的木盆。這些東西不是吃食，也沒什麼價值，自然沒人要它們。

沈曦拿了這些東西走到院子裡，找到一個米袋的位置，坐在那裡，小心翼翼的，一鐽一鐽地挖開了地面。生怕弄出動靜來，沈曦挖得十分小心。

沈曦體力不行，挖幾鐽就會停一下，一邊休息一邊聽外面的動靜，在確定沒有動靜後，她會繼續再挖。挖了小半宿，沈曦才挖到了米袋。

沈曦用刀割開了油布和米袋，靜靜地捧出了一盆子米，將米袋用油布蓋好，又埋了起來。埋完後，她又用盡了所有的力氣打上來一桶水，將一些水潑在尚虛浮的土上。做完這一切，她回了廚房，趁著天還沒亮的時候，煮了一鍋粥。

粥剛一煮熟，還沒等晾涼了，沈曦就狼吞虎嚥地吃了一碗。她不敢多吃，怕把已經餓了好幾天的胃給撐爆了。吃罷飯，沈曦又有了些力氣，她將那盆子米裝進了一個布袋裡，然後把灶裡的火澆熄了，把米袋塞進了灶膛裡，上面還蓋上了灰。

至於剩下的那些粥，在天亮前，沈曦又吃了兩碗，然後把剩下的那半鍋，用蓋子蓋好，塞進了已經塌掉的炕洞裡。

到天光大亮以後，沈曦的身體已經好了很多，她找來兩塊破木板，權當是床板，在上面又躺了半天，休養生息。可能是由於大門被擋住了的原因吧，並沒有人闖進來。

中午的時候，沈曦將炕洞裡的粥拿出來，吃了一半，剩下的那一半，又蓋好放回了原位。

吃過了幾頓飽飯，沈曦的精力恢復了不少，她忽然想起了隔壁的翠姑一家，趴在牆頭看了看，發現翠姑一家的屍體已經不見了，大概是被人清走了吧。沈曦知道翠姑家沒人了，而自己家和翠姑家的牆又不高，怕是會被人輕易跳進來，於是她打開了大門，把翠姑家的大門拴上了，又從街上撿來了不少石頭、碎磚頭和爛木頭。

看看天色將晚，沈曦將大門用石頭堵死了，然後吃光剩飯，躺到木板上又睡了一覺。

半夜，沈曦用白天撿來的碎木頭又煮了一鍋粥，自己喝了一碗後，剩下的仍是藏了起來。

第二天，沈曦的身體更好了，她上街撿了不少東西。死的人多了，好多宅子都成了廢宅，像磚頭、石頭和木頭這類的東西，隨處可撿。街上基本上沒有什麼行人，飢餓使得人們不再有多餘的力氣可以在街上閒逛，沈曦也專揀那沒人的地方走，倒也沒有碰到什麼危險。

沈曦覺得東西撿得差不多了，就自己和了泥，將牆頭加高了，直到把牆頭加高到了沈曦覺得安全的高度後，她才停止了這一瘋狂的行為。然後接下來的兩天，她又撿回了不少的木頭，把院子碼得密密麻麻的，確保短期內她不會缺柴燒。最後她用幾根大木頭，把院門徹底封死了。

可即便是做了這麼多，沈曦仍是沒有感覺到一絲絲的安全感，每天晚上，蜷縮在那破門板上，她都是膽顫心驚的，生怕會像那天夜裡一樣，忽然就有人闖了進來，置她於死地。在這恐懼與煎熬中，沈曦只覺得度日如年，只有將手搭在小腹上，感受著裡面小生命的氣息時，沈曦才能給自己一點點活下去的勇氣。

這個小生命，是自己心心念念五個月之久的，是瞎子留給自己的。

瞎子、瞎子……你怎麼忍心丟下我一個人，孤單地活在這險惡的人世？

瞎子、瞎子……

沈曦瘋狂地在心裡呼喚著瞎子，淚珠不斷地從緊閉的雙眼中滑落下來……

接下來的日子，不知是因為這個地方已經被人搜過了，還是沈曦堵死的門推不開的原因，竟然沒有一個人來沈曦家闖過門。沈曦天天夜裡爬起來做飯，然後吃上一天。現在是七月底，正熱得很，飯放一天就會餿了，所以她不敢多做。在一天吃四頓飯的將養下，沈曦的身體慢慢恢復了正常，雖然還是瘦得厲害，但已不會動不動就頭昏眼花了。

就這樣閉門不出的又過了幾天，在一個中午，沈曦聽到有人咚咚咚地砸門。又有盜匪來搶糧食了？沈曦如驚弓之鳥一樣，從床板上蹦了起來，嗖的一下衝進廚房，將家中唯一的凶器菜刀緊緊地攥在了手裡，然後小心翼翼地躲到了大門後面，打算若有人敢衝進來，她就給他一刀！

正當她如臨大敵，連大氣都不敢出的時候，外面的人開口喊道——

「沈娘子！沈娘子，妳還在裡面嗎？妳還活著嗎？告訴妳個好消息，妳不用再躲了，我們這裡不會再打仗了，中嶽國不會滅亡了！七天前咱們的劍神出現在戰場上，已經擊殺了洪峰！沈娘子，我們不用打仗了，不用滅國了！朝廷已經下令要賑災了，咱們很快就要有糧食吃了！沈娘子，妳還在嗎？」

那人一說話，沈曦已經聽出那是李老先生的聲音了，再後來，又聽到說不用打仗了，霍中溪出現了，沈曦只覺得心中一輕，然後喜悅溢滿了胸膛，此時此刻，沈曦覺得霍中溪就是神，是比如來佛祖、玉皇大帝都偉大的神！

沈曦放開聲音大喊道：「真的嗎？李先生，這是真的嗎？咱們真不用打仗了？」

外面的李老先生哈哈大笑道：「真的，千真萬確！沈娘子，我要是騙妳，下輩子就托生成大青牛，馱了妳去天上參拜王母娘娘！」

連李老先生都會開玩笑了，可見他是歡喜瘋了。沈曦不再猶豫，一邊笑著流淚，一邊拆著門上的木頭。

沈曦砸了好久，才終於將大門砸開了，門一開，她就看見李老先生正喜氣洋洋地站在大街上，只是已經瘦得不成人形了。

沈曦抹了抹眼中的淚，笑道：「李老先生，您這消息確切嗎？」

李老先生道：「確切，絕對確切！現在全鎮子都傳開了，妳沒見現在街上的人也多了嗎？」

沈曦左右看看，果然在街上看見了幾個瘦骨嶙峋的人影，臉上都帶著喜氣。

沈曦這才將心放到了肚子裡，長長地出了一口氣。

李老先生將消息帶給了她後，就要告辭而去。「沈娘子，妳一會兒還是把門關上吧，賑災糧要過些日子才能到呢，妳還是小心點為上。」

沈曦叫住李老先生，低聲問道：「先生，您家是不是也沒糧食了？」

李老先生苦笑一聲。「我家早已是敗了，剩下的那點錢雖然都讓我買米了，無奈家中人多，再加上老友一家，能支撐到現在，已經不錯了。」

沈曦輕聲道：「先生，我這裡還有米，您晚上來一趟吧，白天太顯眼了。」

李老先生斷然拒絕道：「不用擔心我，我隨便弄點什麼都能填飽肚子的。妳現在不是一個人了，還是自己留著吃吧。」

沈曦堅持道：「先生，我有分寸的。」

李老先生知道沈曦做事極有條理，不是那不知輕重的人，琢磨了一會兒後，終於點頭了。

李老先生走後，沈曦又將門用木頭給堵上了，然後帶著狂喜的心情，在院子中轉了半天。

以前提起武神，沈曦常常會有不屑一顧的念頭，實在是因為在前世，國家的命運從來沒有維繫在一個人身上過，個人的力量再強大，也不可能左右一個國家的命運。也因為在前世，武功已經勢微，一個平凡人終其一生，可能都不會碰到一個學武的人，所以對武功，沈曦總是抱著懷疑的態度看待。

可在這個社會，經過了這場殘酷的風波，沈曦終於明白了武力的重要，對武神也有了一個全新的看法。看來這個霍中溪，絕對是個值得敬佩的人物。

「瞎子、瞎子，你聽到了嗎？不用打仗了、不用打仗了！瞎子……」沈曦一邊抹著眼淚一邊笑，自己都不知道，自己到底是喜還是悲了。

晚上，沈曦聽到附近沒有動靜了，就拿了鏟子，悄悄地挖出了一袋米，然後將米放到了院門邊上，等待著李老先生。

到了半夜，一直守在門口的沈曦聽到門外傳來了腳步聲，然後她聽到李老先生壓低了嗓子叫道——

「沈娘子、沈娘子。」

沈曦從門縫中又確認了一下是李老先生，就輕輕地將門打開了，也沒讓李老先生進來，只是將那袋米推了出去，然後迅速將門又堵好了。

李老先生在門外低聲說了句「沈娘子，大恩不言謝」，就揹著米走了。

沈曦當初埋的米很多，院子都差不多埋滿了，即使經過這幾個月的消耗，院中的米也還沒吃到一半呢！既然李老先生說朝廷就要來放賑了，她也就沒有必要再死守著這些糧食了，何況李老先生還救了她一命……不，是救了她和孩子兩條命。

又過了兩天，李老先生過來告訴她，朝廷已經派人來了，賑災的米和銀子已經在路上了，許多災民得到了消息，已經都趕回了鎮子來，李老先生叫沈曦把門鎖嚴了，在這個時候千萬別丟了性命。

聽了李老先生這話，沈曦立刻就又給大門加了幾根大木頭。黎明前的黑暗，是最讓人疏忽，也是最要人命的。自己孤身一個婦道人家，還是小心點的好。

沈曦數著日子，盼望著朝廷的賑災米糧早點到達這裡，大家不餓了，自己才能安下心來，可剛過了三天，沈曦家的房門又被啪啪的拍響了，沈曦聽到李老先生焦急地喊著她。

「沈娘子！快過來，我有急事！」

沈曦趕緊來到院子中，隔著門就問道：「李老先生，可是朝廷放賑的到了？」

李老先生趴在門縫處，低聲道：「沈娘子，大事不好了，咱們恐怕等不到放賑了！」

沈曦一驚，難道霍中溪出事了，北嶽國又要打進來了嗎？於是她連忙追問道：「怎麼，又要打仗了？」

李老先生搖搖頭道：「不是。」他忽然將聲音放得極低，向門內說道：「沈娘子，這幾日湧進來的災民太多了，前天有十來個人忽然都發起了高燒，上吐下瀉，昨天又有三十來人出現了這個病症。我略通醫術，覺得這似乎是得了疫病。」

「疫病?!」沈曦驚呼一聲，立即伸出手，又將嘴捂得緊緊的。

疫病，就是後世人們所說的傳染病。後世醫學那麼發達，得個禽流感什麼的照樣得死人，在這個缺醫少藥的年代，疫病幾乎就是死亡的代名詞，而且是大數量的死亡！沈曦記得歷史上就曾有過死幾百萬人的傳染病，像是霍亂還黑死病什麼的。

沈曦不通醫術，自然不知道這到底是什麼傳染病，不過她信得過李老先生。沈曦知道李老先生做人迂腐方正，若不是十拿九穩的事，他是不會輕易說出口的。

何況，從六月開始，已經陸陸續續死了不少人了，七月份時，飢民們更是成千上萬的死去，此時正是酷暑大熱的時節，腐爛成山的屍體，的確很容易引發瘟疫，這由不得沈曦不信。

李老先生向沈曦說道：「沈娘子，妳若信我的話，就早早離了這裡吧。這疫病一起，這附近便沒有什麼地方是安全的了。妳聽我的話，走得遠遠的，不要再回來了。」

沈曦傷心地道：「先生，您說這天下，還有安全的地方嗎？活著怎麼就這麼難呢？」

李老先生苦笑道：「我告訴妳，妳出了鎮子後，一直往東走，不要停，直到走到海邊為止。海邊的人有個習慣，一旦內地發生了疫病，他們都會搬到海島上去住，在海邊，是萬萬沒有性命之憂的。」

沈曦聽李老先生的話中，帶著無盡的悲意，似乎他不打算離開，於是追問道：「先生，您走嗎？我一個婦道人家，單身上路不方便，能不能和你們一起走啊？」

李老先生沈默片刻後，低聲道：「我的家財都買糧食了，現在是身無分文，如何能走呢？只好在這兒捱著，等朝廷的賑糧和賑銀到了，再做打算吧。」

沈曦也沈默了好一會兒，然後道：「先生，今晚您再來一次吧，我將餘糧都給您，明天一早我就走。」

李老先生嘆了一口氣道：「明早我來送妳出城，妳自己千萬莫一個人走，現在災民這麼多，難保有幾個長壞心的。」

沈曦答應了。

李老先生走後，沈曦將牆角扔著的破衣服揀著能穿的拿出來，不能穿的，她找來剪刀、針線，把破布縫成了兩個包袱。一邊縫著，沈曦的淚也一邊流個不停。這件裡衣，是瞎子的。自己掙錢買來，日日幫他穿、幫他脫、幫他洗，就連袖口的破處，也是自己用不熟練的針線，歪歪扭扭地幫他縫的。可現在，衣服還在，人卻已經不在了。

沈曦現在終於知道李清照為什麼能寫出「物是人非事事休，欲語淚先流」這樣的名句了，因為她們，都失去了自己的丈夫，失去了她們最在乎的人。

沈曦強忍悲傷，一針一線地縫完了包袱，然後將自己和瞎子的衣服揀著還完整的包了兩件，想起這個世道買東西恐怕不容易，沈曦又往包袱裡包了一小包鹽。

下午的時候，沈曦在這個不大的院子中來來回回地走了好幾遍，想要把這個給了她溫馨、給了她美好回憶的房子深深地記下來，一處不落地記下來。因為在這裡，她得到了一個人，又失去了一個人……

半夜，李老先生果然來了。沈曦將他引進來，把家中剩餘的米、麵、鹽、油都讓他拿走了，然後兩人約定，明早天剛濛濛亮的時候，他來接沈曦。

等李老先生走了，沈曦又刨出來了一袋麵粉，趁著黑夜，烙了許多硬麵餅。為了讓這餅不容易變質了，沈曦一滴油也沒放，光放了點鹽，直烙了二十多張，她才罷手。等晾涼了後，她將這些餅用厚棉衣包了起來，放進包袱裡，確保從外觀上完全看不出裡面有餅的形狀。

做完這些，她又去井裡，把那二十個元寶拿了出來。她找來一些細柴草，又找來些破布，將十個元寶都絮進了柴草裡，用破布做成了一個不大的厚墊子。自己看了看，從外表看，完全看不出這厚墊子裡有東西，這才放心地將厚墊子也包進了包袱裡。

還剩下的十個元寶，沈曦揣了一個在懷裡，又拿了一塊破布，將剩下的那九個包了起來。然後她將放餅的包袱揹到背上，剩下的衣服沈曦用另一個包袱包上，繫好挽在胳膊上。沈曦看了看，自己現在的形象，和一個逃難的窮苦婦人沒有什麼兩樣。

沈曦掂了掂手中的衣服包袱，並不太沈，便又找了塊布，包了一點麵粉放了進去。這個世道，多一點糧食，就是存活的資本。想起來路上還要喝水，沈曦又拿了一個小小的陶罐。

天還未見亮光的時候，李老先生在門外低低地喊了幾聲。

沈曦早就在等他了，趕緊開了門。

李老先生也沒進來，只是放低了聲音道：「都準備好了嗎？咱們走吧。」

沈曦拉了拉李老先生的衣袖，輕聲道：「李先生，進來一下。」

李老先生也沒敢問，一閃身就進了院子。

沈曦把門關嚴了，聽聽附近沒有動靜，便領著李老先生來到院子當中，指著菜地道：「先生，這裡還埋著糧食，這裡有鹽和油，這裡也是糧食……」沈曦將院中還埋著東西的地方一一指給李老先生看。「以前這事我不敢透露，是怕被人搶了去。現在我要走了，這東西就留給先生吧。東西還有很多，能頂一陣子的。」

李老先生一見沈曦留給他這麼多的糧食，不禁老淚縱橫。「沈娘子，我也不謙讓了，這些糧食我就都收下了。前幾天若沒妳周濟我家的那袋糧食，老朽的孫子就要餓死了，妳這救命之恩，我們一家永遠也忘不了。」

看著已經餓得走路都不利索的李老先生，沈曦帶著一絲愧疚，道：「先生，也怪我沒早拿出來給您送點去，實在是我被搶怕了。上次若不是走漏了消息，我相公也不會……」想到炕上的那一大灘血和死不見屍的瞎子，沈曦的淚也流下來了。

倒是李老先生比較看得開，勸沈曦道：「妳留這麼多糧食給我，我怎麼會怪妳呢？我謝妳還來不及呢！以後妳也看開點，好好把孩子養大了，替妳丈夫留一絲血脈，讓他不做無嗣之鬼，妳也算是對得起他了。」

沈曦哭著點了點頭。

李老先生道：「天快亮了，咱們快走吧，要不等那些災民都醒了，這城就不好出了。」

沈曦擦了擦眼淚，最後看了一眼這兩間小房，然後跟在李老先生身後，頭也不回地離開了這裡。

由於天早，街上還沒有什麼人走動，只是在街道兩邊，有不少面黃肌瘦、衣衫襤褸的災民縮在牆角睡覺。李老先生似乎對這裡很熟，只挑了人少的地方走，倒也沒有引起別人的注意。

兩人小心翼翼地走了有一刻鐘，終於走出了城門。

李老先生又將沈曦送出去了有二里地，前方是一個災民也看不到了，這才停住了腳步，對她說道：「妳順著這條路，一直往東走。妳且記住，見城莫入。現在大城鎮已經封了門，不准災民入內，小城鎮都和咱們這鎮子差不多，擠滿了災民。妳揀人煙稀少的小路走，只要大方向沒錯，妳總會走到海邊去的。」

沈曦看著前途未卜的前方，心下一陣發怯。

李老先生似乎看出了沈曦的害怕，又囑咐她道：「一路上妳小心點，碰到壞人就遠遠地躲了，實在躲不過去，就好好求求人家，壞人也都是被這世道逼出來的，沒準兒就不會為難妳這麼個孤苦婦人了。妳切記不可洗臉，也不可把身上打理乾淨了，蓬頭垢面的，才不易引人注意。別害怕，去吧，去海邊找條活路，這個地方，以後不要再回來了，要是疫病真起來，這地方怕是會被夷為平地了。」

沈曦聽著李老先生的殷殷囑託，語氣雖然淡然，但是也含了決絕的意味在裡面。沈曦低下頭去，從包袱中拿出一個包得嚴嚴實實的小布包，交給李老先生，道：「先生，此地一別，恐怕再也沒有什麼相會的日子了。蒙您大恩，救活我和孩子兩條命，我也沒什麼可報答您的，就送您個小物件留個念想。您先別看，等我走了後，您再看。」怕李老先生人太迂腐，不肯收下，她才這麼做。

之所以沒等李老先生一起走，是因為李老先生還得回家安排一大家子的事，沈曦怕等的時間長了，會染上瘟疫。

李老先生接過小布包，向沈曦道：「快走吧，早走早安生。記住，別進城裡，城裡人多，現在天熱，疫病傳得是很快的。」

沈曦答應了，這才別過了李老先生，邁開腳步奔東方而去。

看著沈曦走遠了，都看不到人影了，李老先生這才伸出枯瘦的手指，將那小布包打開了，裡面赫然躺著九個銀光閃閃的元寶！李老先生顫抖著嘴唇，喃喃自語道：「沈娘子，妳這是要救我們一家人的性命啊！我李楨在此發誓，我李氏一族，必報沈娘子大恩，若有違誓，天地不容！」

李老先生回去後，趕緊讓家人收拾東西，準備出逃。

夜裡，李老先生帶著兒子和老友，將沈曦院子裡的糧食和油鹽都取了出來，留下自家用的，剩下的都連夜送給了族人和朋友。

天亮後，李老先生和家人帶著沈曦給的九十兩銀子，離開了小鎮。

李老先生走後四天，城中爆發了大規模的疫病，一城的人幾乎全都染上了病！一些沒得病的人趕緊收拾東西逃離，然後他們身上的病菌，被帶到了更多的地方。

七天後，朝廷派來了軍隊，在確定醫治困難的情況下，軍隊果斷地屠城焚屍！

真如李老先生所言，小鎮被夷為了平地。

而此時，沈曦已經離開小鎮幾百里遠了。

第六章

出了小鎮後，沈曦一路往東走，餓了就啃餅子，渴了就隨便在哪個村子的水井裡打點水，也不敢去農家住宿，生怕這饑荒災年的著了別人的道。晚上，沈曦在離村莊遠遠的田地裡的一個柴禾堆上睡了一夜。好在現在天還不太冷，也好在沈曦拿了幾件衣服能蓋在身上，倒沒有受風寒著涼。

現在才八月初，依時節來算，現在地裡應該長滿了莊稼才是，可飢腸轆轆的人們，已經等不到莊稼豐收了，地裡的莊稼早就被搶吃一空，就連地面都乾淨得很，連根野菜都沒剩下，全被挖光了，玉米只剩了茬（注）頭在地裡面，就連秸稈也都已經被吃掉了。樹上的樹葉能吃的也已經捋淨了，有的樹，連樹皮都揭下去了，只剩下光禿禿的樹木，孤單地立在烈日和星空下。

饑荒後的慘狀，就如此清晰又殘酷地擺在了沈曦的面前。

沈曦謹聽李老先生的教誨，怕真的發生瘟疫，看見有城就繞開，只走鄉下土路，她也不敢過多地在一個地方停留，整天整天的都在走路，直到累得不行了，才蜷在哪裡休息一下。才走了一天，沈曦的腿就腫了，不過她還是不敢停，忍著疼痛，一直不停地向東走。

這麼辛苦的日子，沈曦從未經歷過，有好幾次，她都累得不想再走了，想躺在地上，再

注：茬，莊稼收割後餘留在地裡的短莖和根。

也不起來了，可每當她的手撫過肚子時，她的身上就又充滿了力量。不為自己，只為了孩子，自己也要活下去。這個孩子，自己可是已經盼了兩輩子了！

沈曦本想看著誰家有馬呀、驢呀什麼的，就花錢買一頭，可正值荒年，人們家裡的牲口早就殺掉當口糧了，誰家還會留著這些還得張嘴等餵的吃貨呀？沈曦無奈，仍得一步一步丈量著長無盡頭的路。

沈曦並不知道，在她走了五天後，鎮子就爆發了瘟疫，她也不知道，這場瘟疫讓鎮子徹底的消失了。她只記住了李老先生說的話，別靠近城鎮，只揀人煙稀少的地方走。幾天路走下來，沈曦滿身灰塵，再加上頭不梳、臉不洗，大老遠的身上就能聞到一股餿味，好在這世道人人都這樣，也好在沈曦走的路都碰不上幾個人，這一路行來，倒也安全得很。

沈曦包袱中那沒油的硬麵餅子確實很不容易變質，即使在這麼熱的天裡，愣是一張也沒壞，只是變得乾硬乾硬的，咬都咬不動，每次要吃的時候，沈曦都得先拿水泡泡。不過就是這樣的餅，沈曦也不敢多吃，因為她不知道這些餅吃完後，就算她有錢，還能不能買得到糧食。

一直走，一直走，乾燥的土路似乎沒有盡頭。沈曦頂著大太陽，一步一步艱難前行。偶爾遇見一個人，她也遠遠地躲開，生怕碰到一個壞人，要了她和肚子裡孩子的命。前方，雖然不知道會遇見什麼，但李老先生說過，海邊，會有活路。

沈曦長這麼大，從沒如此的艱難困苦過，一直走呀走，不敢停下來歇息一天，今天醒了，都不知道今晚要睡在哪兒。沈曦睡過草堆、睡過橋下、睡過空屋、睡過荒野，在大樹下打盹、在荒山中過夜……最讓沈曦感到害怕的一次，是她在一個空屋中睡覺，半夜驚醒時，黑暗中有一個身影正在翻她身邊的包袱，沈曦嚇得幾近崩潰，還好她沒有尖叫出聲，在緊張和惶恐中，她抄起了頭下枕著的一塊磚頭，拍在了那人的頭上，然後抓起自己的包袱，頭也不回地跑進了黑暗的荒野中。這是兩輩子加起來，沈曦第一次傷人。雖然知道以自己現在的體力和力道根本不可能拍死一個人，可沈曦還是忐忑了許久。不過當沈曦走到一座雄偉的高城之前後，這忐忑就變成了發愁。

眼前這座城池，左右都是高山，它就坐落在這條唯一的通道上，面西背東，把道路堵了個死死的。沈曦趕到這座城池前時，城外面已經擠滿了災民，不過在城牆外百米的距離內是一片空地，沒有災民在那裡停留。

沈曦遠遠地待在一個人少、偏遠點的地方觀看，看了好久，城門仍是緊閉不開，城頭上站著盔甲鮮明的士兵，那百米的空地也沒人敢過去。

沈曦本想一直沿著山腳走，把這座山繞過去，不過這座山看起來綿延得很長，不知有多少里。沈曦想了想，走到一對也待得比較偏遠、看起來無害的母女面前，輕聲問道：「大姊，要往東走就必須過這座城嗎？能繞路嗎？」

那對母女也十分的襤褸，當娘的婦人大概三十多歲，懷裡摟著一個十來歲的小姑娘，正滿臉愁苦地坐在一塊石頭上，聽見沈曦問話，那婦人長嘆了口氣答道：「要是能繞過去，咱們也不必在這裡窮等了。這山大得很，往南走就到南嶽了，往北走得走到豐餘城才能繞過去，可豐餘城發了疫病，這裡有不少人都是從豐餘來的。」

沈曦一聽，如缺水的植物一樣，頓時蔫了下來。

若是有其他路，災民是絕對不會死守在這座城池前面的，既然豐餘城爆發了瘟疫，而豐餘城的人又都往這裡跑，那麼，這裡也不安全呀！

自己離鄉背井、拋家棄業地來到這裡，絕對不是來送死的。得再想想辦法，如果能過關最好，如果過不了，自己必須離開這裡，再想別的法子。

沈曦也坐在一塊石頭上發愁，忽聽得城上有人高聲喊道：「城下的人聽好了！這裡是軍事重地，只管打仗守邊，賑災救荒你們得去找府衙，朝廷既沒撥給我們糧食，也沒撥給我們銀錢，我們沒有那麼多糧食管這麼多人吃飯，請大家速速離去，不要再圍在城門之外了！從現在開始，你們要再後退一些，一刻鐘之後，誰若還在一箭之地內，按犯邊侵城處置！」

這話一喊完，就有人立刻站起來往後退，好多人都退到沈曦這裡了，嚇得沈曦也只得再後退，和這群人保持一定的距離。

有好幾個人，磨磨蹭蹭、罵罵咧咧的，不願離開；也有人大概是餓得沒力氣了，沒有掙扎起來，一共還有十來個人沒有後退。

過了一會兒，城門開了，出來了一隊手執弓箭的士兵，他們旁若無人的一字排開，弓箭上弦。那幾個人一見情況不對，立即轉身就跑，可是已經遲了。領頭士兵手上的旗子一落，那些箭便嗖一聲，離弦而去，那十幾個人立刻被射成了刺蝟！

一股新鮮的血腥味撲面而來，讓很多人立即嘔吐了出來，也有好多人看著眼前的那灘鮮血，眼中流露出的，是退不去的驚懼和惶恐。

沈曦已經顧不得理會這髒不髒了，恐懼和憤怒已經占據了她整個腦海。

這是屠殺，是赤裸裸的屠殺！

難道這樣殺人都沒人管嗎？

這個世界，難道真的就沒有天理，也沒有王法了嗎？

沈曦捂住眼睛，眼角流出了絕望的淚水。

若不是自己生性膽小，要是剛才自己也冒冒失失地跑上前去，會不會也……

沈曦不敢想，也不願去想。在這個荒時災年，在這個沒有詳細法律約束的年代，在這個皇權至上的社會，普通老百姓的命是那麼的不值錢，當真連螻蟻都不如。

有幾個士兵走過來，像拖死狗一樣，把那十來具屍體拖走了，又有士兵過來，在血跡上撒上了一層土，那十來個人在這世界上的痕跡，就這樣被抹去了。

沈曦盯著那再次關起來的城門，心中說不出是什麼滋味，對沒有希望的前路，再一次迷惘起來。

沈曦不知道自己要往哪裡走。南走肯定進不了南嶽；北走有瘟疫；西邊，自己是從西邊來的，也有瘟疫在追趕；可東邊，城門緊閉。去路不通，又無路可退，沈曦真的不知道自己這一次該何去何從了。在這亂世，難道當真沒有普通人的活路嗎？

夜晚很快降臨了，城外的飢民們就躺在這荒野之中睡覺，沈曦也縮在一塊石頭旁邊，睜著眼睛，支愣著耳朵，卻是不敢睡。沈曦面躺的方向是朝向災民、朝向城牆的，因為這樣一來，若有什麼情況，她會在第一時間發現。

亂世出暴民，沈曦怕自己要是睡過去了，萬一出了什麼事，會枉送了性命。

黑夜中，聲音格外的清晰，沈曦聽到了此起彼伏的呼嚕聲，也聽到了低低的哭泣聲，聽到了有人痛苦呻吟，還聽到了有人說著不知所謂的夢話……

忽然之間，沈曦的眼光在掃過城牆的時候定住了，因為她發現，似乎有兩個人腰間繫了繩索，從城牆上下來了。

這兩個人是幹什麼的？

秘探？

逃兵？

來殺災民的？

沈曦的腦海中閃過種種可能性，心卻越發地吊了起來，做好了隨時逃跑的準備。

那兩個人輕盈地走在災民間，時不時地拎起一個人來，和那人耳語幾句，若那人點頭了，另一個人會將那人送到城門口，若那人沒點頭，這人也會將那人拎走。

這是在幹什麼？看樣子不像屠殺。

沈曦緊緊地盯著那兩個人，耳朵豎得尖尖的，試圖聽到一絲半語。

那兩人一連送了十來個人到門口，挑選的人也離沈曦越來越近了。

好久好久，微微吹拂的夜風才送來幾個不清不楚的詞句——

「……一百……」

「……愛走不走……」

「……再過幾天……走不了了……」

沈曦心中希望的小火苗忽地一下子就燃燒了起來。

這兩個人，不會是要安排人偷渡過城吧？

自古財帛動人心，窮當兵的能有多少錢呀？現在有這麼一個撈錢的好時機，一人一百兩，十個人就一千兩，這一夜得的銀子，怕是比他們一輩子的軍餉都要多，他們會鋌而走險，也在情理之中。後世的販毒，抓到就有可能會被槍斃，可還是有很多人在進行著這種罪惡之事，這不都是為了錢嗎？

沈曦在這裡數著，那兩個人在領了二十三個人以後，卻都同時往回走了。

機不可失，生存之機就在眼前，拚了！

沈曦咬咬牙，一鼓作氣地站了起來，輕手輕腳地就跟了上去。

那兩人畢竟是當兵的，警覺性還是有的，在沈曦還沒靠近時就發現了她。

其中一個人回過身來，輕喝道：「什麼人?!」

沈曦放低了聲音道：「大人，我也想要到城東去，您多帶我一個吧？」

那人長什麼樣也看不太清，沈曦只看到他留了一臉大鬍子，他也沒有穿戎裝，只穿了一件普通的布衣，不過他那飽經風霜的臉和隱隱透出的銳氣，都讓人看得出這人不是一般的平民老百姓。

大鬍子打量了沈曦一番，見沈曦像個乞丐婆子一樣，不由得嘲諷道：「一百兩銀子，妳有嗎？」

他本以為沈曦又是一個異想天開、想乘機占便宜的主，這種人他見多了，正在考慮是放她回去，還是給她一刀省得走漏風聲的時候，卻聽到沈曦輕輕道：「我有。」

大鬍子怔了一下，又不信地嘲笑道：「現在拿出來我看看，妳若真有，一會兒我親自送妳過城！」

沈曦解開包袱，將那破墊子遞給了他，淡淡道：「大人，你摸一下，這裡面正好有一百兩。」

大鬍子當真伸出手將那墊子接過去了，使勁按了按，還真按到了裡面有十個硬硬的東西。他仍有些不信，一把撕破了墊子，裡面銀光閃閃地露出了兩個元寶。

大鬍子把破墊子往懷裡一塞，意味深長地向沈曦道：「真沒看出來，妳倒是個有心計的。跟我走吧，一會兒我送妳過城。」

他們兩人並沒有立刻帶他們進城，而是由另一個人先挨個兒給他們把了一次脈，到沈曦的時候，那人驚訝地「咦」了一聲。

大鬍子立刻走過來問道：「怎麼，她染了病了？」

把脈那人搖頭道：「這倒沒有，她是有身孕了。」

大鬍子看了沈曦一眼，立刻轉過身去，問道：「有有問題的嗎？」

把脈那人搖了搖頭。

大鬍子走到城牆邊，使勁晃了晃早就垂在牆根邊的一根繩子，過了一會兒，城門輕輕地打開了一條縫。

「快進去！」大鬍子催促著，讓這二十多人排成隊，挨個兒悄悄地進了城。

城裡一片漆黑，既沒有點燈籠也沒有點火把，只能借著不太明亮的月光，隱隱看到城裡縱橫的街道和一片片黑乎乎的房子。

黑暗中又竄出了兩個人，在前頭給沈曦他們這二十來人帶路。

那大鬍子在後面低聲道：「跟著他們走，不要出聲，誰要是出聲，我立刻就給他一刀！」

這二十幾個人被他狠戾的話給嚇到了，都小心翼翼地往前走著，連大氣都不敢喘。

沈曦是最後一個交錢的，自然就排在了隊伍最後面，那個大鬍子就走在她身後，不過他步子大，走得也快，幾步就將沈曦超了過去，在經過沈曦時還低喝了一聲——

「快點！要是被人發現了，你們的腦袋就得搬家了！」

沈曦不想腦袋搬家，只得努力加快了步伐。

沈曦也不敢向左右多看，何況這黑乎乎的也看不出什麼來，只好盯緊了隊伍，儘量不掉隊。

跑著跑著，前面忽然有人低叫了一聲，大鬍子猛跑兩步追了上去，跟在他後面的沈曦看見他動作一大，一包東西就從他身上滑了出來，啪嗒一下就掉在了地上，跑步的聲音恰恰蓋住了這一點聲響，大鬍子完全沒有注意到自己掉了東西，繼續向前跑去了。

沈曦蹲下身去，將那東西撿在了手裡，東西一入手，沈曦就摸出來了，這是一包銀子，裡面包的是好幾個元寶。

她這一停頓，就落後了一大截，那大鬍子處理完前面的事，回頭一看，見沈曦掉隊了，立刻怒沖沖地轉回了身，迎面就揚起了巴掌，不過大概是怕打巴掌發出聲響，他的手到了沈曦臉上，就改成了擰。他狠狠地在沈曦臉上擰了一把，還壓低了聲音，狠狠地罵道：「作死的東西！越讓妳快妳越慢，找死是吧！」

他那長年練武的大手，手勁特別大，沈曦只覺得臉上火辣辣的疼成一片，用手一摸時，臉卻是已經腫了起來。被人如此的欺負，沈曦的火氣也出來了，她很想大聲和他理論，也很想用力還擊回去，可理智告訴她，在這個時候和這人較勁是很危險的行為，眼前這人要殺她根本就不用費勁。自己死了不打緊，可腹中還有孩子呢，這險冒不得。

沈曦只得嚥下了這口氣，忍氣吞聲地將那銀包遞給他道：「你東西掉了，我幫你撿起來了。」一說罷，把銀包往他懷裡一塞，也不再理他，立刻向前跑去。

大鬍子看了看懷中的銀包，又看了看沈曦遠去的背影，駐足了片刻，也抬腿追了上去。

大概是礙於山勢，這座城建得並不太大，沈曦覺得他們並沒有跑多長時間，就到了東城門了。前頭帶路的兩個人將人帶到門口後就沒入了黑暗中，然後又有兩個人出現在城門口，他們在門軸上澆了一些東西，然後依次拿下門上封門的大木門閂，那門就悄無聲息地打開了一條縫。

「快出去！」兩人催促著，將這些人一一趕出門外。

才二十來人出城，速度是很快的，眨眼工夫就輪到了沈曦。沈曦剛要鑽出去，忽然被人拽了拽衣服，她剛要回頭，卻聽到大鬍子小聲又急促地道——

「出去後立刻趴在城牆根別動，天亮後可以走！」

沈曦還沒來得及明白這是什麼意思，就被大鬍子推了出去，在她身後，那扇大門又悄無聲息地閉上了。

沈曦前面的人一出了城，立刻就消失在黑暗中，跑得都沒影了，只留下沈曦孤單地站在這高大又黑暗的城門口。沈曦本也想走，可一想到大鬍子的話，特別是他的語氣是那樣的急促，不由得就猶豫了幾分。大鬍子雖然擰了她一把，不過自己將銀子還給了他，他完全沒有必要再害自己，他的話，應該可信。聽他的口氣，莫不是這漆黑的前路，會有什麼危險嗎？

一想到這裡，沈曦不由得倒吸了一口冷氣，她迅速沿著城牆根向南跑了二百米，然後找了個稍微有點凹陷的地方趴了下去。怕這個坑太淺，沈曦還悄悄地用手往下刨了刨，希望能刨出個更大的坑來，可惜這城牆邊的地好像被特意夯實過，結實得很，根本刨不動。沈曦無奈，只得放緩了呼吸，靜靜地趴在那裡。

過沒多久，遠處忽然傳來幾聲短促而淒厲的慘叫，然後一切又歸於平靜。聽到這聲音，沈曦頓時明白了前方真的有危險，而且是致命的危險！沈曦屏住了呼吸，死死地盯著那二十來人前去的方向，生怕從那條路上闖出幾個凶神惡煞來，一刀要了自己的命。

夜，此時寂靜得分外可怕，就連蟲鳴聲，似乎也被這遠處傳來的殺氣所震懾，漸漸地低了下去，終於無聲。

沈曦支愣著耳朵聽了好一會兒時間，才捕捉到了腳步聲，不是一個人，而是幾個人的腳步聲，都在向著這邊走過來！

沈曦嚇得臉都白了，手腳也有點哆嗦，心臟不堪重負，怦怦怦跳得極快，好似疾雨落地。她死死地用手捂住自己的嘴巴，生怕會發出一丁點聲音來。

近了，近了，那些人的腳步聲近了，越來越近了，快到跟前了……

沈曦幾乎不敢呼吸了，憋了好一會兒，才放緩著頻率慢慢地呼吸一下。她頭也不敢抬，身體更是一動也不敢動，生怕一丁點的動作就會引來那些人的注意。

幸好此時月光不明，也幸好那幾個人沒有四處張望察看，不然……

沈曦此時，幾近昏厥。

那幾個人靜悄悄地來到城門口，有一個人「啾啾」地學了兩聲鳥叫，高大的城門便又靜悄悄地打開，讓那幾個人閃身進去。

裡面隨即傳來壓低的聲音道：「二十三個，可對？」

又一人答道：「對。」

這聲音沈曦有點熟悉，是那個大鬍子的！

然後，聲息俱寂。

城牆根下，知道自己逃過一劫的沈曦卻是一點慶幸和喜悅也沒有，她現在是徹徹底底的明白了，這看似給人希望的「偷渡」，其實不過是一場騙局，是城內軍士斂財的一種手段罷了！

一人收一百兩銀子，先將財斂到了手，然後再派人將這些人殺害，一是怕有人走漏了口風對他們不利，二是怕真有人染了疫病傳出去。而之所以不在城內動手，大概是怕這些人被害前會發出聲音來，而且，在城內，屍體多了怕是不好處理。

好狠！好狠的手段！

都說兵痞子什麼都敢做，現在看來，竟然都是真的。

電視上總愛演古代的部隊有多腐敗，現在看來，也是真的。

若自己沒有撿到大鬍子的銀包，若自己被擄時還了嘴，若自己沒有將銀包還給大鬍子……沈曦無法想像，自己將會死得有多難看！

氣憤過後的沈曦，知道自己可能沒有什麼危險了，不由得長長地出了一口氣，輕輕地翻了個身改成躺姿。地上實在是有點涼，沈曦怕寒氣侵到肚子裡，傷了孩子。

繃了半宿的那根弦一放鬆，沈曦只覺得自己身上如脫力般沒勁，胳膊、雙腿軟綿綿的，根本提不起一點力道。沈曦就這樣直挺挺地在城牆根底下躺著，不敢弄出一點聲音，直到東方欲曉，天色欲明，這才趁著那黎明前的黑暗，輕手輕腳地離開了城牆。

待離城牆遠一些了，覺得城牆上的人再也看不清自己了，沈曦才邁開大步，迅速逃離了這個殺人如草芥的地方。

沈曦跑出大約有一里多的地時，在一段路上發現了大量的新土。沈曦撥開一點新土，借著濛濛欲亮的天光，果然在下面發現了暗黑的血跡。

沈曦強行按捺住心中的恐懼和身上森冷的涼意，疾步離開了這片凶殺之地。

離開了邊城，就只有一條路通向東北方向，沈曦沿著這條路走了半天，來到了一個小鎮子，見有能繞過小鎮子的田野，心底恐懼還沒散去的沈曦便沒敢進城，遠遠地繞開了。

沈曦害怕人與人之間的欺騙和殘酷，也怕了這吃人的世道，一直沒敢再進城，餓了就啃餅子，睏了就睡野地，雖說天氣一天比一天涼了，好在當初為了藏餅，沈曦將自己和瞎子的厚棉衣都拿來了，這才免於受凍。

寂靜空曠的野地裡，空無一人，沈曦卻沒有覺出一點害怕來。上下兩輩子加起來，沈曦從來沒有像現在這樣體會到人與人之間的殘忍和冷酷。沈曦覺得自己都快得人群恐懼症了，自己心裡，不再相信任何人，也不願接觸任何人了。

邊城的事情，留給沈曦的陰影太大了，雖然自己平安地過了邊城，可沈曦心中卻一直在為自己當初貿然找上大鬍子的舉動而後悔。太魯莽了，太不冷靜了！當初怎麼就那麼衝動呢？雖說自己是怕染上瘟疫，可這樣冒失，也實在太不應該。摸了摸自己的肚子，沈曦下定決心，以後做事，一定要冷靜，冷靜，再冷靜。

睡在荒野中的沈曦，發現月亮一天比一天亮，一天比一天圓，她雖不知確切的日期，但也知道中秋節就是這幾天的事了。

在前世，中秋節雖然也當個節日過，但她卻從沒重視過。父母健在時，就是買幾盒月餅送給父母，然後和父母在一起吃個團圓飯。接手公司後，就又多了一項，在公司的中秋晚會上露露面，象徵性地給員工們講幾句話，然後和趙譯去訂好位的餐廳吃一頓浪漫的晚餐。在趙譯離開後，中秋節自己就沒再過過了。

那時什麼都在手中，卻什麼都不懂珍惜，還自以為是瀟灑、是前衛，而此時此刻，躺在荒野中凝望著那圓盤般月亮的沈曦，格外地想念父親、母親，想念那個和平又富足的世界，甚至於，沈曦極想嚐一嚐，在前世自己根本就沒怎麼吃過的月餅……那月餅可真甜、真香呀！

帶著甜蜜的回憶和懷念的微笑，沈曦又一次在星空下睡著了……

沈曦又往東走了七、八天，然後發現邊城以東的日子，確實要比邊城以西好過。以前在邊城西邊的時候，沈曦好幾次在野外看到過屍體，而且邊城以西有好多樹上連樹皮都沒有了；而邊城以東，野外還能看得到莊稼在生長，人們看上去雖然也穿得很舊，但沈曦沒看到有誰穿的衣服破成自己這樣的。

在走過一個小村莊的時候，有一個正在吃包子的五、六歲小孩看到沈曦經過，大概以為沈曦是要飯的，很熱心地把自己吃了一半的包子送給了沈曦，還跑回自己家裡，給沈曦摘來了一個黃澄澄的梨子。這是在這冷酷的世界裡，在這戰亂之中，沈曦得到的第一份來自於陌生人的溫暖，而且這個人，還是她極喜歡的小孩子。

沈曦捧著那半個包子，感激得淚流滿面，她很想摸摸那個小孩的頭髮，也很想輕輕地親吻他一下，不過一想到自己髒兮兮的，只得半舉著兩手，向小孩嘿嘿傻笑了幾聲，又問了小孩住的村莊叫什麼名字？小孩叫什麼名字？決定自己以後有能力了，一定要回報這個小孩的善意！

和那個小孩分別後，沈曦繼續向東走，在翻過一座小山後，她終於聞到了一股腥腥鹹鹹的味道。

沈曦前世去海邊旅遊過好幾次，對海洋的味道並不陌生，海風吹來的，不就是這種腥腥鹹鹹的味道嗎？

自己，這是要到海邊了嗎？沈曦扔下手中的包袱，蹲下身去，喜極而泣。

哭了好久，直到把自己這些天的辛苦和痛楚、對瞎子的思念和絕望都哭了出來，沈曦這才重新打點了一下情緒，向著東方繼續走去。

順著那條路一直走，走過了一個村莊，這個村莊裡大概有四、五十戶人家吧，沈曦特意靠近看了看，在道邊上的幾戶人家裡，沈曦沒發現有漁網，因此她沒有停留，繼續往東走，直走到太陽下山，才又走到了一個村莊外面。這個村莊附近已經不是泥土地了，而是半是砂、半是黑色的山石。沈曦在路邊的人家，看到幾乎家家都掛著漁網，戶戶外面都曬著鹹魚。

這裡大概就是海邊了吧？

沈曦過了這個村莊，又向前走了走，然後發現前面不出二里的地方，還有一個村子。沈曦摸黑走了過去，還沒到那個村子呢，就隱約聽到水嘩啦嘩啦的聲音。沈曦心中一陣喜悅，又有一份解脫。

沈曦往前走，走過了這個村莊，遠遠地就看見那黑乎乎的一片海，海面上偶爾還閃過點點的水光。

到海邊了，真的到海邊了！沈曦坐在一塊大石頭上，心中湧出來的，不知是悲還是喜。喜的是，自己還活著，肚子裡的孩子跟著她受了這麼多的苦，還沒有出意外。悲的是，沒有了瞎子，又離開了自己熟悉的家，在這個陌生的地方，自己要如何生存下去呢？

沈曦在海邊坐了半宿，有時候腦中的想法很多，有時候腦中空空的，什麼想法也沒有。有時候想到那個小小的院子，有時候想到炕頭上呆坐的瞎子……直到海風吹得她全身都冷透了，她才起身找個地方避避風。

現在已不是月中了，天上只有一彎小月牙，可憐兮兮地掛在天邊。大地上一片黑暗，沈曦瞎摸著走到了一個土堆旁邊，從包袱裡拿出一件破衣服披在身上，倚著一棵樹就睡了過去。

「哎，妹子，妳怎麼睡這兒了啊？快起來、快起來！」

一個響亮的大嗓門，吵嚷著把沈曦從夢中驚醒了。沈曦連忙睜開眼睛，發現眼前站著一個粗壯的大嫂。

那大嫂一見沈曦醒了，趕緊把沈曦拽了起來，嘴裡一迭聲地道：「妳膽子也太大了吧？

也不看看這是什麼地方，就敢在這裡睡覺，也不怕鬼把妳吃了！」

沈曦趕緊看了看身後，發現自己昨晚以為的小土堆竟然是一座墳，自己靠著的樹是一塊墓碑！

沈曦也嚇了一跳，頓時覺得身上冷颼颼的。

那婦人見她破衣爛衫的，滿臉的同情，不由得柔聲問道：「妳從西邊來的吧？聽說西邊好多城都發了疫病，死了好多人呢！妳是從那裡逃出來的吧？」

沈曦知道現在的人們都害怕瘟疫，所以她不敢說真話，答道：「不是。我們那裡沒有得瘟疫，只是鬧了饑荒，我家被人搶了，我相公也被人打死了……我見沒活路了，就逃了出來。有個老人家說讓我一直往東走，走到海邊就不會餓死了，我一直走一直走，就走到這兒來了。」

那婦人見沈曦說到相公被害時淚都快下來了，於是趕緊岔開話。「你們那兒離這兒遠嗎？妳走了多少天啊？」

沈曦抹抹眼角的淚道：「不知道多遠，我走了二十一天，才走到你們這兒來了。」

那婦人聽罷，豪爽地拍了拍沈曦的肩道：「妹子，走，先去我家歇歇！看妳這渾身髒的，去我家洗個澡去！姊給妳弄點吃的，再睡個好覺，等醒過來後，這什麼煩心的事就都過去了！」

沈曦見這婦人似乎沒有什麼壞心，何況自己這麼一個「乞丐婆子」，也實在沒有什麼值得別人惦記的，於是便對著婦人行了一禮，連聲道謝。「那就謝謝姊姊了。」

那婦人極是愛說話，帶著沈曦往村裡走時，一路給沈曦介紹這個村子的情況。

這個小村子叫上漁村，村裡一共有二十六戶人家，家家戶戶以打魚和織網為生。打來的魚會有車天天來收，不過織好的網要自己到離村子二十五里遠的七里浦去賣，這七里浦是個大鎮子，什麼都有賣，村裡人除了吃的鹽自家曬外，剩下的東西都要去七里浦買。

上漁村村子太小，也沒設里正，若是有了紛爭，都是找村裡年紀最大的人給解決。官府每個月都會派個人來徵收漁稅，稅收得不少，但生活還是過得去的。

至於這個婦人，讓沈曦叫她芳姊，她家一共五口人，她家當家的和小叔子出海打魚去了，家裡有兩個孩子，一個七歲，一個四歲。

兩人一邊說著話，一邊就進了村子。

村子裡有四、五個小童在路邊玩耍，一見沈曦這髒兮兮的樣子，都圍了過來，拍著手叫：「乞丐婆、乞丐婆……」

沈曦也不惱，還對著孩子們笑了笑。可惜她身上、臉上實在太髒了，這一笑反倒把孩子們嚇住了。

芳姊見沈曦性子和藹，說話慢聲慢語的，對調皮的孩子們也不著惱，對沈曦不由得心生好感，於是放開嗓子嚷嚷道：「小崽子們，趕緊滾蛋！再來欺負人，看我不揭了你們的皮！」

小孩們顯然是有點怕芳姊，被她這一嚇，立刻哄然而散。

芳姊帶著沈曦來到一處半新不舊的房子，一把就把院門推開了，向沈曦說道：「咱這地方就這幾家幾戶，都熟得很，平常也沒個生人來，這家家戶戶出去，也沒鎖門的。」

進來後，沈曦抬眼打量著這座房子，房子和沈曦原來在小鎮的房子完全不一樣，小鎮上的房子全是用青磚蓋的，這裡的房子，牆則是用石頭砌起來的，屋頂上沒有蓋瓦片，而是在屋頂上鋪了一層黑黑的東西，好像是海藻、海草什麼的。

院子很小，從院門到屋門也就十來步的距離，也沒砌院牆，而是用一些樹枝、樹條編了一個小小的籬笆，把院子圍了起來。院中沒有種菜，只曬了幾張漁網，還有幾隻鴨子搖搖擺擺地走來走去。

芳姊把沈曦讓進屋裡，舀來了一大碗涼水遞給她。「先喝口水潤潤嗓子，家裡還有點剩飯，我去熱熱，妳可別嫌棄。」說罷，也不等沈曦回答，就一掃門簾出去了。

沈曦喝了口水，打量著芳姊的這個家。

芳姊家的日子應該過得不錯，家中的擺設不少。靠西牆邊有一張雙人木床，木床上還掛著一頂蚊帳；床北邊靠著的北牆有兩個高高的衣櫃，衣櫃的東邊是一個矮櫃，矮櫃上面擺了梳子、頭花還有一面銅鏡；有兩把太師椅，靠在了東邊的牆上。這房間，擺得倒是挺滿的，比沈曦那個家徒四壁的房子可強多了。

過了沒一會兒，芳姊端來了一盆水，還拿了把皂豆。「飯馬上就得了，妹子，妳先洗洗手、洗洗臉，洗完了，正好吃飯。」

沈曦說了聲「謝謝芳姊」後，趕緊將手伸進了水盆裡。

在來的路上，她其實也有洗過臉，不過她聽了李老先生的話，沒敢洗得太乾淨，所以看起來，她臉上仍是髒得很。

沈曦足足洗了一盆子黑水，才將手和臉洗乾淨了。洗完手後，沈曦這才發現她的指甲長得可以媲美梅超風了，而且指甲縫裡全是黑泥。沈曦趕緊向芳姊借了剪子，把長指甲剪掉了。

芳姊望著乾淨的沈曦，笑著調侃道：「沒想到妹子還是個美人，可惜就是太瘦了，這腮幫子都瘦沒了。」

芳姊端來一碗粥、兩個窩頭，還有一碟子涼拌海帶，招呼沈曦道：「妹子，先過來吃點飯，人哪，吃了飯才有精神，才能長肉，我是餓一頓都渾身沒勁，要是讓我像妳似的餓這麼多天，我可受不了！」

聽了這話，沈曦心中百般滋味。上輩子，自己是個不事生產的米蟲，平時出門連路都不用走，去哪兒都是開著車，一輩子走的路加起來，都沒有自己這二十一天走得多。以前若是有人告訴自己，說自己能連續走二十一天的路，說破了天自己也不能信。可現在，事實就擺在眼前，人若是被逼急了，是什麼奇蹟都能創造出來的。

沈曦謝過了芳姊，這才坐下來吃飯。

這二十一天光啃乾餅，乾餅啃完後，她就找點水把身上的麵粉攪一下，然後點上火，用身上帶的小瓦罐做點麵糊吃，像這種有粥有菜的飯，還真是好久都沒吃過了。

沈曦怕一下子吃太多把胃撐壞了，只就著海帶喝了那碗粥，那兩個窩頭卻是沒動。

芳姊嘖嘖道：「難怪妳這麼瘦，這胃口可真小！要是我吃呀，再加上這兩個窩頭，也就混個半飽罷了！」一邊說著，她一邊手腳麻利地把飯碗端下去了。

沈曦和芳姊又閒聊了一會兒，向芳姊打聽道：「芳姊，這附近哪兒有租房子的？趁著這白天，我得去尋個地方落腳。」

芳姊想了想，道：「咱這小村小莊的，房子也就剛剛好夠住，哪有閒房往外租啊？要租房，得去七里浦，那裡鎮子大，自有不少租房的地方。」

沈曦道：「芳姊，那我就要告辭了。我這就去七里浦，天黑前還能到得了那裡。芳姊，謝謝妳的款待了，等妹子安頓好了，再來看望芳姊。」

芳姊上下打量了沈曦一番，不知想起了什麼，忽然笑著開口道：「妹子，妳先別走，我幫妳想想辦法。去七里浦租個房子，是要花錢的，妳是逃難出來的，哪有那麼多錢交房錢？去年村裡的九阿婆死了，她無兒無女的，那房子還空著呢，等我去和三叔公說說，妳先住那兒吧！」

其實住在哪兒，對沈曦來說都無所謂，反正都是重新開始。不過芳姊既然這麼說了，沈曦也不想辜負了她的好意，何況此時她身上只有十來兩銀子了，還是先安定下來再做打算吧！於是沈曦說道：「那就有勞芳姊了。」

芳姊是個急性子的，讓沈曦再坐一會兒，自己就風風火火地出去了。

沈曦在屋子裡轉了兩圈，看到銅鏡時，不由得拿了起來。鏡子中，模模糊糊地出現了一個人影，若不是沈曦鎮定，就該喊「有鬼」了。黝黑的臉龐、深陷的眼窩，伶仃的大眼，錐子般的下巴，再加上一頭黏在一起的頭髮。沈曦不忍再看，趕緊把鏡子給扣在櫃面上了。

面容雖然不好看，但當沈曦的目光落到自己的肚子上時，她還是會心地笑了。

沒關係，小傢伙，只要你平安無事，我變成什麼樣，都心甘情願！

過了好一會兒，芳姊帶著一個足有七、八十歲的老人回來了。一進屋，芳姊就指著沈曦道：「三叔公，你看，這就是在二叔公墳上睡覺的那個妹子。你說她膽大不膽大，竟然敢在墳上睡覺！」

那老人額上密密麻麻都是皺紋，鬆弛的皮膚都形成摺子了，眼皮鬆得連眼睛都快蓋住了，聽芳姊說完話，挑起了眼皮，露出了一雙混濁卻又看透世事的眼睛來，好生打量了沈曦一番。

沈曦福了一禮，輕聲道：「沈曦見過三叔公。」

三叔公重重地咳嗽了一聲，開口道：「沈娘子，我們這村子雖然偏點、小點，不過要是勤快些，不愁沒碗飯吃。村南邊有一間空屋，妳就先住在那裡吧。阿芳，妳帶沈娘子過去吧，一會兒去我家拿點米、麵，妳再教教沈娘子織網，好歹先把日子過起來再說。」

芳姊連忙稱是，沈曦也跟著道了謝。

三叔公走後，芳姊就帶著沈曦出門了，走了沒幾步，將她帶到了村子東南角的一間房子前。這房子比以前沈曦住的還小，只有一間能住人的地方，就連廚房，也不過是在外面搭了個棚子。房子破爛得很，沒有院門，籬笆也不全，東一個窟窿、西一個洞的。不過已經到這個地步上了，沈曦還有什麼可挑剔的？

芳姊道：「妹子，妳先在這兒落腳吧，雖然小些，妳一個人住，倒也合適，等以後有機會了，姊再給妳起幾間新房。」

給自己起幾間新房？芳姊說話似乎有點不對勁，能收留自己就是她的善心了，還給自己蓋新房？沈曦可不覺得有人能行善行到這個分上。不過初來乍到，和芳姊還不熟，沈曦就當作沒聽到這話，笑笑道：「多謝芳姊，這兒已經很好了。能有個安身之地，妹子已經心滿意足了。」

芳姊也笑了。「妹子，我是個粗人，妳就別總謝來謝去的了。以後咱就是一家人了，總這麼客氣我可受不了！」

一家人？沈曦覺得這話越來越蹊蹺了，不過她仍是沒有吭聲，而是推開了屋門。屋子裡頓時飄出一股嗆人的塵土味，嗆得她直咳嗽。

芳姊在後面說：「這房子原來是九阿婆的，去年九阿婆去鎮子上賣網，走半路上犯病了，就再也沒回來，這房子就一直這麼空著了。妹子妳先收拾收拾，我去三叔公那裡給妳取米、麵，再拿點東西過來。」說罷，她轉身走了。

沈曦目送她走遠了，這才轉過身來，打量著自己未來的安身之處。

就一間房，一進門就一目了然。西北牆角是一張單人床，上面光禿禿的，連被褥都沒有；西牆邊靠著一截短櫃，櫃子是空的，櫃蓋倒在地上；房間的東北角上擺著一張桌子、一把椅子，桌子上擺了幾個碗碟、兩雙筷子，上面都落滿了厚厚的灰塵。

沈曦又轉到房子右邊的棚子裡，棚子連個門都沒有，一眼就能看到裡面有一口大灶、一口大水缸，還有一張桌子，桌子上空空如也，什麼也沒有。

這樣的房子，激不起沈曦半點打掃的熱情。

以前在鎮子上，是因為炕上有一個等著吃飯的瞎子，所以初來乍到的沈曦不得不立刻進入一個妻子的角色，擔當起養家的重任。

可現在，自己孑然一身，心隨著瞎子又死了一回，面對著這樣一間同樣破舊的房子，沈曦是再也拿不出哪怕一點點的用心了。

想到瞎子，沈曦心中一陣刺痛。要是現在，是她和瞎子夫妻二人逃到這裡，該有多好……沈曦的眼淚，啪嗒啪嗒地從臉上流了下來，滴落塵埃。

自己初來乍到，不能給人留下一個懶惰的印象，何況這種屋子自己也沒辦法住下去，因此傷心完了的沈曦擦乾眼淚，只得認命地拎起桶子，去剛來時芳姊指給她的井上打水。這裡打井不易，全村就一口井，在村子的中央。不過村子小，即便沈曦住在村頭，也走不了多遠。

拎來一桶水，沈曦將床上的破蚊帳布撕了下來當抹布，開始了大清掃。

等芳姊來給沈曦送東西的時候，這間破房子已經窗明几淨，盤碗刷乾淨了，桌椅板凳都拿出來用水沖洗了，就連廚房的大水缸也刷了，裡面還挑滿了水。

芳姊看見沈曦這麼勤快，不由得滿意地讚道：「妹子，真是把過日子的好手啊，看這屋子收拾得利索的！」一邊說，一邊把東西放下，然後一一指給沈曦看。「米、麵各十斤，是三叔公給的。鹹魚和鹹菜，是我自己醃的，妳別嫌難吃就好。這有兩尾鮮魚、一把小蔥，中午妳加個菜。油、鹽我家也不多了，就只拿了一點來，大後天我們當家的去七里浦，我再讓他給妳捎點。這還有一條床單，雖說舊了點，可洗得很乾淨。還有一身我當姑娘時候的衣服，樣式也老了，妳自己改改，湊合著穿還是可以的，妳莫要嫌棄。」

沈曦又不是那不知好歹的人，哪會嫌棄？只有不住口的道謝。

芳姊沒在這裡待多久，說是要做午飯，就回去了。

等她走後，沈曦將東西歸置了一下，然後又燒了一鍋開水，將鍋碗瓢盆都消了毒，再將米飯蒸上，趁著蒸飯的時候，又將那兩條魚處理了，待米飯出鍋，就用芳姊帶來的油、鹽把魚燉了。飯菜都弄好後，太陽已經過了中天了。

許久沒有吃過魚和肉了，沈曦還真有點饞了。就這樣光用油和鹽燉出來的海魚，腥味十足，沈曦竟然也吃了一條半，還吃了小半碗米飯。

不知是不是因為沈曦沒有營養的緣故，還是肚內的孩子會心疼人，或是孩子出了什麼問題，都已經快三個月了，沈曦竟然沒有鬧過孕吐。這三個月，除了生活在膽顫心驚中，就是沈浸在失去瞎子的悲痛中，然後又來了個千里疾行，沈曦真怕這肚子裡的孩子會有什麼問題。焦慮不安地想了好久後，沈曦決定明天就去七里浦，請大夫給診診脈吧！

吃完了午飯，沈曦又燒了一鍋水洗了個澡，身上那個髒呀，洗澡盆裡的水都變成墨水了！沈曦直洗了兩遍，才將身上洗乾淨了。自己帶來的衣服早就髒了，沈曦只得穿上芳姊帶來的衣服，預料中的又肥又大，不過比她那身乞丐婆子的衣服可是強了不少。做完這些，沈曦已是累極了，連頭髮都沒乾就躺到床上睡著了。這些日子實在太疲勞也太辛苦了，連個安穩覺也沒睡過。現在終於又有一個家，一個可以在床上睡覺的日子，沈曦放下了這麼多天來一直提著的心，睡了一個踏踏實實的覺。

沈曦這一覺睡了個昏天黑地，如果不是肚子餓了，她還不知道能睡到什麼時候，饒是這樣，等她醒來的時候，也已經是半夜時分了。

沈曦點著了油燈，想再吃口飯，卻發現下午不知誰來過了，幫她把曬在外面的衣服都收了進來，還疊好了放在衣櫃上。地面上，多了一個木盆，裡面放了不少的蝦蟹和貝類。

在這裡，自己就認識兩個人，一個是七老八十、行動不便的老爺子，一個是芳姊。不用猜就知道，這是芳姊來過了。

沈曦把那些蝦蟹用水清洗了一遍後，就全扔到鍋裡，一把火煮熟了，然後自己咯吱咯吱地嗑了半宿，那一木盆海鮮，竟然被她全部吃光了！吃完後，沈曦洗了洗手，然後吹熄了燈，舒舒服服地躺在床上，摸了摸還平坦的肚子，笑咪咪地自言自語道：「寶寶，你可要多吃點啊，媽媽給你加營養呢！」

第七章

第二天，沈曦醒得挺早的。出得門來，看著海平線上初昇的朝陽，聞著新鮮的海風味道，沈曦覺得自己又活過來了。

她摸了摸肚子，向肚中的寶寶說：「寶寶，從今天起，媽媽再也不要你受苦了，媽媽要努力打拚，給你創造一個好未來。」

吃罷早飯，沈曦帶了懷裡的那十多兩銀子，先去和芳姊打了個招呼，然後準備去七里浦。在此時此刻，沈曦非常感激自己當時的英明，給李老先生銀子時長了個心眼，怕動用縫在墊子裡的銀子不方便，就多留了十兩放在懷裡當零用，要不然，自己現在可又是兩手空空了。

芳姊聽說沈曦要自己走去七里浦，不由得勸道：「妹子，還是後天再去吧，後天我們當家的去那兒買東西，咱倆也跟著去，一起做個伴不好嗎？妳人生地不熟的，別再被人騙了。」

沈曦是有心事的，孩子的健康問題時時縈掛在她心頭，她是一刻也等不了了，於是她只說有點急事，仍是固執地問清了去七里浦的路。

二十五里地，沈曦走了小半天才走到了。上漁村人少，一路上竟然連個趕車的都沒碰到，順風車自然是沒得搭。

七里浦果然是個大鎮子，比以前沈曦住的那個小鎮大多了，也熱鬧了許多。不過沈曦沒有心思看這些，而是找人問了去藥鋪的路。這個時代，沒有醫院，給人看病的大夫都在藥鋪裡，一邊賣藥一邊看病，只有手藝特別高超的大夫會開醫館，不過大都也兼職賣藥，所以在這個社會，醫藥基本是不分家的。

沈曦順著當地人指示的方向，順利找到了藥鋪，一個胖乎乎的老大夫幫她診了脈，告訴她孩子一切良好，沒有問題，還囑咐沈曦一定要好好吃飯，把自己養得壯壯的，孩子才會健健康康的。

因為自己沒有孕吐，沈曦為了這個問題，還特意請教了大夫，老大夫道：「孕婦的身體不同，懷孕時的反應自然也不同，有的孕婦會從懷孕一直吐到生，有的吐幾個月就好了，也有吐幾天的，也有一點都不吐的，這不足為奇。」

又打聽了一些懷孕時的注意事項、飲食忌口，老大夫都一一解答了。大概是由於這裡離海邊近的原因吧，老大夫還特別強調，要少吃海鮮，尤其是螃蟹這種寒性的食物，讓沒有這方面知識的沈曦當真嚇了一跳。昨天晚上自己還咯吱咯吱地啃了一盆海鮮呢，裡面就有兩隻大螃蟹！

沈曦僥倖地拍了拍胸脯，在心中暗呼：幸好幸好，幸好自己肚子裡的娃兒命大，碰到這麼個沒有懷孕常識的媽，竟然仍在頑強生長，這小傢伙，也不容易呀！

來到城裡一回，沈曦怎麼著也得打探一下現在的消息，知道這個社會都發生了什麼事。瘟疫是否爆發了？還有，北嶽國還會發動戰爭嗎？

懷著這個目的，沈曦去了一家茶樓喝茶，然後給了小夥計五文錢，小夥計就竹筒倒豆子一般，把當下的形勢給沈曦介紹了一下。

由於北嶽的入侵，中嶽國形勢動盪，在戰爭的威脅下，好多地方都斷了糧，饑荒餓死了許多人，當時正值夏天，死屍得不到及時的處理，好多城鎮都爆發了疫病。朝廷當機立斷，對疫病嚴重的城鎮進行了屠城燒城，各城鎮緊閉了城門，禁止通行，就連鄉間也都被下令不准收留外地人士，這才遏止住了疫病的蔓延。

沈曦聽了不由得暗暗咂舌，幸好李先生告訴她不要進城，也幸好自己怕染上病，一路上也沒怎麼進村，要不然，自己能有什麼結果，還真說不好。

聽到有的地方屠城了，沈曦不由得插話道：「小哥，你可知道屠了幾座城嗎？」

小夥計道：「做我們這行的，消息就得靈通，這個我當然知道了！當時嘛，屠了八座城，這八座城是修平、安與、黑岩、雙慶、西谷……」聽到這兒，沈曦頓覺眼前發黑，心跳得突突的，似乎要跳出胸腔來。

西谷……真的爆發了疫病，還屠城了、燒城了！

那些可愛的孩子、那些喝過粥的老顧客、孫大爺老倆口、王書吏一家、自己和瞎子一起過日子的小院……沒有了，一切都沒有了。

一把火，只需要一把火，這一切，就都成了灰燼，都成了泡影，他們在這個世界上存在過的痕跡，就這樣消失無蹤了。

沈曦心痛難當，她顫抖著手端起茶杯送到嘴邊，滾燙的茶水下了肚，才沖散了她滿身的涼意。

她狠狠地掐了一下自己的手背，這才定下心神，繼續聽小夥計說話。

小夥計正眉飛色舞地講道：「……劍神與那洪峰面對面的立了好長時間，只聽洪峰說：『你可真是命大，那麼重的傷都死不了！』，劍神道：『你的命也挺大的，不是也沒死嗎？我因情入劍，由塵悟道，劍意已是圓滿，今日先拿你來試試招。』，然後劍神就拔出了劍，只一劍，就將洪峰逼退了好幾米，洪峰當即放下刀說道：『你的劍意果真長進了，我不是你的對手。我北嶽國撤兵，在我有生之年，不再南下。』，劍神卻道：『你害我中嶽百姓日夜憂心，日不能寐，夜不能寢，你活著終是個禍害，今日我定不饒你。』，說罷，劍神連發數劍，就將洪峰斬於劍下。當日，劍神帶領三軍將士，收復了五百里失地。劍神之威，北嶽國聞風喪膽，劍神所到之處，敵軍處處潰敗，直到助我軍收復了所有失地，劍神才飄然離去。過了半月，不知為何，劍神忽然闖入北嶽皇宮，怒殺北嶽皇帝，並號令將士進攻北嶽。西嶽和東嶽見我國進攻，也不甘示弱，都對北嶽發起了攻擊，不過半月時間，北嶽就滅亡了。劍神看著北嶽滅了，就又離開了，據說是回了劍神山修煉去了。」

劍神如何，沈曦已經不關心了，她關心的東西，已經被一把大火燒燬了。

沈曦在茶樓中坐了良久，回憶著小鎮舊事，回憶著和瞎子相處的點點滴滴，回憶著瞎子難得的溫柔和關心，心痛得直想流淚。

原來，在不知不覺中，瞎子已經在她心中占了這麼重的分量了。虧她還一直以為是自己在照顧瞎子，沒有了自己，瞎子肯定活不下去，可事實卻狠狠地摑了她一巴掌，沒有了瞎子，是她不想活下去了。若不是李老先生發現她懷了瞎子的孩子，怕此時，她已經隨了瞎子而去吧？

不過，她終究沒有隨瞎子而去，因為，瞎子已經在她的身體裡留下了一粒種子。接下來，她要做的，就是讓這粒種子發芽，出生，長大……

沈曦直坐到午後，才滿腹愁思地離開了茶樓。

本沒有胃口吃飯，可為了給肚子裡的孩子添加營養，她還是去酒樓點了兩樣菜、一盤紅燒肉、一隻滷豬蹄。

天已過午，酒樓裡的人不是太多，只有幾桌大概是在談生意的吧，一直在喝酒聊天。沈曦一邊吃著飯，一邊豎著耳朵聽他們說話。

有一桌的客人喝多了，一直在大談家中母老虎如何厲害。還有一桌，兩人一直為了一斤五十文還是五十二文爭論不休。

只有靠窗邊的一桌，有四個文人在討論時事。沈曦的耳朵濾過前兩桌，特意傾聽這些文人們在說什麼。

「聖人有言，為王者，當以仁治天下。小弟總覺屠城太殘忍，不是仁君所為。」

「子林兄此言差矣，若不屠城，疫病蔓延，全天下都要跟著遭殃。只屠幾城而救天下，吾覺得此乃正義之舉。」

「子林兄、正純兄，二位均言之有理，聖上下令屠城，雖失仁義，卻合道理。只可惜，那八城百姓何其無辜啊！」

「錢兄此言又差矣，天下城有數千數萬，為何他處無瘟疫，只此八處得瘟疫？必是此八處民罪上天，天降其罰，我等凡人，又有何力抗天乎？」

……

四人為了屠城之事爭辯不休，只有一人認為屠城不對，另外三人都認為屠城是正確的。

沈曦也很明白，此事不論讓誰決斷，都會捨小取大。若是沈曦處在那個高高的位置，在這個醫術落後、根本無法阻止疫病蔓延的時代，也只能是屠城，消滅傳染源。可理智判斷歸理智判斷，當自己是處於被屠的一方時，總會覺得上位者太殘忍，就連附和屠城的民眾，都是那麼的心狠可憎。

沈曦狠狠地啃著豬蹄，就當啃的是這幾個酸腐文人那可惡的風骨！

沈曦這邊啃豬蹄，那邊四個人已經轉了話題，這次他們議論的是他們的劍神霍中溪。

「此次劍神斬殺洪峰，當真大快人心，我中嶽國此後再無侵略困擾！」

「非也非也，依弟看來，劍神遠馳萬里，單身闖入皇宮，取北帝人頭於禁衛，掛北帝人頭於兩軍陣前，此舉才是真正的大快人心啊！」

「錢兄這話合了小弟的心思，劍神斬殺洪峰，只不過是解了吾國暫時之危，若北嶽再出武神，依舊會南侵。劍神滅了北嶽，吾國再無戰爭憂患，此舉福澤蒼生，利及後代，大佳、大佳！」

其中一人忽然用摺扇捂了嘴巴，賊兮兮地笑道：「三位兄台可知劍神為何滅了北嶽國？

小弟有最新消息喔！」

那三位連忙問道：「吾等不知，明章兄快快講來！」

那明章兄吊足了大家胃口，見大家都著急地看著他，於是滿意地說道：「我聽劍神山的一個朋友說，那劍神是要為他妻子報仇才斬了北帝，滅了北嶽！」

那三位頓時「噓」聲一片。「劍神大婚乃何等大事，天下豈有不知哉？今吾等皆無耳聞，劍神何來妻子之說？明章兄大謬啊！」

那明章兄一見無人信他，不由得著了急，遂大聲嚷道：「劍神去年被北嶽蘇烈、洪峰偷襲，傷重瀕死之際，有一位姑娘救了他，兩人日久生情，結為夫妻，在那女子精心照顧下，劍神的傷才日漸好轉。聽說北嶽初侵時，劍神的傷還未養好，後來見局勢大亂，劍神帶傷作別妻子，踏上了戰場。可惜……」說到這兒，他稍頓了一下，見眾人都被他的話吸引了，遂繼續道：「可惜劍神妻子所住之地，便是屠城的八城之一啊！」

眾人一片譁然，其中一人失聲叫道：「那劍神的妻子豈不是被殺死了？」

明章兄長喟一聲，聲音也低沈了下來。「何止是被殺死了？連屍體都燒成了灰啊！等劍神回去的時候，他們的家已經被夷為平地了。劍神悲痛萬分，血淚流塵，一怒之下，腳不停歇地狂奔萬里，怒斬北嶽帝於劍下，又滅了北嶽，以報殺妻之仇。」

說到這裡，酒店內已是一片沈寂，就連店小二上菜，都沒有像以前那樣大聲招呼。

那子林兄忽然道：「其實屠城失妻之事，劍神最痛恨的人，應該是上面那位吧？」

聽了此言，眾人忽然都低下頭去，不敢再接聲議論。

只有那明章兄接上了子林兄的話。「屠城令雖是吾皇下的，可那北嶽不南侵，吾國局勢必不會動盪，若局勢不動盪，自不會飢民遍野、瘟疫橫生，那劍神的妻子也必不會死。劍神心胸寬廣，思慮高深，豈是我等小肚雞腸可比？」

聽了這話，那子林兄面上一紅，不由得訕訕地道：「劍神胸懷，吾不及多矣！」

那明章兄拍了拍子林兄的肩膀，安慰他道：「子林兄不必如此，劍神站在高處，眼光心胸必不是我等可比。」說到這裡，他又一轉言道：「陛下知劍神的妻子死於屠城之中，親去劍神山請罪。劍神卻道：『當機立斷，捨小取大，吾皇無錯。若吾皇勤政愛民，百姓安居樂業，吾在一日，必保中嶽一日。』，陛下深受感動，當即欲封劍神的妻子為節烈義夫人，詔告天下，可惜劍神說逝者已矣，不願她受世人談論打擾，謝絕了陛下的旨意。要不然，這位有情有義的劍神夫人，已經是天下皆知了。」

眾人靜默不語，似乎都被明章兄的消息給震住了。

過了好久，那位錢兄拍手道：「善哉，劍神；賢哉，吾皇！大善大賢齊聚吾國，吾國興盛在即矣！」

許久沒說話的正純兄卻道：「只可惜了劍神夫人那位心地善良的好女子。」

錢兄卻道：「能救下劍神，是那女子之幸；能得劍神鍾情，更是那女子之福；有運道被吾皇親封節烈義夫人，小弟看來，那女子雖死猶榮。」

其餘幾人都跟著點頭道：「死後有此榮寵，劍神夫人必會含笑九泉的。」

這個社會，女的就這麼不值錢嗎？好心救人嘛，說是有「幸」；愛上個受傷快死的人唄，還說有「福」；被殺死後給封個破名，還說是有「運道」。命都沒了，這算哪門子的運道啊？要是朝廷下令誅了這些腐儒的九族，然後又說殺錯了，再給封個名號，看他們幹不幹啊？一家子都死光了，頂著個破名號有什麼用啊？這群腐儒，就知道胡說八道！

「小二結帳！」沈曦實在聽不下去了，大喊一聲，打斷了他們的談論。

大概是很少有女子這樣大聲說話吧，那幾個文人還轉過頭來看了看沈曦，看完後，那迂腐的錢兄不屑地道：「婦德有虧！」

沈曦懶得理他，結了帳就走了。

沈曦都走出酒樓了，從窗前經過的時候，聽到那幾個人仍在討論劍神。

只聽那正純兄又問道：「劍神當初離去時，沒有安頓好妻子嗎？你我都知在這亂世，一個弱女子是極易遇害的，劍神難道沒想到嗎？」

那明章兄長嘆一聲道：「劍神失妻，當真是天意啊！諸位可知北嶽第一殺手組織疾風樓？」

有人答道：「知道，聽說這疾風樓高手眾多，勢力極大。」

明章兄繼續道：「疾風樓有四大殺手，這不用我細說，大家都知道。其中唯一的那位女子毒靈仙子尤擅追蹤和毒術，據說當初她找到了負傷的劍神，不過不知為何就杳無音信了，有人猜測是被劍神殺了。疾風樓動用了所有勢力，歷經八個多月，才勉強查出她最後出現在了咱中嶽的……」

沈曦走到路口轉了彎，酒樓裡的聲音才終於湮沒在了迎頭而來的叫賣聲中。

離開酒樓後，沈曦看看太陽，見時間不早了，還是決定快點去買些日用品，要不回去就太晚了。

經過以前在鎮子上的磨練，沈曦已經不是前世那連針都不會拿的大小姐了，再加上手中錢少，葛布便宜，棉布又很貴，沈曦這次只買了兩件普通的細葛衣當下穿，剩下需要的東西就買布，打算回去自己做。現在天涼了，還要添個薄被和褥子，因此沈曦又買了一床薄被褥，這薄被和褥子裡面絮的不知是什麼，抱起來死沈死沈的，反正不是棉花，和棉花相比，那價格是天差地別。一套行李，她只用了不到一兩半的銀子就買下來了。

買完布，沈曦還去鞋店買了兩雙鞋，腳上那雙鞋實在是破得不像樣了。路過一個賣胭脂水粉的小攤時，沈曦還買了兩根頭繩、兩朵粗糙的珠花，還有一把木頭梳子、一袋皂豆。

日常用的東西買完了，沈曦又買了些鹽、花椒之類的調味品，想起那個酒樓的滷豬蹄不錯，又回去買了兩隻滷豬蹄、一包醬肉，還從肉攤上割了二斤肉，想了想，又從糕點店裡面買了幾包點心。

雖然還想再買點東西，可沈曦怕拿不了，只好等下次來了再說。

可當她走到城門口的時候，竟然有人趕著馬車來兜生意，此時沈曦才知道，原來這個世界也有taxi啊，而且這taxi還個個是「寶馬」！

沈曦花五十文僱了一輛車，然後她讓那馬車在城裡轉了一圈，她又買了點蔥、薑、土豆、白菜、蘿蔔、雞蛋、白麵及大米各十斤、糙米及粗麵各一袋、油一大罐、新碗筷及新盆子若干。買完東西後，這才讓馬車將她送回了上漁村。

馬車跑起來就是快，還沒等太陽落山，沈曦就已經到了家。

車伕幫沈曦將東西拿回屋，沈曦付了錢，車伕這才趕著車回去了。

回到家後，沈曦將東西整理一下，就拎上兩包點心去了芳姊家。

沈曦到的時候，芳姊家正在院子裡吃飯，一張桌子上圍了五個人，有芳姊、兩個孩子，還有兩個男人。

一見沈曦來了，芳姊連忙站起身迎了過來。「妹子，妳這麼早就回來了？我琢磨著妳也走不快，怎麼也得晚上才回來呢！還沒吃飯吧？快過來吃點！」

沈曦笑道：「我早回來了，多謝芳姊記掛。我買了兩包點心，給孩子們當個零嘴吃。」

芳姊接過點心，放到桌子上，爽快地笑道：「那我就不客氣了。」然後又指著桌子邊兩個男人道：「妹子，這個是妳姊夫張大郎，那個是我家小叔張二郎，以後妳有什麼體力活兒，就來找他們，別的不行，幹活有得是力氣！」

大郎大概三十來歲的樣子，又高又壯，長得很粗豪，滿臉的絡腮鬍子。二郎要年輕些，大概有二十五歲，也是膀大腰粗的大高個兒，和大郎的長相有七分相似，不過沒有留鬍子，倒顯得乾淨俐落了許多。

沈曦連忙見禮。「沈曦見過張大哥、張二哥。」

那兩個漢子趕緊站起來回禮，粗聲道：「沈家妹子，以後有啥活兒就叫我們，保證不惜力氣！」

沈曦見人家正吃飯呢，不好多留，趕緊告辭。「芳姊、張大哥、張二哥，你們快吃飯吧，我也要回去吃飯了。」

芳姊將沈曦送出門外，兩人又說了幾句話，沈曦問了問三叔公住哪兒，這才回了家。

回到家後，沈曦拎了一小袋白麵、兩包點心去了三叔公家。剛來的時候，三叔公給了自己糧食，自己可不能心安理得地就收了人家的東西，做人要是太摳了，這人緣可是好不到哪兒去的。

三叔公收下東西，笑咪咪地誇沈曦懂事有禮，然後又叮囑了她過日子要謹慎節儉，以後不用再給他送東西了，安心住下過日子就好。

沈曦從三叔公家回來後，這才和了一點麵，包了一點餃子。

一個人的飯是很好做的，不一會兒沈曦的餃子就出鍋了，她拿了碗筷，一個人坐到桌前開飯。

吃著吃著，沈曦忽然想起瞎子最愛吃她包的餃子了，每一次都得吃三大碗。看著眼前一共不到一大碗的餃子，又想起炕頭上那一灘怵目驚心的血跡，沈曦不由得又垂下淚來，那淚一滴滴，沒入了衣襟，很快就浸濕了一片。

沒人安慰的孤身女人，自己哭了好久，才沒情沒緒地收了眼淚，壓下了對瞎子的思念。沈曦胡亂擦了擦眼淚，為了肚子裡的孩子，又繼續往嘴裡塞餃子，不過此時，她已經不知道餃子是什麼味道了。

夜裡睡覺的時候，沈曦作了個夢，夢見瞎子躺在小院的躺椅上，自己趴在瞎子的腿上，瞎子用手撫摸著她的頭髮，畫面溫馨又美好。

然後，沈曦在哭泣中醒了過來。

第二天，沈曦早早吃過早飯，又對屋子進行了一遍細部的大清洗，以前九阿婆用的東西，能扔就扔，能不用就不用，能用的也都清洗過了。正當她幹得熱火朝天的時候，芳姊帶著她小叔子張二郎過來了。

沈曦家相當於沒有院子，在屋子裡就能瞧清八方景色，自然早就看見他們來了，於是迎了出去，笑道：「芳姊和張二哥來了，快請屋裡看茶。」

芳姊笑道：「不用進屋了。我看妳這院子裡籬笆也壞了，柴也快燒完了吧？我家二郎今天沒有出海，我讓他幫妳去砍點柴，再重新做個籬笆。」

沈曦福了禮道：「多謝芳姊好意，有勞張二哥了。」

張二郎看似比較靦覥，沒有與女人打交道的經驗，匆匆還了一禮，粗聲粗氣地道：「沈家妹子，那我就上山去了。」說罷，匆忙離去。

看著逃難般跑了的小叔，芳姊呵呵笑道：「讓妹子看笑話了，我家二郎老實得三槓子打不出個屁來，見著女人就臉紅，不過論起做活計、過日子，一般人都比不上。要不是這村子裡合適的女孩少，我家二郎呀，早就孩子滿地跑了！」

沈曦笑了笑，沒有回應，轉了話題道：「我正要請芳姊過來呢，昨天我買了幾尺布，想要做個被罩，正不知怎麼裁合適呢，芳姊快過來看看。」其實做被罩最容易了，不過是比了被子大小，從反面一縫罷了，沈曦不過是為自己不想談論別的男人找個藉口而已。

屋。

芳姊奇道：「什麼是被罩呀？我聽都沒聽說過，怕是幫不上妳。」說著，隨沈曦進了屋。

沈曦拿出細葛布，又把被子抱過來，比劃著說：「就是再做個被套，把被子套起來，省得被子弄髒，還得拆洗。要是套上被罩，就只髒被罩，只洗被罩，不用拆被子。」

芳姊稍微打量了一下這個屋子，發現屋裡換了不少新東西，又看了看這十幾尺的細葛布，心中對沈曦是越發的滿意，不由得笑道：「妹子真是巧心思。我們這些粗人哪曉得要用被罩呀，都是直接蓋被子的。再說了，一床被子要用兩層裡布，也太費錢了，這一般人家可是捨不得。妹子妳是從大戶人家出來的吧？」

沈曦抿了抿嘴，勉強笑道：「以前日子還算過得去。」

芳姊見沈曦臉上似有哀愁，也就聰明的不再提此事，兩人又說了會兒話，張二郎就擔了一擔柴回來了。

沈曦連忙倒了杯水給張二郎，張二郎手忙腳亂地接了過來，一飲而盡，然後又紅著臉走了。

芳姊又笑了張二郎幾句，見沈曦只是淡淡的表情，遂說了些家常，又幫沈曦將被罩做好，這才告辭而去。

她走之後，張二郎又挑了一擔細木枝過來，沈曦幫他放到了一邊，張二郎也沒說什麼，又逃也似地走了。

一上午，張二郎幫沈曦挑了四擔柴，還挑回了三擔細樹枝。

人家來幫忙，沈曦自不會讓他空腹回去，於是早早的就做了午飯。

幸好昨天買的醬肉、滷豬蹄還沒吃呢，割的肉也沒用多少，沈曦想了想，就蒸了點米飯，將醬肉切了炒白菜，肉絲炒土豆絲，又將豬蹄熱了熱，還煮了一道雞蛋湯，三菜一湯，應該挺不錯的了。

可沈曦沒料到，張二郎幹完活後，不論沈曦怎麼說，就是不在沈曦家吃飯，執意地回了家。

沈曦無奈，只得用碗盤將飯菜各裝了一半多，送到芳姊家裡去了。

下午的時候，張二郎自己過來了，順便將沈曦的盤子、碗也帶了回來，然後和沈曦打了個招呼，又上山去了，從山上挑下來三擔細樹枝，大概是上午已經捆好了的，這幾次張二郎回來得很快。

然後他又拿來鍬，問了問沈曦需要多大的院子，接著開始挖溝，挖好溝後，就將那些細樹枝編一編，插進了溝裡，用土埋上。張二郎雖然長得很粗壯，不過手挺巧的，這些細樹枝在他手上柔軟得很，隨他怎麼編怎麼是。不過半天工夫，沈曦這一間小破房就被一圈翠綠生生的籬笆給包圍了。

編完籬笆後，張二郎連水都沒喝一口，不顧沈曦的挽留就離去了。

這可真是個老實人！

沈曦一邊嘆著，一邊進了廚房，和了點麵粉，把肉也剁成餡，又放了點蔥末，烙了幾塊肉餅，端了六塊給芳姊家送去了。

芳姊推讓了幾句就收下了，還沒等沈曦走，芳姊家的孩子們就一人拿一塊吃了起來，吃得滿嘴冒油，一個勁兒地叫好吃。芳姊一看是純肉餡的肉餅，頓覺沈曦出手大方，對沈曦不由得更是親熱有加了。

閒聊了幾句，芳姊約沈曦明天一早去趕海，沈曦想著自己總得要融入這海邊的生活，於是同意了。

沈曦回到家後，吃了兩塊肉餅，洗好碗筷，又沒有事情可做，就早早躺下睡了。

第二天一大早，沈曦剛吃了早飯，芳姊就來找她了。芳姊帶著兩個孩子，身後揹著個魚簍，魚簍裡還放了兩支小小的耙子、兩把小鏟子，兩個孩子也都揹了小簍。

沈曦指著小耙子問道：「芳姊，這個東西是做什麼用的？」

芳姊拿出來一支遞給沈曦道：「這個咱們這裡叫沙扒子，有的蟹呀什麼的會鑽進沙子裡、石縫裡，咱們就用這個把牠給撓出來。我怕妳沒有，給妳也帶了一支來。」也沒等沈曦說什麼，芳姊逕自從沈曦家的廚房裡找出一個破魚簍遞給沈曦。「我就記得九阿婆也有一個的！咱們走吧，這時潮退了，正是趕海的時候。」

於是沈曦提了簍子，和芳姊母子到海邊趕海去了。

上漁村的北面是一座連綿的石頭山，上面長了一些矮樹藤蔓，上漁村燒的柴都來自於這座石山。

而上漁村，是座落在這個石山南面的一塊平坦坡地上。坡地地勢比海岸線要稍高一些，雖說離海只有二里來地，可從來沒有潮水漲到村子裡過。

沈曦隨芳姊走了一些下坡石頭路，這才到達了海邊。在白天看這片海的時候，沈曦這才發現這裡的海比後世的海要藍許多，是真正的藍天白雲、沙灘碧海。想也知道，後世的海洋，特別是近海，哪有不被污染的？就是被染成黑色的「黑海」，沈曦也是見過的。

芳姊帶著沈曦下了海灘，海灘上已經有七、八個婦女，還有老人及幾個孩子在撿東西了，芳姊先帶沈曦和大家打了個招呼，大家也都和沈曦見了禮，就算彼此認識了。

芳姊的兩個小孩拿了小鍬去沙灘挖沙子，芳姊先帶沈曦來到一處有礁石的地方，教沈曦道：「這石頭上黏著的，都是小海螺，這些小海螺拿水煮了，味道很鮮，看，石頭縫裡也有不少。這是牡蠣，摘的時候要小心，它的殼比刀還快，一不小心手腳就劃傷了……」

一上午，芳姊就教沈曦如何找出躲在沙灘中的小蛤蜊、在小水窪中怎麼找魚、在岩石下怎麼找出躲著的小螃蟹、海參爬過會有哪些痕跡、哪些海菜可以吃、哪些小動物不能吃……

沈曦一邊聽芳姊教她「撈撿捉捏抓」五字口訣，也一邊撿了好多的貝殼、蛤蜊，還逮著幾條小魚，撿了一隻海蜇，捉了不少的大蝦。

這個社會的海洋資源明顯沒有像後世那樣過度捕撈，那麼長的海灘，只有這一個小村子的人在趕海，而這裡的人趕海，只挑好吃的、值錢的揀，像小魚、小蝦、小海螺之類的東西，根本不屑一顧。

一群人在海灘上撿了不長時間，身後的魚簍就都撿滿了，然後三三兩兩的相約回了家。沈曦和芳姊在魚簍撿滿後，也跟著眾人回去了。

回到家中後，沈曦蒸了點米飯，開始處理撿來的海鮮。沈曦懷著孕，不適宜吃蟹，今天趕海也就沒有捉螃蟹，不過別的海鮮倒是弄了不少。據芳姊說，這些東西最好不要洗，直接放到鍋裡燜最鮮美，也最省事。沈曦就將小魚挑了出來以準備醃成鹹魚，剩下的東西全部扔進鍋裡，稍微加了一點水，就在灶下點了火，幾分鐘過後，沈曦揭開鍋蓋，看見蝦都變紅了，蛤也張口了，就將鍋裡的東西全部撈出來，拿到桌上開動。

原汁原味的東西果然好吃無比，沈曦的舌頭都差點吞掉了，不過她還是牢牢記住了大夫的話，不敢貪多，生怕對肚子中的孩子造成一點不好的影響。

下午芳姊又過來了一次，教沈曦如何醃鹹魚、如何處理海蜇等，並說要教沈曦織網。沈曦問了問，織的網一部分是自家用，一部分是要賣的，沿海人家只要有女人，幾乎家家都織網，只不過這網的利潤極薄，一個月下來，也不過百來文錢的收入而已。沈曦反正也是閒著，索性就和芳姊學了學，織網其實沒什麼技術性，不過半天，沈曦就學會了。一邊織著網，沈曦心中暗道：自己現在越來越向全能型人才發展了，所謂的萬能女主就是咱呀！只不過人家的萬能女主是先天帶來的，咱這是後天自己學習的。想到這兒，沈曦忽然明白為什麼別人穿越能發大財了，因為別人到了古代是創造東西，引領這個時代，而自己是跟在這個時代後面跑，學習這個時代，這就是差距啊！怪不得自己一直在為生活奔波，連個溫飽都混不上呢！此時此刻，沈曦只恨自己為什麼不是學理工科，而是一無是處的文科？要是學了理科，最起碼也能燒個玻璃、造個鋼鐵啥的吧？

被自己的無能蠢笨鬱悶了一天的沈曦，吃完晚飯就早早的上了床，躺床上了又睡不著，就開始盤算自己要怎麼掙錢？

孩子已經三個多月了，以後會越長越大，自己的身子也會越來越重，什麼事也幹不成。而且孩子出生後，沈曦就沒想過要找保母，好不容易有了自己的孩子，肯定是不會假手他人的。這樣算來，自己最少也得有兩、三年不能出去做事，但她手中才七、八兩銀子，要挺兩、三年實在是太夠嗆。

前世今生這兩輩子，她就只有這麼一個孩子，自己還真不想委屈了他。自己要怎麼在身體不勞累的情況下還能賺來呢？去七里浦租房再賣粥嗎？沈曦首先就將這事淘汰了，賣粥得天天早起不說，還得天天推那麼沈的粥桶，並站立一個早晨，沈曦怕自己肚子大了後吃不消，還怕有個閃失滑了胎。要不還是賣豆腐吧？不做豆腐腦，只做豆腐和豆腐乾，自己去七里浦租個房子，天天去早市賣一早晨，這個坐著賣也可以，不會太累的。而且做豆腐只需要用幾個豆腐盤子就行了，不再用桌椅板凳等大物件了，這就又省了一大筆開支。

越想越覺得這個方法可行，沈曦立刻拍板，等她身體休養過來以後，就去七里浦賣豆腐！一說到身體，沈曦又想到自己差點餓死了，這身體應該虧得厲害，不如先在這裡將養幾天，待身體強壯後再出去做生意。若是不經休養，這勞心又勞力的，怕會落下什麼病，再者怕對胎兒也有害。

將一切想好了，打好了主意，沈曦這才放心地睡了過去。

第二天早晨，芳姊來叫沈曦趕海的時候，送了幾條大魚給她，說是張大郎和張二郎出海打來的。沈曦知道在這裡海味不值錢，也沒推拒，欣然收下了。這一次趕海，芳姊沒怎麼教沈曦，只叫她自己動手，讓沈曦碰到不認識的東西時再來問她，或者有昨天沒有教到的東西出現，芳姊就會叫她過去，向她傳授新知識。

都是一邊學一邊實踐，何況這些又不是什麼高深的技術，沈曦只用了幾天就學會了，更瞭解了漲潮退潮的規律，知道什麼時候來趕海最為合適。

接下的日子，沈曦就像當地的婦女一樣，每天按時去趕海，撿一些喜歡吃的海鮮回來。只是海鮮大都性寒，沈曦也不敢多吃，剩下的不少東西，就會賣到來村子裡收魚的馬車上，不過價錢非常低，一天只賺個二、三十文。

上漁村人少，而且離七里浦不算近，男人們打撈上來的魚很多，會有專門的車天天來拉走，不過上門服務，價錢自然是很便宜的。婦女們撿的東西，除非是值錢的，很少有人走二十五里地去賣，一般也都是賣給收魚的馬車。

照理說打魚是個沒本的買賣，漁民們的生活應該不錯才對，後來沈曦才知道，原來漁民們要交漁稅。這漁稅還分好幾份，什麼漁鹽稅、魚苗稅、人丁稅等，漁民們有七、八成的收入被納入了政府的腰包。如果前來徵稅的官吏好說話，漁民們的日子還會好過一些，若徵稅的官吏是個貪的，那麼漁民們基本上就剩不下餘錢了。上漁村這幾年碰到的收稅官吏就很愛喝酒，只要讓他喝酒喝歡喜了，那就萬事大吉了。

不過芳姊說，像沈曦這樣的外來戶，只要沒有人把這事捅到官府去，基本上沒有人會來收她的漁稅，畢竟沈曦的戶籍是外地的。不過她若真想在此落戶，戶籍必須要報到官府，官府三年查一次戶籍，若是在沈曦以前的住處沒有查到沈曦此人，那麼，沈曦的戶籍將會被取消，而沒有戶籍的人，是可以被任何人捉去當奴僕的。

沈曦被這個制度嚇了一大跳，心道好在自己將那個寫著賈沈氏西的戶籍拿來了，不然這查戶籍還真是個麻煩事，她可不知道會不會再碰到王書吏那樣好說話的官吏了。

沈曦想了想利弊，還是決定先去七里浦賺錢，再看看能不能想辦法將戶籍落在七里浦。畢竟七里浦要大一些，孩子接受的教育也會好一些。

沈曦自知自己在懷孕前三個月缺營養缺狠了，在暫時安定下來後，手中也還有七、八兩銀子，就每隔幾天去一次七里浦，買點肉和新鮮的蔬菜，變著花樣地給自己補身體。只過了十來天，沈曦乾瘦乾瘦的身體就豐盈了起來，臉蛋也圓潤了，再加上沈曦又添了兩身新衣服，怎麼看，也沒有當初那個乞丐婆的影子了。

芳姊一見沈曦變化如此之大，不由得連連讚嘆道：「妹子，妳剛來時那麼瘦，我都說妳是個美人了，現在看看怎麼樣，讓我說對了吧？還真是個美人，咱們村子裡就沒有妳這麼俊的媳婦了！」

沈曦照照鏡子，卻覺得自己比在鎮子上的時候老了許多，也黑了許多。一想到鎮子，沈曦不由得想到了瞎子，眼中的笑意就沈澱了下來。

見沈曦不說話了，芳姊笑著拱了拱沈曦的胳膊，低笑道：「怎麼，心裡不好受，想起自己一個人過日子的孤苦來了？妹子，和姊姊交個心，妳有沒有心思再走一家啊？若有這心，姊給妳張羅一個。」

沈曦眼中水光閃爍。「我相公剛沒了幾個月，我沒那心思。」

芳姊不太自然地笑了笑：「這話也對。妳來的時候就是一個人，姊姊就忘了妳的身世了。」

從那次以後，芳姊就不再提這個話題了，只是時不時地支使張二郎來給沈曦送東西，特別是沈曦家的柴，幾乎全都是張二郎上山砍了送來的。

沈曦很過意不去，總會時不時地拿一些好吃的送給芳姊家，不至於讓別人以為自己占了芳姊家便宜。

到九月半的時候，沈曦覺得自己的身體也養得差不多了，就到七里浦找房子去了。

七里浦沈曦已經來過好幾次，買東西的時候她也有意轉了好多地方，自然早就有相中的了。這次來，沈曦在七里浦的市場附近轉了一大圈，又找茶樓的小二問了有哪些要出租的房屋。這個時代沒有仲介公司，雖也有專門以此為生的中間人，但沈曦一個外來人肯定是不知道的，她只知道酒樓、茶樓的店小二也兼具中間人的職能。

在沈曦的重賞之下，一個八面玲瓏的店小二還真幫沈曦找了一個便宜的地方。

沈曦租來的這個地方並不是正屋，而是一個類似於門房的兩間房。沈曦租房子的這家是個落魄的讀書人家，家中有三間房，戶主是一個叫馮勳的四十來歲中年人，一家五口，夫妻二人外帶兒子、兒媳和孫子。

馮勳的兒女都已經成親了，女兒早已出嫁，兒子馮遠娶了馮勳一個朋友的女兒，和馮勳夫妻同住在這三間房內，對門而居。

馮家有這麼多人，沈曦本不想租他家的房子，不過他家離市場最近，別的出租房要來市場最近的也得走半個多小時，而且馮娘子柔柔弱弱的，看起來並不像是個多事的人。所以沈曦考慮了片刻，還是決定租下這裡。

在這裡租房，房租竟然都是一年交一次，沈曦和馮娘子講了好久，馮娘子才同意讓沈曦先交半年，並讓馮勳寫了文書出來。沈曦付了半年的租金，雙方一簽字，那兩間門房就暫時屬於沈曦了。

將房子租下來後，沈曦就拿著文書回了上漁村，到家的時候天已經有點晚了，沈曦吃過晚飯，就將衣服等東西收拾好了。

第二天一大早，沈曦去與芳姊和三叔公告辭，說要去七里浦做生意。三叔公沒有說什麼，只說了幾句客氣話，說若是有時間再來上漁村看看，外面要是不好，再來上漁村住，那個小屋還給她留著什麼的。

倒是芳姊，一再的挽留沈曦，那口氣裡既有不滿又有埋怨，沈曦明白她的心思，不過她無意改嫁，只好堅辭了芳姊。

大概八、九點，沈曦昨天僱好的馬車就來到了沈曦家，沈曦將行李、衣物搬上去，坐著車就離開了上漁村。芳姊雖然還在生沈曦的氣，不過倒還是來送她了，還一再囑咐沈曦，在七里浦要是受人欺負了，就再回上漁村來。沈曦含笑謝過了，兩人說了好一會兒的話，沈曦才告辭而去。

馬車一直將沈曦送到馮家門口，車伕幫沈曦把東西搬到屋裡去就離開了，只剩下沈曦一個人站在這空空的房間裡。

這兩間房的樣式與沈曦和瞎子在鎮子上的房子差不多，大一點的一間是臥室，小一點的一間是廚房，雖然不太寬敞，但一個人用是足夠了。

房子打掃得還算乾淨，臥室裡已經擺好了一桌一椅一床，沈曦很熟練地把被褥鋪好，把東西都擺到合適的位置，這才去看廚房中缺什麼、少什麼。

廚房打掃得很乾淨，不過除了一口大灶、一個碗櫃外，裡面空空的，什麼都沒有。沈曦清點了一下需要的東西，關上門就上街去採購了。

沈曦先去木匠師傅那裡訂做了三個放豆腐的木頭盤子，還訂做了一輛獨輪車；又轉到藥鋪買了一大包石膏；還去雜貨鋪買了碗筷、調料等必需品；最後去糧店買了不少黃豆和米糧，讓夥計給拿回了家。

馮家正在吃午飯，見沈曦買了這麼多東西回來，馮娘子、燕娘和馮遠就都出來了，幫沈曦把東西拿進屋裡，馮娘子還熱心地叫沈曦過去一起吃飯，但沈曦不是那沒眼色的人，自然是謝過了他們，然後推說有事，就又出去了。

沈曦在街上的一個小吃攤前要了一碗麵條，一邊吃著一邊向老闆問了不少關於在七里浦擺攤的事情，待麵吃完了，在哪兒擺攤好賺錢之類的資訊，沈曦也就知道了。

下午的時候，沈曦又買了個小石磨，囑咐夥計給送到家裡，然後她又在七里浦城裡轉了一大圈，熟悉一下七里浦的環境。在這個不算小的城內，沈曦第一次看見了古代的衙門，也第一次看見了土地公廟還有月老廟。

後世旅遊的時候，沈曦自然是觀賞過這些景點的，不過那些都失了原汁原味，太造作了，沈曦現在看見原版的了，自然要進去觀光一下。

土地公廟和月老廟都進去了，那衙門有衙役把守，還沒等沈曦靠近呢，就一嗓子吼了過來，讓沈曦離遠點。

沈曦左轉右轉，竟然還讓她找到了一家福瑞祥點心店，看來這家連鎖店當真名不虛傳，還真是哪裡都有分店呀！沈曦想到自己初來乍到，總得拜會一下房東，不如還是拎兩包點心去吧，所以就進了福瑞祥。

這間福瑞祥的店面要比西谷鎮大很多，點心的樣式除了以前那些，竟然又多了一些餅乾，這些餅乾有圓形的、有方形的，也有小動物形，和當初沈曦告訴林掌櫃的一模一樣，沈曦這才知道，原來林掌櫃當初沒有留在西谷鎮，而是也逃過了那一劫。

沈曦沒有向福瑞祥的夥計打聽林掌櫃的消息，因為那已經沒必要了，自己知道的都告訴他了，在點心方面，她也沒有什麼能賣的了。

沈曦要買點心，自然是要捧自己的場了，所以她買了兩斤蛋糕。夥計很熟練地把蛋糕塞進紙袋裡，遞給了沈曦。

沈曦回到家裡，先拎著點心在院子中叫了馮娘子一聲，馮娘子迎了出來，笑道：「沈娘子回來啦！快請進屋坐會兒，我相公不在家，無礙的。」

這個社會還是講究一點男女之防的，沈曦自知自己是寡婦門前是非多，在馮家也就不由得加了小心，畢竟這家有兩個大男人呢！

沈曦隨馮娘子進了屋，馮娘子熱情地讓了座，又要出去吩咐兒媳婦沏茶，沈曦將點心放到桌上，叫住馮娘子道：「馮姊姊不用上茶了，我那屋事情多，我坐坐就走。」

馮娘子還是吩咐了媳婦一聲去燒水沏茶，這才進來了，坐到沈曦對面笑道：「那哪行呀！這客人上門了連碗茶都不給喝，要是讓我相公知道了，又該說我不懂禮數了。」

「你們書香門第就是講究，我們這些小門小戶的，可沒這麼多規矩。」

本來是沈曦自謙的話，可這馮娘子聽了，卻是感到十分驕傲，她抬起手抿了抿頭髮，端莊地笑道：「和我相公來往的都是有身分的讀書人，我不講究那不是給我相公丟臉嗎？我相公總和我說，不管誰來，這禮節一定要盡到，不能骨碌斯文。」

骨碌斯文？沈曦稍微琢磨了一下，就理解過來了，應該是「侮辱斯文」。大概是馮勳總說這個詞吧，讓馮娘子記住了，可惜她不懂這詞是什麼意思，只記了個大概發音。

沈曦自然不會蠢到去糾正馮娘子的錯誤，若無其事地笑道：「馮姊姊就是命好，我一個寡婦又沒工作，可比不了。我搬過來後，少不得要給府上添麻煩，到時還望馮姊姊能包容幫襯一二。」說罷，把手邊的點心往前推了推。

馮娘子早就看見沈曦帶來的點心了，一看那紙袋也知道是福瑞祥的好糕點，心中早就高興得樂開了花，不過臉上仍是端著秀才娘子的架子，假裝客氣地道：「妹子這是做什麼？以後在一個屋簷下住著，咱就和一家人一樣，這禮可是萬萬收不得。」

沈曦見她眼睛都快盯進紙袋裡去了，自然明白這是假推讓，於是也假兮兮地抬高她道：「馮先生是有功名在身的人，說句實在話，走哪兒都得讓人高看一眼，如今我住在您家屋簷下，這禮節可是萬萬虧不得。」

馮娘子被沈曦幾句話說得滿面春風，高興得都快飄到雲端裡去了，看沈曦的眼神，那個友善、那個和藹呀，讓沈曦頭皮直發麻，心裡一個勁兒地後悔，暗道自己實在不應該把她捧這麼高。

恰好此時馮娘子的兒媳婦燕娘來上茶，解了沈曦的鬱悶，三個女人說了一會兒話，沈曦這才告辭出來了。

沈曦剛回到屋中，只聽得大門被砸得咚咚直響，一個醉醺醺的聲音亂叫道——

「娘子！開門，開門！」

沈曦住在門房，是離大門最近的，不過為了避嫌，她是一動也沒動，任憑那門被砸個山響。

正房裡的馮娘子一邊答應著，一邊快步跑了出來，把門打開後，攙扶住已經醉得東倒西歪的馮勳，柔聲道：「相公，怎麼又喝這麼醉？」

馮勳一臉的醉態，「嗝」的一聲打了個酒嗝，輕佻地用扇子去挑馮娘子的下巴，淫笑道：「春紅，給爺笑一個！把爺伺候得歡喜了，趕明兒爺給妳做件新衫子！」

沈曦聽到這裡，覺得應該有好戲看了，這馮勳竟然是去喝花酒了，還要給青樓裡的女子做衣服，這馮娘子還不一定得怎麼鬧呢！

可是，可是……眼前這是什麼情況？

沈曦張大了驚訝的眼睛，從窗內看到馮娘子竟然一點過激的反應也沒有，只是低下頭去，溫溫柔柔地說道：「相公，你認錯人了，我不是春紅，我是你娘子，你到家啦！」

這馮娘子一開口，沈曦只覺得天雷滾滾，把她劈得有點懵頭懵腦了。這……這到底是在唱哪齣？老公出去喝花酒、逛青樓，還要給人買衣服，這當老婆的竟然一點都不生氣？這要是擱在哪個女的身上也受不了呀，一巴掌早就上去了，還對他這麼客氣？

沈曦這兒有點發傻，那邊馮娘子已經扶著馮勳進屋了，然後她又看見馮娘子跑進跑出，又是打水、又是洗手巾、又是燒熱水的，一頓忙活。片刻之後，正屋傳來了如雷的打鼾聲，馮娘子這才拿了刺繡出來，進了兒媳婦的屋。

……沈曦徹底無語了，這就是這個男尊女卑的社會下的妻子嗎？可以容忍丈夫的一切，丈夫就是天，一切都以丈夫為中心，自己作為妻子的權利和尊嚴，完全可以沒有。

此時此刻，沈曦忽然無比的想念瞎子，也無比的慶幸自己當初遇到的是瞎子，否則的話，自己可能會被這萬惡的男尊女卑給逼瘋的！

沈曦感嘆了良久，腹誹了一下這個萬惡的舊社會後，這才出門上街去了，撿了兩塊大石頭抱回家，等著以後壓豆腐用。

剛到家裡，沈曦又想起來這個鎮子上的人們大概沒見過豆腐，不知道這東西要怎麼吃，自己應該寫個菜譜打個名聲才是，於是她又上街找了個給人代寫家書的書生，讓他幫自己在布條上大大地寫了「豆腐」兩個字，然後又在上面用小字寫道：煎炒炸煮拌皆可。做了這些她仍覺得不太詳細，於是又讓那書生幫她寫了兩張菜譜，上面簡單地寫了豆腐的幾種做法。回到家後，沈曦將這布條縫在兩根樹棍上，做了個後世煎餅果子那樣的布招牌，還將寫著豆腐做法的硬紙也掛在了布條下面，便於大家自己觀看。

因為沈曦訂的豆腐盤子和獨輪車得三、四天才能取，所以沈曦這幾天都很空閒。想想以後忙起來自己可能會沒時間，沈曦就出去買了點暖和的棉布、綢緞和棉花，打算給孩子做點小衣服、小被子備用。

這個社會可能由於每個女人都會剪裁做衣的原因吧，賣成衣的不多，就是有賣的，也都是賣大人的衣服，小孩的衣服根本沒在賣。沈曦雖說能勉強做大人的衣服了，可這小孩的衣服由於沒有尺寸樣式，就難倒了她。

沈曦拿著棉布躊躇了良久，才想起馮娘子的針線那麼好，她家又有小孩，應該會做小孩的衣服，而且自己這肚子會慢慢大起來，與其到時候讓他們瞎猜疑，不如自己先告訴他們來得正經。

要知道，這事情經了別人的口，就不一定是什麼樣子了。

想到此，沈曦就拿了布，來到馮娘子門前，高聲叫道：「馮姊姊，妳在家嗎？」馮娘子急忙從裡面出來了，滿臉堆笑地迎了上來。「妹子可是有事找我？」

見她沒有讓自己進去的意思，沈曦就明白了大概是馮動在家，趕緊接話道：「馮姊姊，妳現有在空嗎？我有件衣裳不會做，想請妳教教我。」

那馮娘子向屋裡看了一眼後，輕聲道：「我現在還走不開，等一會兒有空了，我再去找妳吧？」

沈曦自然也不願見那馮動，此話正中下懷，於是告辭道：「那馮姊姊妳先忙，我就在我那兒等妳了。」

沈曦回屋後，對著那塊布比劃了好一會兒，還是覺得不敢動手，只好把布又疊好了，等馮娘子來了再請教請教。

可這馮娘子也不知在忙什麼，左等不來，右等也不來，直到月上柳梢頭了都還沒來！

沈曦心道，這人也太不靠譜了吧？答應人家的事，竟然辦不到，一點信用都沒有啊！無奈之餘，沈曦只得把布和剪刀都收了起來，等著明天去裁縫鋪裡找裁縫問問。

第八章

第二天沈曦吃罷早飯，就夾著布去了裁縫鋪。由於去得早，裁縫鋪也沒什麼生意，裁縫鋪是一對四十來歲的夫妻開的，兩人手都巧，既會剪又會縫，在沈曦真誠地求教後，生過了六個孩子的女主人很熱情地給沈曦剪了幾身小衣服，還絮絮叨叨地教了她一些生養小孩的知識。沈曦知道這是過來人的經驗，而自己欠缺的正是這種經驗，所以她聽得很認真。兩人相談甚歡，直到有人來買衣服，沈曦這才識趣地告辭了。

那和藹可親的女主人還在後面一個勁兒地喊：「沈娘子，有什麼不懂的就來找我，孀子生了六個就活了六個，可一個都沒死啊……」

沈曦被她最後這一句話給驚著了，腳下一個踉蹌，差點摔了個大跟頭。

一個都沒死、一個都沒死……沈曦怎麼覺得這說的不是生孩子，說的是下豬生狗吧？在後世，不說生孩子百分百沒危險，但在百分之九十多以上應該有吧？雖說也有新生兒死掉的，可那一般都是孩子有先天性的毛病，生下來確實活不了。就算是胎位不正或母體有什麼問題的，剖腹產會幫妳解決，孩子提前兩、三個月剖出來也不是不行。而且後世生活水平很高，孩子們只有吃撐了、吃胖了，沒聽說有餓死的，有個發燒感冒都得跑醫院，除非得大病，還真沒什麼能要命的。

可在這裡，「一個都沒死」竟然成了一種炫耀，沈曦忽然有一種大事不妙的感覺。不行不行，在生產的時候，自己一定要做好萬全準備，不能讓自己和孩子有一點閃失！

不過這所有的準備，都得建立在自己有錢的基礎上，沒有錢，連個接生婆都請不來，這生孩子還能順利了？沈曦一邊走，一邊握緊了手中的布。我要掙錢，掙錢，掙很多錢！

沈曦回到家中，就拿出針線，一針一針地開始做小衣服。那小衣服也實在太小了，說實在的，還不如有的玩具娃娃身上穿的大，沈曦都有點懷疑到時候這衣服孩子能不能穿得下？不過轉念又一想，裁縫大嬸都生過六個了，想來應該不會弄錯了，還是聽過來人的吧，自己就不要瞎改了。

有了活計，沈曦也不往外跑了，只安心在家做小衣服、小被子、小襪子、小鞋，直到第四天，木匠鋪的夥計給沈曦送來了豆腐盤子和獨輪車，沈曦這才放下了針線活，開始泡豆子，準備第二天做豆腐去賣。而都這麼幾天了，馮娘子一直沒有過來，在進出看見沈曦的時候，也不過是打個招呼，對此事是連提也沒提。經此一事，沈曦算是明白何為外熱內冷，也知道並不是所有人都是熱心腸，所以她的行事，也越發的獨立，越發不愛求人了。

白天沈曦把豆子泡好了，晚上就用石磨開始磨豆漿。以前在鎮子上沈曦就最初磨了兩次，後來這活兒就全是瞎子的了。沈曦久不幹這活兒，磨的時間一長，胳膊就有點頂不住，又痠又痛。以前沈曦可以把這活兒推給瞎子，可現在瞎子不在了，沈曦咬咬牙，只得自己硬挺了。

忍受著胳膊勞累帶來的疼痛和不適，沈曦對瞎子越發的思念起來，雖說瞎子是個殘疾，可終究是個男人，在幹體力活上，比女人還是要強很多的。以前看瞎子磨豆漿，小小的石磨被他轉得飛快，那豆漿嘩嘩地往下流，可現在，自己轉的那個艱難啊，看樣子，半宿能磨完就不錯了。

還有，以前有瞎子在炕上坐著，雖然他不言不語，沈曦卻從沒覺得自己寂寞過，也沒覺得孤單過，可現在，孤燈空屋，自己一個人在這裡磨呀磨的，怎麼心裡、屋裡就這麼空得慌呢？沈曦嘆了一口氣，磨豆漿的胳膊越發的無力了。

沒情沒趣地枯坐了半宿，豆漿才算是磨完了。沈曦摸著又痠又疼的胳膊上了床，拉開被子躺進去的時候，未免又感嘆了一番。枕冷衾寒，要是瞎子還在，這被窩早就給躺暖和了。還有自己這胳膊，哪輪得到它來腫呀？帶著對瞎子無比的懷念和唸叨，沈曦才快快地睡了去。

沈曦沒有睡多長時間，在街上打四更的時候就醒了，她摸黑下了床，點亮油燈，開始抱柴燒火，把豆漿煮開。

忙碌了一早晨，到打五更的時候，沈曦的豆腐和乾豆腐就都做好了。沈曦打開門，把豆腐和乾豆腐都搬到獨輪車上，自己開了大門，把獨輪車推了出去，然後又將大門虛掩上了，這才推著車去了市場。

這個市場比以前西谷鎮那個早市可大多了，比起後世的集市一點也不小。沈曦雖然來得很早，不過還有不少人比沈曦更早，早睡早起是這個社會的普遍現象。沈曦占了一個十分有利的地勢，這裡正對著市場的入口，只要有人一進來，肯定會看到沈曦的豆腐攤。

沈曦將縫著布條的那兩根棍子插在獨輪車兩邊的把手上，看看掛好了，這才安下心來打量一下這個市場。

市場裡還沒有多少顧客，擺出攤來的大多是一些吃食攤，賣餅的、賣包子的、賣饅頭的，還有一攤賣粥的，這些攤位前有零星幾個人在吃東西。沈曦早晨只喝了碗豆漿，此時也有點餓了，於是跑到一個賣包子的攤前，買了兩個包子。

回到攤位前，沈曦坐在凳子上開始吃包子，剛咬了一口，只見有一位六、七十來歲的老大爺走過來，站到了攤位前，看了看布條上的字，問沈曦道──

「小娘子，妳這一盤子白色的東西就是豆腐？豆腐，是用豆子做的？什麼豆子是白色的，能做出這麼白的東西呀？」

沈曦一看到老大爺，就不由得想起了李楨李老先生，她連忙站起身來，把包子放到一邊，給老大爺解釋道：「這個豆腐確實是豆子做的，但不是用白色的豆子做的，用的就是一般的黃豆。來，您老先嚐嚐，這個味道可還中意？」沈曦用刀子切了一小塊遞到了老大爺面前。

老大爺也不含糊，用手接過來就扔嘴裡了，吧唧了幾下嘴，等豆腐下嚥後，開口讚道：「好吃！一點豆腥味都沒有，還有點甜。小娘子，妳這豆腐怎麼賣？」

沈曦早就做了市場調查，這裡的物價要比西谷貴，所以這豆腐不能太便宜了，自己的房租和養孩子的錢都得從這裡來呢，太便宜了豈不是白做工？不過今天第一天做生意，也不能漫天要價，要是把顧客都嚇跑了，她這豆腐事業也就不用幹了。

沈曦切了菸灰缸那麼大一塊，笑吟吟道：「老爺子，您是我第一個顧客，我算您便宜點，您給五文錢就好。這塊豆腐您可以放點鹽和蔥末涼拌，也可以切成小塊用菜燉了，還可以就這麼生著蘸醬吃，生熟怎麼吃都行。」

那老大爺笑呵呵地一揮手。「來兩塊，今天拿回家讓老婆子嚐個新鮮，省得總說我不惦著她！」

「好咧！」沈曦用油紙包了兩塊豆腐遞給了老人家，還一個勁兒地提醒他。「大爺，這豆腐嫩，您小心拿，別把水流身上了。」

老大爺答應了一聲，捧著兩塊豆腐走了。

看著捧豆腐的那個不方便勁兒，沈曦狠狠地拍了一下自己的腦袋。這個豬頭，知道點心用紙袋盛方便，自己這豆腐怎麼就不知道做幾個油紙袋呢？那樣買豆腐的人拎著多方便哪！

大概是因為沈曦賣的這豆腐很新鮮，沒見過吧，又或是因為沈曦這位置占得很好，也有可能是豆腐價格不貴的原因，當市場上顧客多起來後，一般人都會買一、兩塊豆腐回去嚐鮮，沈曦做的兩盤子豆腐、一籃子乾豆腐還沒用小半天就賣完了，還有許多沒買到的顧客一個勁兒地囑咐沈曦明天多做點，一定要嚐嚐這個豆腐。沈曦自然是笑著答應了，然後早早收拾了東西，推了獨輪車回家了。

剛走到家門口，正好碰上馮娘子送馮勳出門，馮勳手裡還拎了一個紙袋。沈曦眼尖，一下子就認出這紙袋，裡面拎的不會是自己上次送他家的蛋糕吧？這天氣雖說不熱了，可放了這麼多天，還沒放壞嗎？這都多少天了，還拿去走人情，也不怕人家吃壞了肚子找回來？

馮勳看見了沈曦，連眼皮都沒抬，高高地昂著頭就走了，似乎根本就沒看見沈曦一樣。

他看不起沈曦，卻不知道沈曦對他是更看不上。住了這幾天，沈曦早就聽說過這馮勳的情況了。馮勳雖然四十多了，但仍沒有中過舉，秀才當了二十多年，從來沒有為家裡賺過一分錢，天天就知道和一干同樣沒中舉的朋友花天酒地，全家人的花銷，全指望著馮娘子和兒媳婦的雙手——這娘兒倆都有一手好刺繡功夫。這種不事生產的米蟲，還天天在外面假裝風流，在沈曦眼中，實在是可惡得很。

馮娘子目送丈夫走遠了，這才回過頭來和沈曦打招呼。「妹子，妳這是去賣東西了？妳是來做生意的？」

沈曦心道：我做不做生意和妳有什麼關係？我不欠妳房租吧？沈曦不冷不淡地答道：「嗯，到市場上賣東西去了。我一個寡婦，又沒個有能耐的相公，只能自己掙錢養活自己了。」

那馮娘子揚了揚頭，一副很了不起的嘴臉，頗有些看不起沈曦的樣子。「我們這種書香門低，是最見不得這銅銹味了，早知道妳是做生意的，我這房子就不租給妳了。算了算了，妳一個寡婦，又沒處去工作，這麼可憐，先住著吧，以後再說。」

怎麼著？我付了房租還要聽妳冷言冷語？連個書香門第都不懂，銅臭味還說成銅銹味，妳又能高貴文雅到哪兒去呀？

沈曦從不是那逆來順受的小媳婦，當然不會任人欺負，於是她立刻還嘴道：「既然馮娘子不樂意我住在這兒，那把房錢退我，我今天下午就搬走。我一共在這裡住了六天，這六天的房錢妳可以扣掉，剩下的錢妳還我吧！我還不信了，有錢租不來房子？」

一聽沈曦語氣這麼硬，還要討房錢，馮娘子剛才高漲的氣焰頓時就熄滅了，她伸出手一拍額頭。「哎呀，火上還燉著燕窩呢，我得去看看！」連沈曦的話頭都不敢接，拔腿就跑了。

沈曦看著跑得比兔子還快的馮娘子，心中是真後悔租這家人的房子了。光圖便宜不行呀，還應該打聽打聽房東的人品來著的。看這一家子，都窮成這樣了，還以為自己高人一等呢！在他們眼皮子底下生活，看來是沒個消停了。

沈曦回到屋中，把東西都放好了，就躺到床上去補眠了。今早起得太早了，她根本就沒睡飽。

睡得正香甜呢，忽然一聲淒慘的叫聲把沈曦從睡夢中驚醒了！在動亂的時候，沈曦曾經無數次聽到過這種慘叫，只要聽見這慘叫，必定會丟掉一條人命，她的心頓時緊張了起來，猛地從床上坐起，把被子一扔，連鞋都沒穿，趕緊跑到門前把門打開了一條縫，然後她看到，燕娘在院子中轉著圈的跑，而馮娘子則舉著隻手在追她，手裡似乎拿著什麼東西，當太陽反射過來一丁點的光芒後，沈曦明白了馮娘子手中捏的是根繡花針。

燕娘一邊哭一邊跑，嘴裡一個勁兒地求饒。「娘，妳饒了我吧，我這就把錯的地方拆了重繡！我今晚不睡了，保證不耽誤娘交活兒！」

那馮娘子兩腳生風地追在燕娘後面，狠狠地罵道：「我家怎麼就娶了妳這麼個笨東西呢？我告訴妳了，那葉子用嫩綠，妳偏偏用了深綠，妳是成心和我作對是不？」

燕娘跑得慢，馮娘子跑得快，兩人追了兩圈之後，馮娘子一個箭步衝上去，一把揪住了燕娘的頭髮，把燕娘拽倒在地上，然後抬起拿針的手，狠狠地往燕娘的胳膊上刺了幾針，那力道之大，連偷偷躲在門內的沈曦都覺得巨疼無比。

燕娘疼得又是一陣淒厲的慘叫，坐在地上也不求饒了，只是放聲大哭。

那馮娘子卻厲聲道：「哭妳娘的喪呀哭！妳家不過是個下賤的百姓，攀了我們這書香門低，妳還不知好歹，還天天氣著我，要妳有什麼用？若不是看妳給我生了個孫子，我早就讓我兒子休了妳了！別哭了，再哭，等遠兒回來，就讓他送妳回娘家！」

那燕娘似乎很怕被休，抽抽噎噎的自己站了起來，可憐兮兮地站在馮娘子面前，不敢再辯駁一句。

「做飯去！看見妳這苦瓜臉就生氣！今天中午不許妳吃飯，什麼時候把那葉子給我繡好了，什麼時候吃飯！」

馮娘子正在罵燕娘，大門忽然響了聲，沈曦看到馮遠走進了院子裡。

沈曦覺得這馮遠是年輕人，應該明事理吧，大概不會由著他媽欺負老婆，可事實再一次深深地打擊了沈曦。

馮遠走到那娘兒倆跟前，就伸出了手。沈曦本以為他是要扶一把他那搖搖欲墜的老婆呢，可沒想到，他竟然是扶住了他娘，然後沈曦聽到馮遠說——

「娘，她要有什麼做不對的地方，妳儘管罰她就是了，何苦要生這麼大的氣？把自己氣壞了可怎麼辦？都是兒子不孝，沒娶個好娘子，天天淨惹娘生氣。」

啊？啊？啊？沈曦的眼睛都快脫窗了，若不是有門擋著，估計那眼珠子已經飛出去可以當彈丸用了！這……這也太愚孝了吧？

馮娘子被兒子扶著向屋裡走，一邊走還一邊唉聲嘆氣。「兒啊，都是爹娘對不起你，沒幫你娶一房好媳婦，娶了這麼個喪門星回來！你說，當初你要是娶了錢縣令家的小姐，有個好丈人幫襯著，也用不著我兒天天這麼挨窮受累了……」

馮遠扶著馮娘子回屋了，只剩下燕娘一個人站在院子裡流淚。

過了很長的時間後，馮遠從馮娘子的屋裡出來了，站在門口向燕娘喝道：「還不快做飯去！要是中午把娘餓著了，看我怎麼收拾妳！」說完這話，馮遠就回了房間，砰的一聲把門關上了。

而孤立無援的燕娘，一聲沒吭，默默地抹著眼淚往廚房去了。

看了一齣活生生的小媳婦受虐記，沈曦心中那個此起彼伏呀！原來在古代，女人當真這麼難呀！以前看電視總覺得電視演得太誇張了，現在才知道，人家那編劇、導演是真琢磨過古代的生活呀，演得絕對不誇張，絕對貼近現實啊！

雖然比較同情燕娘，不過沈曦還是默默地關上了房門，沒有管人家的家事。現在沈曦特別慶幸自己沒穿越到有惡婆婆的小媳婦身上，也慶幸自己沒遇到一個不把自己當人看的男人，更加慶幸剛才自己沒有跑出去勸架。若依自己這脾氣，肯定是要向著燕娘的，那可不得了了，在這個講究愚孝的時代，自己這樣做可是犯了天下之大不韙，還指不定多招人罵呢！

還是瞎子好啊，一無父母，二不會欺負自己，自己想怎麼擺弄就怎麼擺弄，不管自己犯了多大的錯，絕對不會罵自己。以前那樣的日子，那才是女人應該過的呀！

唉，可惜，瞎子不在了……

沈曦走到衣箱前，拿出一件瞎子以前穿過的衣服，緊緊地抱在懷裡，回憶著以往那安靜又溫馨的時光，眼角又慢慢濕潤了……

沈曦的豆腐事業在七里浦發展得很好，她每天早晨做三盤子豆腐以及一大包的乾豆腐，半天的工夫基本上就賣得精光了。後來城裡的幾家酒樓、客棧都來找沈曦訂做豆腐，在沈曦每家奉送兩道豆腐菜之後，需求量就更大了，沈曦不得不上午下午全都發動起來，忙得腳不沾地的。不過忙是忙了點，沈曦的收入卻也十分可觀，一天有一兩多銀子的進帳。

能賺這麼多錢，沈曦是很高興的，因為她要養孩子，自然是錢越多越好，趁著現在身子還算俐落，她是真的拚了！

另外，為了能一心一意賺錢，也怕惹一身臊，對馮家的事情，特別是自從見到過燕娘挨扎後，沈曦就實行了閉關鎖國政策，一到家就閂上門，任你外面人腦袋打出狗腦子來，她也不去湊那個熱鬧。反正都在一個院裡住著，自己趴著窗戶就能看到了，也沒必要出去湊熱鬧。馮娘子一家十分不喜歡燕娘，原因從馮娘子罵燕娘的話中沈曦早就總結出來了，那就是因為：燕娘沒有一個有錢有勢的好娘家！

燕娘的父親也是讀書人，早年和馮勳同窗，兩人的妻子同時懷孕，就定了娃娃親。後來馮勳中了秀才，燕娘的父親則屢戰屢敗，最後索性棄了書本，由文轉商，可惜時運又不濟，做生意賠了個唏哩嘩啦，家道越發不堪了。

馮家本來想退親，可燕娘的爹認為兩家自小訂親，就應該守信用，死活不給退，馮家無奈，這才娶了燕娘回來。可是強扭的瓜哪有甜的？從成親開始，這燕娘就算是掉入火坑了，打罵那都是家常便飯，前幾年沈曦沒看見就不說了，只她搬來的這一個月，馮娘子就沒有一天不打燕娘的，燕娘也只會哭，一點也不敢反抗，這打呀打的，後來就連沈曦都習慣了。

沈曦賣豆腐的事情，不是什麼隱秘事，沒過兩天馮娘子就知道了，在剛開始幾天，馮娘子還相安無事，後來不知聽誰說這豆腐很賣錢，馮娘子就按捺不住了，天天有事沒事就往沈曦這邊跑，把話題總往豆腐上繞，大概是想套出沈曦做豆腐的秘方。沈曦又不是傻子，會被這麼個有點蠢笨還自以為聰明的人騙了去？幾次三番見沈曦不上鈎，馮娘子就開始轉變了策略，每天想著各種說法，要從沈曦這裡蹭一塊豆腐。對於這種占小便宜的心態，沈曦真是有點哭笑不得。

十月中旬的時候，芳姊讓張二郎來看望沈曦，還給沈曦帶來了幾條大魚和不少海鮮。這時候沒有塑膠袋，也沒有編織袋，人們盛米糧或買東西都是帶著自家手工織成的口袋，由於做一條口袋要費不少布，所以這口袋也算是一項家庭固定資產。沈曦久處市井，自然明白這個情況，她拿來個大盆，把海鮮倒進了盆子裡，又舀來幾瓢水把海鮮泡上了，把這口袋空出來，打算一會兒讓張二郎帶回去。

沈曦忙完這些，等抬起身來的時候，卻發現張二郎正傻傻地看著她的肚子發呆。沈曦笑道：「怎麼，我這樣子嚇到張二哥了？這孩子是個遺腹子，現在已經快六個月了。啊，看我，光顧說話了！張二哥快請屋裡坐，大冷天的，也吃杯熱茶。」

張二郎一下子脹紅了臉，慌亂地擺手道：「不了不了，我不冷，就不進去了。」

沈曦知道這張二郎過於靦覥，不主動一些是不行的，不由得作主道：「你大老遠來了，若連杯熱茶都不給你喝，這要讓上漁村的鄉親們知道了，還不說我忘恩負義呀？快進來吧！」

張二郎本就是嘴笨的人，自然是說不過沈曦，嘴唇動了動，也沒說出什麼話來。

兩人正在說話的時候，大門一響，馮娘子從門外進來了，一見院中多了個男人，她還愣了一下，然後向沈曦問道：「這位是？」

當著張二郎的面，沈曦也不好對馮娘子過於冷淡，不過她和張二郎的關係有點複雜，沈曦懶得給她解釋，當下避重就輕道：「這是我姊的小叔子，我姊讓他過來給我送點東西。」

馮娘子也沒和張二郎說話，只是眼睛看著沈曦房門口那盛滿海鮮的大木盆，眼珠子亂轉，乾巴巴地笑道：「既然是親戚，那你們待著吧。我還有事，還得出去一趟。」她屋也沒回，又出去了。

沈曦哪有空管她那些破事，仍是請張二郎進屋坐了，自己鑽到廚房搗鼓了一會兒，沏出一碗熱茶來。

張二郎從進了屋，眼睛就不知道往哪兒放合適，待沈曦一出來，忙慌裡慌張地站了起來，擠了半天才擠出了一句話。「妳就先別忙了，當心身子。」

沈曦將茶放到張二郎前面的桌子上，笑道：「這才要六個月，沒事。我整天忙得暈頭轉向的，都沒空回上漁村看看。芳姊和姊夫可好？小紅和小海還好嗎？」

「好，都好。」說完這幾個字，張二郎又無話可說了，只拘束地坐在椅子上。

看著眼前這個沈默不多話的男人，沈曦忽然想到了瞎子。當年，瞎子也是這樣安靜地坐著，不言不語。只不過，瞎子始終是那樣呆呆的、淡淡的，極少出現過這種害羞又臉紅的樣子。

屋子中忽然靜了下來，沈曦也沒出聲，張二郎就覺得更尷尬了，他偷偷地抬起頭瞄了一眼沈曦，卻見沈曦正瞇著眼睛看他呢，他像受驚的兔子一般，立刻低下頭去，臉上滾燙，似乎要被燒著了一樣。

沈曦回過神來，輕咳一聲，又向張二郎道：「張二哥，今天是你一個人來的？姊夫沒跟你一起來？」

張二郎連忙回道：「來了。他說給小紅和小海買點東西去，讓我一會兒去西城門等他。」

沈曦一聽就知道芳姊是還沒死心，特意安排張二郎來看自己的。她正要開口說話，卻只見張二郎站起身來，向她說道——

「我這就走了，我哥還等著呢！」

沈曦知道就算留他下來吃飯，張二郎也肯定不吃的，於是也站起身來道：「那我同你一起出去吧，順便買幾包點心給小紅、小海，一個月不見，怪想他們的。」沈曦收了人家的海鮮，總得找個由頭給人家回禮不是？何況芳姊於自己有收留之恩，自己卻一個月沒去看他們，這是自己的疏忽。

從屋裡出來，沈曦順手鎖上門，給張二郎拎上口袋，這才和張二郎兩人一起離開了。

沈曦這個月賺了幾十兩銀子，手頭有錢了，這出手也就大方了起來，走過水果攤前，她買了不少水果；到點心鋪前面時，又買了好幾斤點心；知道上漁村雖不缺海鮮但是少肉，於是沈曦又割了好幾斤肉；後來想到自己坐月子時沒準兒還會回上漁村，和三叔公打好關係很必要，於是又買了不少東西給三叔公。

看著身後揹著個大口袋還拎著大包小包的張二郎，沈曦不由得感嘆道，還是有個男人好呀，這逛起街來，帶個男人那就等於帶了輛貨車呀！

買了不少東西，送走了張二郎後，沈曦這才買了兩個饅頭，回家吃午飯。

剛一進院子，沈曦就聽到正屋裡傳來了吆五喝六的聲音，似乎是一群人在喝酒。

馮家在請人吃飯？不會吧？就他們家天天入不敷出的樣子，還請得起別人？

不過事不關己，高高掛起，沈曦也沒管他們，就逕自開門進了屋。

既然張二郎送了那麼多海鮮來了，這午飯沈曦早就打算好了，吃饅頭煮海鮮！自己有一個月沒吃海鮮了，還真有點饞了。

沈曦放下饅頭，返身出去要端海鮮，卻吃驚地發現，自己那一大盆海鮮不見了！

嗯？這是什麼情況？

沈曦很確定自己沒把海鮮端進屋裡去，因為連海鮮帶水，那盆子死沈死沈的，自己怕用勁過猛傷了胎氣，這才沒端回屋去。

沈曦的眼睛如同雷達一樣，在院中掃視了一遍，然後在馮家的廚房外面找到了她盛海鮮的大木盆，不過裡面已經空了，只剩半盆濁水在裡面！

竟然偷自己的海鮮？

沈曦氣壞了，幾步衝向廚房門口，一腳就踹開了門，煙熏霧繞的廚房裡，顯出了一張驚恐又羞怯的臉來，卻是燕娘正守在鍋邊燉魚，張二郎拿來的那幾條大魚，已經下了鍋了！

一見沈曦憤怒的臉，燕娘往後一縮，怯生生地道：「不關我的事，是婆婆拿的。」

一個不頂事的受虐小媳婦，犯不著和她生氣。沈曦強壓下怒火，板著臉道：「妳婆婆呢？」

燕娘伸出手，輕輕地指了指正房，然後趕緊把手又縮回來了，生怕被人看見一樣。

沈曦懶得理她，轉身向正房走去。

沈曦一掀門簾，就看見屋子正中擺了一張八仙桌，旁邊圍坐著七、八個男人，正在觥籌交錯、大呼小叫。好傢伙，自己的那一大盆海鮮，都已經上了桌，被吃了個七七八八了！

一見沈曦掀起了門簾，一個面對房門口的書生驚愕地問道：「馮兄，這位是？」

馮勳一看是沈曦，連個草稿都沒打，隨口就胡扯道：「是小妾。鄉下蠢婦，不知禮節，讓大家見笑了。」

小妾？

這事關名分，沈曦可不想隨隨便便就成了別人的小妾，今天若不反駁，怕有這些書生為證，他日自己就翻不了身了！

沈曦冷笑一聲，不冷不熱地道：「我可沒那個好命，給秀才老爺當小妾！我就是他們家一個租房的，門首那兩間房就是我花錢從他家租的。秀才老爺這玩笑開得可一點都不好玩，若讓亡夫知道我改嫁了，今晚怕會從地下爬出來找秀才老爺了！」

一見沈曦竟然給頂回來了，馮勳不由得面皮微紅。他向旁邊添酒的馮娘子使了個眼色，自己拿起筷子繼續招呼客人。「一個鄉下蠢婦，咱管她那麼多幹麼？來來，喝酒！」

那馮娘子接到相公的眼神，立刻放下酒壺往外拽沈曦。

沈曦見她用的力量可不小，不由得尖酸道：「馮娘子，妳小心點，我可不是妳家燕娘，我這可還懷著身孕呢，萬一有個好歹，妳小心攤上人命官司！」

那馮娘子被沈曦一嚇，趕緊鬆了手，轉過身來向沈曦陪笑道：「妹子，來，咱們出去說話，別打擾他們喝酒。」

沈曦也不願雙方真正撕破臉皮，不管做什麼事情，還是留點餘地的好，就隨馮娘子出去了。

馮娘子也自知心虛，臉上堆著虛假的笑，小心地陪著不是。「妹子，我們今天待客，妳有那麼一大盆海鮮，怕妳吃不完放壞了，也怕妳懷著身子會累著，姊姊我就自作主張，幫妹妹把那盆子海鮮料理了。妳放心，我已經叫燕娘給妳留出一份來了，絕對夠妳吃！」

說罷，也不敢等沈曦回話，就跑進廚房端出來一個小碗，裡面可憐兮兮地放了半碗多的小螺獅和蛤蜊。

沈曦皮笑肉不笑地把碗推開，冷冷道：「馮姊姊飯量可真是小，這麼點東西就夠吃呀？我可不行，我這懷揣大肚的，可是兩個人在吃飯呢！」說罷，再也不理馮娘子，逕自走向廚房。到了廚房，沈曦把鍋蓋掀起來，見燉的魚也差不多了，拽過一個盆子，拿起勺子唰唰幾下就把那些魚全盛到盆子裡，然後端起盆子就往外走。

馮娘子一見，急忙過來攔沈曦。「妹子，有話好說，這魚妳可千萬別端走了，桌上還等著上魚哪！」

沈曦怕她撞了自己傷了肚子，刻意抬高了盆子，用盆底去燙馮娘子的手，馮娘子果然就縮回手去了。

沈曦端著盆子回了屋，啪嗒一下就把門給關上了，然後隔著門向追過來的馮娘子道：「我要是沒記錯，這魚還有那桌上的海鮮都是我的吧？妳沒有經過我同意就拿了我的東西，這算不算是偷呀？秀才娘子偷東西，這可是新鮮事，咱街坊那些嬸子、大媽肯定愛聽！哎呀，妳說這事一旦傳出去，會不會耽誤了秀才老爺的前程？不會被革了功名去吧？」

秀才算不算是「功名」，沈曦是不知道的，不過她敢保證，這個馮娘子也不知道！她說這話，就是為了嚇唬馮娘子的，省得她以後總惦記自己的東西！

那馮娘子似乎真的被沈曦後面這幾句話嚇到了，沒有再來糾纏，如縮頭老鼠一般，灰溜溜地走了。

這亂糟糟的事讓沈曦有點心煩，這都是一家什麼人啊？還秀才呢！看來自己早點搬家是正經。沈曦打定主意，明天就去找房子，寧可遠點兒，也一定要找個好房子，而且自己手裡有錢了，寧可多花錢，也要找個沒人打擾的單門獨戶。

沈曦下了決心，就開始吃飯，挾了一筷子魚放進嘴裡，發現燕娘的手藝居然還不錯，燉的魚很好吃。

沈曦正在這邊吃飯，忽然聽到有人敲門，然後她聽到燕娘怯生生地喊道——

「沈姊姊，妳開開門。」

不想為難這可憐的女人，沈曦打開了門，讓燕娘進來了。

燕娘低著頭，好半天才輕輕出聲道：「沈姊姊，魚那麼多，妳也吃不了，分一半給我吧？婆婆讓我來要，說要不去就休了我。」

休了她這話，沈曦一天聽八遍，早就習慣了，此時聽來一點殺傷力都沒有，何況馮娘子這是以燕娘為要脅逼她就範呀！沈曦一不欠她家人情，二不欠她家房錢，怎會乖乖聽馮娘子擺佈？於是狠下心道：「這是你們的家事，與我無關，你們家吃了我那麼一大盆的海鮮還不夠呀？妳去告訴妳婆婆，讓她準備錢，我還得跟她要海鮮錢哪！」

燕娘的面皮顯然比馮娘子要薄，沈曦一拒絕她就走了。

沈曦又坐回桌前繼續吃飯，然後在心中感慨，不知從幾時幾日起，自己這心竟然變得這樣狠起來了，可見這情境逼人成長呀！

沈曦一口饅頭還沒下嚥呢，燕娘竟然又回來了，一進屋也不說話，咚一下就跪地上了，嚶嚶地哭個不停。

「快起來！妳這是幹什麼？」從沒有人給她下跪過，沈曦是真慌了，趕緊去攙燕娘。

燕娘也不說話，只是伸出手來，沈曦看到燕娘的手背上，流滿了鮮血，手背中間，竟不知被什麼戳了個大窟窿。

沈曦趕緊找來塊乾淨的布，幫她把血擦乾淨，墊了點棉花，打算用布條幫她把手綁起來。

沒想到燕娘卻縮回了手，只是哭道：「沈姊姊，不用包了。求求妳，將那魚給我吧？要不，我婆婆還不定怎麼打我呢！」

沈曦嘆了口氣，只得去廚房拿了個碗過來，將自己吃過的魚都撥了出來，一邊撥一邊說：「怕他們幹麼？就這樣的人家，休就休了！妳看我，沒男人不一樣過得很好？妳刺繡功夫那麼好，就算離了他們也能活的。」

燕娘站起身，抹抹眼淚道：「女人要是被休了，那可是羞及父母的醜事。再說了，我還有兒子呢……」說罷，端著那盆子魚走了。

沈曦眼瞅著她手背上那血，一滴滴地流進了盆子中。

見到此情此景，沈曦不禁感嘆道：無恥的男人們啊，你們可知道，你們吃的都是女人的血呀！

海鮮事件的第二天，在賣完豆腐後，沈曦就去找了這附近一個有名的中間人曾福，說要租一處單門獨院的房子。曾福給沈曦說了好幾處宅子，沈曦估量了一下大致位置，果然都比馮家到市場要遠。不過馮家是住不得了，沈曦就和曾福商定，明天中午去看一處最近的房子。

第二天中午，沈曦剛吃罷午飯，曾福就來找沈曦了。正巧馮娘子在院中，曾福就和馮娘子打了聲招呼，然後接了沈曦，兩人一起走了。

沈曦看的這處宅子和馮動家差不多，也是三間房，不帶門房，而是帶一個西廂房，房子半新，院裡挺寬敞的。這家住的是老倆口，他們的兒子考中進士當了官，就將爹娘接走了，怕宅子空著廢了，這才想找個人住著。不過現在這家的上個租戶還沒走，還有半個月他們的合同才到期呢！

看完了這所房子，曾福又帶她看了另外幾處，那幾處不是太遠就是太偏僻，沈曦還是中意這一處。想了想，不過是等半個月，時間又不長，既然自己喜歡這處，那就等幾天吧。於是，沈曦最終還是和曾福訂下了這所房子。

沈曦和曾福告辭後，逕自回了家，剛一走到大門口，就見燕娘在廚房向她招手。沈曦搞不懂燕娘叫她幹麼，就走了過去。

燕娘把沈曦拉進廚房，靠到沈曦耳邊，輕聲道：「沈姊姊，妳小心點兒，我今早偷聽到我婆婆和我公公說話，我婆婆說妳一天能掙二兩銀子，要是搬走了，這錢怕是要飛了，我公公就說，讓我婆婆和妳說說，他要納妳為小妾。」

沈曦一聽就愣住了。不會吧？這一家，已經無恥到這地步了嗎？

不過對於燕娘的好意，沈曦是要領情的。「燕娘，謝謝妳告訴我。妳放心，他們的主意不頂事，我過幾天就搬走了。倒是妳，性格太軟了，讓他們這樣欺負妳，何時是個頭呀？」

燕娘一聽沈曦這樣說，眼淚唰地就下來了，她一邊擦淚，一邊道：「活一天算一天吧，不然我還能怎麼著？前幾天回了趟娘家，我說我受夠了，馮家要休我，就讓他們休吧。我爹當時就發火了，說我們家就沒有再嫁的姑娘，我要是被休了，連祖宗的臉都丟了。我娘也說，我弟弟娶了親，家裡沒有我住的地方，讓我忍著，忍忍就過去了。沈姊姊，妳說我連個去處都沒有，除了在這兒忍著，我又能怎麼辦呢？」

沈曦本想說「妳要離婚了，可以來和我住，咱倆正好作伴」，可又一想，這個年代的女人可不像後世，隨隨便便就能接受離婚，何況燕娘還有個兒子。

於是沈曦只得說道：「過幾天我就會搬到前門街那兒，妳要是有什麼事，就去那兒找我。別的不敢說，有個缺著了、少著了，我都能幫妳對付對付。」

燕娘點頭答應了，然後道：「沈姊姊，妳忙去吧，要是讓婆婆看見妳在廚房，少不得又要疑心妳拿她東西了。說了不怕妳笑話，我們這廚房裡，米有多少粒都被我婆婆數清楚了。」

沈曦嘆了口氣，從廚房出來了。

晚上，沈曦正在磨豆子，忽然聽到有人敲門。沈曦開門一看，不出所料，外面站的還真是馮娘子。

馮娘子的臉色不太好，等她在椅子上坐下之後，沈曦看到她的臉上明顯還有淚痕。

自己的丈夫要娶小妾，這是哪個當妻子的都無法接受的事，哪怕這馮娘子又刻薄、又貪財，她也終究是個女人，還是將丈夫當成天的女人。

沈曦心知肚明她是來幹麼了，故意打趣道：「馮姊姊這麼晚來，不會是來給我送海鮮錢的吧？」

一提到錢，那馮娘子好像想起了什麼一般，抬起頭強笑道：「妹子，我今天來，是來給妳道喜的。」

沈曦假裝詫異地道：「道喜？我一個寡婦家家的，哪來的什麼喜事呀？」說著，她抬起手摸了摸自己那鼓鼓的肚子，繼續道：「要說喜事嘛，我就這添丁進口一件喜事了。不過我要生也還得好幾個月呢，馮姊姊，這喜妳道得可有點早。」

那馮娘子看了看沈曦的大肚子，眼睛馬上移開了，然後她有點不自然地說道：「我說的喜事不是這事。我們家老爺看上妳了，要娶妳當妾，我翻了黃曆，十月二十五就是好日子，那天妳就進門吧。妳進門後，這兩間房就歸妳住，明兒我叫燕娘幫妳佈置佈置。妳會做衣服不？要是有空，自己做身新嫁衣，不過別用正紅的，正紅是正室用的，妳是個妾，還不配用。」

這還沒當他家的妾呢，就擺上正室的譜了？還妾不配用正紅？好像自己上趕著給他家當妾一般！

沈曦眉頭一挑，輕佻地拉著長音道：「妾？」

那馮娘子也沒理會沈曦，自顧自地說道：「雖說以後是一家人了，但這醜話得說前頭，我是正室，這家裡的一切我說了算。從明兒個起，就讓燕娘來跟妳一起做豆腐、賣豆腐，掙來的錢都交到我這兒，妳要用錢的時候，就來和我要。我不是那刻薄人，自是不會虧待的。」

聽到這兒，沈曦真是無語了，感覺自己好像掉到了外星球一樣，怎麼她說的話聽著就像天方夜譚呢？

見沈曦不出聲，那馮娘子又繼續說道：「還有，妳肚子裡這個，本想讓妳打掉，乾淨著身子進我們馮家，可看起來月分太大了，怕會傷了妳的性命，就先留著吧。等長個三、五歲了，就給我的小孫子當個丫鬟、小廝的。妳放心，名分上是主僕，咱肯定不會虧待他的，畢竟也是妳生的不是？」

本來沈曦是當看戲似地在看她表演，可一聽到他們還要謀算自己肚子中的孩子，沈曦就繃不住了，她怒極反笑，道：「馮姊姊，妳想的是不是也太多了？我有說過要給你們家當妾嗎？別說是當妾了，就是妳家老爺現在休了妳，娶我當正妻，我也不樂意！他那年紀都能當我爹了，我可不缺爹伺候！還有，我肚子裡的孩子，我可金貴著呢，別說給你們當奴當僕了，就是給你們當主子，我還看不上你們這樣的奴才！馮姊姊，時候不早了，我要睡了，妳請回去吧！」說罷，沈曦走到門口，把門打開了，送客的意圖很明顯。

那馮娘子一看沈曦有點怒了，也沒說什麼，趕緊跑出去了。

沈曦砰的一下把門關上，心中這個氣呀！

這是什麼人家呀？謀算別人就跟施捨給別人好處一樣，真不知道他們家臉皮都長哪兒去了？什麼話都敢往外說，什麼髒事、爛事都敢幹，真是不要臉！

沈曦生著氣，把石磨轉得飛快，工作效率倒是提高了很多。

過了約一盞茶的工夫，沈曦忽然又聽到有人砰砰砰地敲門。

這還有完沒完啊?!

沈曦氣呼呼地站起來，啪的一下就把門打開了。這次倒出乎她的意料，這門外站的，不再是馮娘子，而是換成馮勳本人了。

那馮勳一見沈曦開門了，便大模大樣地走了進去，拈著短鬚就坐在了椅子上。沈曦懶得和他待在一個屋裡，就站在門口，聽他要說什麼。

見沈曦不開口，馮勳輕咳了一聲，裝模作樣地道：「李氏說妳不樂意給我當妾，我知道妳是心氣高，不甘於妾室，想當正經的秀才娘子。這事可不太好辦，李氏給我生了兒女，還給我爹娘送了終、戴了孝，按律法是休不得了。這樣吧，我作主，讓妳做個平妻，和她平起平坐。妳肚子裡的孩子，就記在我名下，按遠兒的排行走，當馮家的二少爺，不過不能記入祖譜，進不得我馮家的祠堂。」

沈曦目瞪口呆地望著他，有點不太敢相信自己的耳朵。這都哪跟哪呀？還有那個李氏，應該就是馮娘子吧？

馮動一見沈曦的樣子，以為她是高興得呆住了呢，還在那兒繼續說道：「既然妳是平妻，妳賣豆腐掙的錢可以自己留一半，不過也要給李氏一半，畢竟咱們還有一大家子的人要養呢！我出去應酬，請朋友宴飲，妳也要多多費心。」

說罷，他意味深長地望了沈曦一眼。「妳放心，妳這麼年輕，李氏已經人老珠黃了，我肯定要在妳屋裡多一些時間的，在這方面，妳不用和她爭。」

這簡直是天雷滾滾呀！沈曦下意識地抬頭看了看夜空，看看頭頂上是不是立著個雷公在劈她呢？可惜夜空中，只掛了一輪明月，連絲烏雲都沒有。

沈曦輕笑一聲，向馮動道：「馮先生，沈曦雖天天在市井打滾，卻也懂得忠義孝悌，也知道禮義廉恥。先夫未亡半載，我這就改嫁，馮先生你學問好，你給我講講，我這是有廉恥還是沒廉恥呢？」

馮動被沈曦問住了，支支吾吾地道：「凡事不可一概而論、不可一概而論。」

沈曦又道：「先夫乃家中獨苗，我身上這點骨血，是他家唯一後人，若是改了他姓，先生請問，這算不算是斷了先夫的宗祠、斷了先夫的血脈？」

馮動被沈曦問得瞠目結舌，一句話也答不出來了。不過，燭光下，沈曦那咄咄逼人的樣子，竟然顯出了另外一種倔強的美，而且這女子能說出這一番話，顯然是讀過書的，不是像李氏那般的蠢婦。這一發現，讓馮動看著沈曦的眼睛，卻是漸漸地亮了起來。

沈曦一見馮動竟然色迷迷地盯著自己，心中更惱了。她強忍著怒火，憤憤地道：「馮先生快請回吧，這夜深人靜的，咱們孤男寡女的，還是避避嫌疑比較好！」

一見沈曦趕自己走了，馮動不得不站起身來，向沈曦道：「我的話妳好好考慮一下，等我平步青雲了，妳就是個現成的進士夫人。妳肚子裡的孩子若不想改姓就不改姓，這個不是問題。」

沈曦看著他那已經明顯有了白髮的頭髮，不由得嘆氣道：「馮先生，我就明著和你說吧，我從沒想過改嫁，我和我丈夫感情好得很，他只留下這一線血脈，我現在就想著把這孩子養大成人，別的事情，我不會考慮。」

如此明顯的拒絕，馮動自然聽懂了，但他是有心氣的人，自然不會這麼輕易放棄，見沈曦的眼光總在他的頭上打轉，他稍微一想就明白了，於是冷笑道：「我看妳不是不願改嫁，是嫌我歲數大了吧？哼，老鴇愛鈔，姊兒愛俏！當我有什麼不明白的？」然後他大踏步，氣呼呼地走了。

老鴇愛鈔，姊兒愛俏？這話沈曦剛開始還沒明白是什麼意思，後來細細一琢磨，不由得也生了一肚子悶氣，原來馮動這傢伙是在罵她，把她比喻成了青樓女子！

有心找他辯解幾句，可這夜深人靜的，再招來人看熱鬧，吃虧的是自己，沈曦無奈，只得吃了這個啞巴虧。

沈曦是真被這不要臉的兩口子氣著了，躺在床上氣呼呼地生悶氣，雖說一樣米養百樣人，可也不能養出這麼只認錢不認理的人來吧？

沈曦正鬱悶呢，忽然覺得肚皮猛地一動，像是被人從裡面踹了一腳一樣。

沈曦先是傻住了，然後欣喜若狂。

這、這是……胎動？

以前雖然也感覺到裡面微微有些震動，但像現在這樣厲害的大動靜卻是從來沒有過的。

沈曦興奮地把手摸到肚子上，輕輕地撫摸著自己的肚皮，柔聲道：「寶寶，是不是你這個淘氣包在踢媽媽呀？來，乖寶寶，再踢一下。」

可惜小寶寶有點不配合，只踢了這一下，就再也沒有反應了。

不過只這一下，就讓沈曦狂喜了半宿，還喃喃低語著和小寶寶說了好多的悄悄話。

第二天，沈曦照常去賣豆腐，心情那是燦爛如陽光。一來是肚子裡的寶寶會踢她了，二來當然是她拒絕了馮勳，想來那馮勳也應該死心了。

要說自己是貌美如花招人愛，沈曦打死也不信。自己懷著孕，大著個肚子，又天天辛苦勞動，能美到哪兒去？這馮娘子之所以巴住自己不放，不外乎是想要自己的錢。現在外面都傳自己一天賺二兩多銀子，這一個月下來就有六十來兩，像馮勳家這樣只出不進的人家，這六十兩銀子無疑是筆鉅款。

對馮勳來說，他有錢了可以去外面花天酒地了，也有資本拉狐朋狗友來家裡宴飲了，而他所付出的，不過是多一個妾罷了。妾嘛，不過是個玩意兒，喜歡了多寵寵，不喜歡了，放腦後就是了。

對馮娘子來說，自己有兒子，是穩坐正室的，要是能拉沈曦來做妾，她就不必那麼辛苦地天天刺繡了，就可以做有錢人家的老夫人了。要和沈曦分享丈夫，她心裡雖不願意，不過對沈曦的錢，她還是惦記著不想扔。

這一家子如此麻煩，自己還是早早躲出去為上策，免得一不留心又讓他們算計去了。

沈曦回到家，把東西一放又去找曾福了。

和曾福又看了好幾處房子，最後敲定了一處，雖然離市場比較遠，但是個獨門獨院。不過這家還有一些東西沒搬走，三天後沈曦就可以搬進去了。

房子的問題解決了，沈曦總算鬆了口氣，雖說要損失點錢，但現在這個時候，就不要計較錢了，還是安全比較重要。

下午，沈曦往各大酒樓、客棧送完了豆腐和乾豆腐後，還沒進院門呢，就聽見了馮娘子的叫罵聲。

「妳個喪門星，快給我滾，別在我家賴著了！休書也給妳了，趕緊滾出去！」

休書都給了？這是要鬧哪齣呀？

沈曦推了獨輪車進了院子，只見馮娘子正在往外搡燕娘，而馮遠站在房檐下，冷漠地看著這一切。

一看見沈曦來了，馮娘子罵得更尖利了，手上用的勁也更大了。「別以為娶了妳，妳就是正房娘子了！也不看看，上面還坐了個我呢！老娘可是吃素的？是要妳還是休妳，還不是我一句話的事？趕緊趁早給我滾蛋，我們家可容不下妳這不把老娘放在眼裡的混帳東西！」

搭腔。

這一番指桑罵槐，沈曦絲毫不懷疑是罵給自己聽的，不過這種戲碼她已經看了無數次了，都懶得理他們了，她把車子放好，回自己屋裡就把門關上了，任外面如何叫罵，就是不搭腔。

沈曦本以為這次也就是吵吵架罷了，可沒想到，一連兩天，院子裡都沒看見燕娘的影子，而晚上，燕娘的兒子總會哭著要找娘，而且這孩子被馮娘子抱過去了，不在馮遠屋裡睡覺了。沈曦心下一沈，不會吧，這次馮家真把燕娘給休了？

有心想去找馮娘子問問，可這兩天馮娘子看見她不是冷嘲熱諷就是翻白眼，沈曦還不想去討那個沒趣。

沈曦找隔壁的三姑六婆打聽了一下，都說燕娘確實是被休了，拿著休書回娘家了。

沈曦嘆了口氣，除了替燕娘不值外，也實在沒有什麼辦法，畢竟燕娘還有爹有娘有兄弟，自己只不過是個外人罷了。以後再打聽打聽，若是燕娘確實不好過，自己再幫幫她吧，雖說自己的力量也微薄得很。

第三天，沈曦清晨照樣去擺攤，打算下午收拾東西，隔天上午賣完豆腐回來後就搬家。

沈曦出攤還是很早的，天剛濛濛亮就得去。在走過一條胡同口的時候，沈曦無意中瞥見胡同裡某家門口有團絳紅色的東西，看起來和燕娘平時穿的衣服顏色差不多。不過沈曦並沒往心裡去，推著車就過去了。畢竟這個時代染成這種顏色的衣服多得很，而且大清早的，有誰會縮在這冷冰冰的胡同口呢？

沈曦賣完豆腐回家時，看見馮娘子和一個頭上插著朵紅花的半老徐娘在說話。

「張嬤嬤，我兒子的事就拜託妳了。」

「馮夫人，妳就放心吧，咱七里浦的姑娘們，都在我心裡哪！回去後我保管給妳挑個年輕漂亮又有錢的媳婦，妳就等好吧！」張嬤嬤笑呵呵地向馮娘子告辭而去。

沈曦一愣，不會吧，媳婦剛休了三天，這已經找上媒婆了？

見沈曦回來，那馮娘子輕輕地啐了一口，轉身就回屋了。

沈曦也沒搭理她，自顧自地推車進了院子，然後進屋門門。

到了此時，沈曦真是萬萬分的慶幸，自己沒有穿到受虐小媳婦身上，要不然，光對付惡婆婆就夠她煩心的了！

雖說明天要搬家，可晚上沈曦照例磨了豆子，打算明早仍去賣豆腐，等賣完豆腐回來了再搬家。畢竟一天一兩多的銀子，不賺太可惜了！

第二天一大清早，沈曦仍是在天剛濛濛亮的時候就推著獨輪車出門。走到門口，她先放下獨輪車，然後去開大門。那大門剛一打開，啪的一下，就有一樣東西打在了沈曦的臉上。沈曦定睛一看，卻看見兩條穿著絳紅色褲子的腿在自己面前搖來擺去，一下一下地打在她臉上，她驚慌地往上一看，就看見一雙瞪大的眼睛和一條長長的舌頭！

「啊——死人啦——」沈曦一聲淒厲的叫聲劃破了這清晨的靜謐。

沈曦喊完後，只覺得眼前一黑、腿一軟，整個人就暈了過去……

第九章

吊死在馮家大門口的，不是別人，自然是燕娘。

燕娘的兒子把尿尿在了一幅很珍貴的刺繡上，馮娘子大怒之下，讓馮遠休了她。燕娘被休後只得回了娘家，可她爹爹是個老古板，一直以家無被休之女、無再嫁之婦為榮，認為被休的燕娘壞了他的家風，不讓燕娘進家門。燕娘在家門口徘徊了三天，見爹娘實在不要她，一點活路也沒有了，就又來到了馮家。想起馮娘子對她的種種虐待，又想起馮遠的絕情，索性就吊死在馮家門口了。可惜她這一死，沒把馮家人嚇到，倒是把沈曦給嚇了個半死。

這些事，自然是沈曦後來聽說的。那天沈曦那一聲尖叫，驚起了左鄰右舍和馮家人，大家一看燕娘吊死了，沈曦也暈了，有那熱心人就趕緊把沈曦抬回屋裡，還請了大夫來給沈曦診了脈。不幸中的萬幸，沈曦雖然暈倒在地，但沒有摔著孩子，只不過驚嚇過度，對胎兒沒好處就是了。

至於燕娘的屍體，馮家以燕娘被休了就不算是馮家人為理由，將燕娘抬回了燕娘的娘家，燕娘的爹娘卻道，出嫁的女兒沒有再往家裡放為由，將燕娘直接用草蓆一捲，在城外挖個坑就埋了。整個過程，沒有一個人戴孝，也沒有一個人哭泣，就如同埋小貓、小狗一樣，燕娘就這樣簡簡單單地消失在了這個世界上。

燕娘的死，對沈曦的影響是巨大的，不僅僅因為燕娘死後的慘樣嚇得沈曦夜不能寐，這件事讓沈曦對這個人吃人的社會更加恐懼，沈曦從此以後對任何人都不再抱有善意的幻想，也對這個世界完全地失望了。

如果有可能……沈曦真想去一個與世隔絕的地方隱居起來，不再看這個殘酷醜惡的世界。

可惜願望終歸是願望，在這個世界上求生存的沈曦還是得去面對現實。

在休養了三天以後，沈曦還是又開始做豆腐賣了，因為這幾天酒樓、客棧的夥計不間斷地來催促她趕緊做豆腐，擾得她煩不勝煩。

新房子離市場有點遠，不過勝在清靜無人吵鬧，雖然每天在路上花的時間不少，但沈曦很滿意目前的平靜生活。

時間又過了一個月，十一月下旬，沈曦聽說馮遠又說了一門親事，大概是由於娶親需要用錢吧，馮勳竟然找媒人來向沈曦提親，說要娶沈曦為平妻，自然是讓沈曦給拒絕了。馮娘子也曾來找過沈曦，自然是許下一堆空口承諾，想要沈曦拿錢來換，沈曦仍是沒有答應，馮娘子氣憤地走了。

十一月二十七日這天，沈曦正在家中磨豆腐，忽聽得砰砰砰有人砸門的聲音，她急忙答應著去開門，結果門一開，卻見有兩個公差站在門口。

沈曦不知是為了何事，心中雖忐忑不安，卻仍壯著膽子問道：「兩位差爺，你們找誰？」

瘦公差趾高氣揚地問道：「妳可是賣豆腐的沈氏？」

沈曦點頭回答道：「是。」

那胖公差拎起鎖鏈就套在了沈曦的脖子上，惡狠狠地道：「是就好，找的就是妳！咱們縣的錢公子說妳偷了他家的豆腐秘方，已經把妳告下了。沈氏，說不得，就和我們哥兒倆走一趟吧！」

這可真是閒在家中坐，禍從天上來。

沈曦都有點懵了，誰是錢公子呀？自己也不認識呀！還說自己偷了這豆腐秘方，天地良心，這豆腐是自己做出來的，哪是偷的呀！不用細想，自己肯定是遭人誣陷了，有人看自己賺錢，眼紅了。

一見那胖公差就要拖著自己走，沈曦可真著急了。這路上萬一有個好歹的，自己再滑了胎可不是鬧著玩的。於是她小聲地對兩位公差道：「兩位差爺，先請裡邊奉杯茶，小婦人有好茶相待。」她還特意在「好茶」兩個字上加重了語氣。

那兩個公差早已是老油條了，自然聽得出沈曦在說什麼。

兩人對視一眼，哈哈笑道：「這大冷的天，還真是渴了，那就先喝杯茶吧！」說著話，胖公差先給沈曦去了脖子上的鎖鏈，這才隨沈曦進了屋。

沈曦一回到屋裡，立刻找出了十兩銀子，這個關鍵時候，沈曦還是不惜銀子了，保命要緊。沈曦假裝沏了兩碗茶出來，將銀子和茶碗一起用托盤托了出來。

一見沈曦出手大方，那兩個公差頓時笑了。

胖公差伸手把銀子塞在了懷裡，向沈曦道：「沈氏，我們知道這事妳是冤枉的，咱也不白喝妳的茶，我先在這兒給妳交個底，那錢公子是我們縣令的親戚，錢公子看上的東西，就沒有得不到手的。我看妳挺著個大肚子也不容易，我勸妳，他想要什麼妳就答應了，要不然縣令大人一頓殺威棒（注）打下來，妳能不能活兩說著，這肚子裡的孩子肯定是要保不住的。」

沈曦早就知道這衙門口朝南開，有理無錢別進來，可仍是被胖公差說的殺威棒給嚇到了。她不由得顫聲問道：「二位差爺，小婦人家中只剩我腹中一點骨血了，求兩位指點一條明路，讓我母子得以保全。」

那胖公差搓搓手，沈曦只得又找出十兩銀子奉上，那胖公差這才滿意了，附到沈曦耳邊說了幾句。

胖瘦二公差收了沈曦的好處，一路上也沒用鐵鏈子鎖沈曦，到了衙門口，這才象徵性地把鎖鏈套在了沈曦脖子上，饒是這樣，那冰冷沈重的鎖鏈也壓得沈曦抬不起頭來。

一進了衙門，沈曦就看見兩邊站著不少衙差，人人手中握著一根棒子，一見沈曦進去，「威武」聲喊成一片，這真和電視上演的差不多。

堂上坐了一個穿紅袍的中年人，離得有點遠，沈曦看不清長相，在他旁邊的一把椅子上，坐著一個二、三十歲、油頭粉面的年輕男人。

胖公差一牽鐵鏈，向沈曦喝道：「跪下！」

沈曦連忙跪在地上，這個時候，保護孩子要緊，哪還管什麼尊嚴不尊嚴了。

堂上縣令喝道：「下跪何人？」

沈曦戰戰兢兢地答道：「民婦沈氏。」

那縣令又道：「犯婦沈氏，現在本縣名紳錢青耀告妳偷取他家豆腐秘方，妳可知罪？」

沈曦按胖公差教的說道：「知縣大老爺，能不能讓民婦單獨和錢老爺談一下？民婦有事情要與錢老爺商議。」

縣令向旁邊一個衙役招招手道：「先帶她和錢青耀下去，等他們的事情說好了再來。」

那衙役將沈曦和錢青耀帶到旁邊的一個空屋內，便自己退了出去，還幫他們掩上了門。

沈曦這才仔細打量了一下這個想謀她豆腐秘方的人，只見他二十五、六歲的年紀，長得居然很俊俏，不過那穿衣打扮實在俗氣得很，頗有暴發戶的意思。

「沈氏，妳有什麼事和本公子說呀？」

沈曦就按照胖公差教她的道：「錢公子，小婦人孤身帶著個遺腹子，在這世道上討生活，已經是夠可憐了，請錢公子憐憫我，撤了這場官司吧？」

那錢青耀打量了一下沈曦的肚子，皮笑肉不笑地道：「妳又不是我娘，我能聽妳的嗎？這官司說撤就撤啊？」

沈曦趕緊道：「只要您撤了官司，小婦人自當把豆腐秘方奉上。」

那錢青耀拉了一把椅子坐在上面，笑咪咪地看著沈曦道：「爺我不用撤官司，這豆腐秘

注：殺威棒，一種刑罰。古代犯人收監前，先施以杖刑，意在挫其凶焰，使之懾服。

方照樣能到手。」

沈曦想了想又道：「是。公堂上一頓殺威棒，我就會招出豆腐秘方。不過錢公子，您可知道小婦人腦中還有幾道豆腐的菜餚做法？若我心甘情願的，自會毫無保留地告訴您，若是用強的，我就是不說您也不知道，這不是耽誤您掙錢嗎？」

那錢青耀用手在桌子上敲了幾下，叫道：「有趣、有趣！妳這個婦人真有趣，怪不得招人惦記了！不過這還不夠，妳得保證妳以後不再做豆腐，這豆腐在這中嶽國就我獨一份，那麼我可以考慮放了妳。」

沈曦此時只求他能放過自己，不要傷害自己腹中胎兒就行，對他的要求，自然是一口答應了。

那錢青耀在衙門裡是極熟的，隨手招來個衙役，讓他去與縣令說一聲，自己就帶了沈曦出了衙門。兩人步行沒幾步，來到一個大宅院前。

錢青耀一手推開大門，回過頭來向沈曦道：「沈氏，請吧。」

沈曦進了錢府，錢青耀直接將她帶進了廚房，然後整整半天時間，沈曦一直窩在錢家的廚房裡，教錢府的廚子做豆腐。直到夜半時分，錢府的廚子學會了做豆腐和幾道豆腐菜，錢青耀才將已經疲憊不堪的沈曦放了出來。

臨放沈曦離開時，錢青耀看了看沈曦的大肚子，順嘴道：「爺今天心情好，看在妳大肚子一身兩命的分上告訴妳，這事妳別怪爺，是有人託爺這麼幹的。妳得罪了什麼人心裡也該有數，妳個勢單力薄的寡婦，又是個外鄉人，趕緊哪兒來的往哪兒去，趁早離了這兒是正經。」

一聽錢青耀這似勸似警的話，沈曦心頭也不知是感謝還是怨恨了。她胡亂行了個禮，低低道：「謝謝錢公子提點。」

沈曦拖著沈重的腿，在午夜無人的街頭，一步一步緩緩地朝家走去。

走著走著，沈曦的淚就不知不覺地掉了下來。

這是什麼世道？好不容易找著一個可以謀生的門路，這一下，卻差點連命都賠上。

這個萬惡的社會，難道真的就沒有活路嗎？

在這裡活著，怎麼就這麼難呢？

沈曦的眼淚，一滴滴掉落在這黃土路上，一路就沒停過。

又怕又累，待沈曦回到家躺在床上後，仍舊忍不住的直打哆嗦。

沈曦用被子把腦袋蓋住，在被窩裡放聲大哭。

「瞎子、瞎子……」雖說她明知道瞎子即便活著也幫不上她什麼，可現在，她需要有一個人幫她緩解恐懼，緩解痛楚，而她肚子中孩子的父親，自然是不二人選。

沈曦哭呀哭的，不知哭了多久，才抽噎著睡去了……

第二天一大早，還沒起床的沈曦就聽到有人砰砰地砸門。

雖然不知道是誰來找自己，不過她仍是快速地穿上衣服去開門。

門外面，站著一臉焦急的芳姊、張大郎和張二郎。

此時能看見熟人，沈曦自然是十分高興的，她強打起精神笑道：「芳姊、姊夫、張二哥，你們來啦？快請進。」

芳姊撲了過來，攥住沈曦的胳膊，焦急地問道：「妹子，妳沒事吧？縣令大老爺沒打妳吧？」

沈曦搖搖頭道：「沒事，他們沒打我。對了芳姊，你們怎麼知道的？」

芳姊擔心地說道：「昨天咱村的小五進城，說看見妳被公差索了，就急匆匆地跑回去和我說，妳姊夫說妳肯定出事了！昨晚我們借了一宿銀子，今天一早就趕來了，看看能不能把妳贖出來。」

一聽到在這冷漠的世界還有人關心自己，沈曦再也繃不住了，她眼中的淚嘩嘩地就流了下來，怎麼止也止不住。

芳姊手忙腳亂地給沈曦擦眼淚，一個勁兒地安慰沈曦。「沒事了、沒事了，人沒事就好，好妹子，妳別哭了……」

沈曦哭了一會兒，才想起張大郎和張二郎哥兒倆還在後面呢，趕緊擦了擦眼淚，不好意思地道：「姊夫、張二哥，快請進來坐會兒吧，外面怪冷的。」

張二郎看沈曦哭了，想上前安慰她，但又不敢，只好手足無措地看了看哥哥。

張大郎接到弟弟的求救眼神，粗聲粗氣地道：「那就進去待會兒吧，讓妹子給咱說說這事。」

四人在房間落了坐，沈曦想去燒水沏茶，讓芳姊給擋住了。

「妹子，我們都不渴，快說說這到底是怎麼回事？」

沈曦就將事情的來龍去脈和三人講了一遍。

聽罷沈曦的講述，芳姊氣得直拍桌子，大罵道：「這還有天理沒天理了？白白占別人的東西，還要送人去公堂，這群王八蛋，他們是不是人哪？」

倒是張大郎比較沈穩，止住了芳姊的叫罵，向沈曦道：「咱惹不起，還躲不起嗎？妳去收拾東西，這就和我們回村子去！咱村雖然窮了點，可沒這麼多骯髒事！」

芳姊聽了丈夫的話，立刻開始著手幫沈曦收拾東西。

沈曦想到錢公子的警告，知道這七里浦自己是住不下去了，沒有辦法，還是先和芳姊回村子去，再作打算吧！

回到上漁村，沈曦仍是住到九阿婆的那間小破房裡，村子裡的村民聽說沈曦攤了官司，陸陸續續的都來看望過沈曦，說了不少讓沈曦寬心的話。就連三叔公，也顫巍巍地讓人攙扶著過來了，勸了沈曦幾句，讓沈曦以後就留在村子裡，好好過日子。

村民們的笑臉和熱情，讓在外面擔驚受怕的沈曦感受到了巨大的溫暖，以前常聽人說遠親不如近鄰，親身體會過後，沈曦才真正明白了這句話的意思。

待村民們都回去了，沈曦這才著手打掃這個又已經遍佈灰塵的小屋。

外面的世界很險惡，外面的世界讓沈曦感到心寒，再加上自己的肚子一天大過一天，沈曦決定以後自己就在上漁村定居了，也不再想著掙大錢了，自己平平安安地把孩子帶大，那就是最大的幸福了。

下午，張二郎替沈曦把水缸裡的水挑滿了，還上山幫沈曦打了幾擔柴，沈曦說要留他吃晚飯，他擺擺手，飛也似地逃走了。沈曦知道自己的身子日漸笨重，這些粗活怕是幹不了了，索性就接受張二郎的好意，大不了以後自己多給小紅、小海買點好吃的就是了。

晚上沈曦在油燈下清點了自己所有的財產。自己是九月中旬離開的上漁村，十一月底回來的，在七里浦待了兩個多月。這兩個月裡，除去房租、吃喝和當初賄賂胖瘦差爺的二十兩，自己一共掙了八十二兩，再加上以前自己手中剩的那四兩，沈曦手中一共有八十六兩銀子。這些銀子，省吃儉用的話，足夠自己帶著孩子過幾年了！

沈曦打定了主意，索性就待在了上漁村安心待產，為了儘快融入上漁村，沈曦還經常和廣大婦女們一起去趕海，不過沈曦怕在石頭上滑倒傷了胎氣，就只在沒水的沙灘上挖挖撿撿，再加上冬季海鮮本來就少，所以收穫不大，連零花錢也賺不上。

不過經過和大家的相處，沈曦倒是真的很快就和上漁村的婦女們打成一片了。她為人既大方又有眼色，性格又和順，村裡的婦女幾乎都願意來沈曦家串門，特別是她家沒有男人，讓婦女們又少了一重顧忌。

沈曦對村民們的友善，村民們也回以了熱情，捕著新奇的海鮮也會給沈曦送一些來，特別是生過孩子的女人們，總會給沈曦介紹一些過來的經驗，這對缺乏生育經驗的沈曦來說，真是雪中送炭。

上次為了想救她出大獄，村中不說家家都借給芳姊錢了，也沒落下幾戶，雖說這些錢沒用上，但沈曦還是記住了大家的善意和關心，尤其是芳姊一家。不管他們有沒有什麼目的，能去看自己、想救自己，這就是人家對自己的好，以後說什麼也要報答大家。

安定下來的沈曦，主要是將養身子為主，從懷孕開始到現在，自己就沒怎麼停下過為生存而奮鬥的腳步，現在終於不忙了，沈曦就將注意力全轉移到腹中胎兒身上來了。

這個小傢伙，長得可真快，胎動也越來越頻繁，沈曦每每感覺到腹內胎兒的動靜，就覺得此時此刻，自己是如此的幸福，自己的生命是如此的完滿。

難怪有人說，沒有生過孩子的女人不是一個完整的女人，這句話真是太正確了。沒有生過孩子的女人，是無法體會到一個小生命在自己身體裡成長，和自己息息相關的奇妙感覺的。

平安的日子過得很快，轉眼間春節就過去了，潮濕的海風吹來了春天的氣息，生機勃勃的一年又開始了。

沈曦根據李老先生的診斷，估計出自己大概是五月初懷的身孕，現在孩子有八個多月了，沈曦據此估算了一下，得知自己可能會在三月初的時候生。

三月雖然不算冷，但也絕不會太暖和，沈曦可沒忘了自己在端午的時候還是穿著夾衣。所以這小衣服，還是要絮一層棉花，不能凍著小孩。雖說自己已經做了幾件小衣服，但總覺得還不夠，於是沒有別的事要做的沈曦，將小孩出生要用的東西，像是小棉被呀、小衣服呀、尿布呀……全都準備得齊齊全全的，只等著生就是了。

一過了三月，沈曦就開始緊張起來了，自己是頭一回生孩子，身邊又沒個人照顧，這要是真出什麼事了，自己怕是要叫天天不應，叫地地不靈。每到這時候，沈曦心中都會無比的埋怨瞎子！若他還活著多好？最起碼自己不會這麼害怕，可現在倒好，他兩手一撒，什麼都不管了，卻留下她自己天天擔驚受怕的。不過埋怨歸埋怨，沈曦的注意力還是在肚中孩子的身上，她提前拜託芳姊幫她請好穩婆，還讓張大郎幫著買了瓶烈酒回來，到時候給剪刀消毒。

到了三月初八這天的凌晨，沈曦終於感覺到了腹痛，而且下面有羊水流了出來，她掙扎著爬起來，忍著疼痛和不適，一步步往芳姊家蹭。一路上，肚子疼的她幾次蹲到地上起不來，可一想到若沒人看著，自己恐怕是會一屍兩命，於是只得走一會兒歇一會兒，終於走到了芳姊家，把芳姊叫了起來。

芳姊得知沈曦要生了，趕緊叫張大郎去七里浦接穩婆，自己則攙著沈曦回了沈曦家。

芳姊已經生過兩個孩子了，經驗老道得很，先把沈曦的褲子褪了下去，找來一塊早就準備好的布塞在了沈曦身下，看了看道：「還早著呢，妳這個時候別太用勁了，不然到真正要生的時候可就沒力氣了。」又向沈曦道：「妳先躺著，等我給妳下碗麵條去，妳趁還沒疼厲害呢趕緊吃了，吃飽了才有力氣生。」

她到了廚下，不一會兒就給沈曦端來了一碗麵條，裡面切了肉絲，還打了兩個雞蛋。

沈曦趁著疼痛過去一陣了，趕緊將這碗麵條吃了。

吃完後，芳姊將碗收走，囑咐她道：「好好躺著，省著體力一會兒用。」

沈曦躺在炕上，一邊聽芳姊在旁邊說她生孩子的事，一邊迎接一波又一波的陣痛。

快到天亮的時候，沈曦疼得一陣比一陣緊了，腦門上也滲出汗來了。

芳姊一直看著沈曦，安慰道：「沒事，再忍忍就過去了，生還得等一會兒呢。」

等天已經濛濛亮的時候，沈曦疼得連身上的衣服都濕透了。

這時，外面傳來了男人說話的聲音，卻是張大郎接了穩婆回來了。穩婆進屋後，先按沈曦的吩咐用烈酒洗過了手，這才伸出手在沈曦下面摸了摸，道：「大娘子莫慌，這才開了三指，妳再忍一會兒吧。」

沈曦無奈，只得咬緊了牙忍受著。

芳姊見她疼得厲害了，柔聲道：「要是疼得挺不住了，妳就喊出來，這個時候不用憋著。我生我家小紅的時候，疼得我都不想活了，我就在屋裡罵妳張大哥，後來妳張大哥還問我，罵他是不是特別解恨？」

沈曦想笑，卻又疼得笑不出來，只扭曲著臉抽動了幾下。她也想罵瞎子幾聲解解恨，可瞎子已經不在了，就算沈曦再罵，他也聽不到了。既然聽不到，罵不罵又有什麼意義？沈曦當下咬緊了牙關，死死忍耐著。

芳姊見沈曦這樣子，不由得嘆了聲道：「妹子，聽姊一句話吧，等孩子生完了，再找一個吧！女人要是沒男人，日子難過著呢！」說罷，又打了自己的嘴巴一下，恨恨道：「這張破嘴，都啥時候了，還說這些有的沒的！妹子妳且忍耐著點，是女人都得過這關的。」

沈曦無力地點了點頭。

大約過了兩個時辰，沈曦疼得死去活來的，只覺得這腹內似有千百把小刀在割一樣。

那穩婆又用手摸了摸產道，這才道：「差不多了，我摸到孩子的頭了。大娘子，妳這生得算是快的了，有人會疼上一、兩天的，妳這才幾個時辰哪！大娘子，我叫妳呼氣妳就呼氣，我叫妳吸氣妳就吸氣，我叫妳使勁了妳就使勁，力氣千萬莫使錯了。」

沈曦腹中疼得厲害，疼得她呼呼地直喘氣，哪還有什麼力氣回答穩婆的話？只胡亂點了個頭罷了。

肚腹中是排山倒海的疼痛，有的時候，沈曦以為自己會痛死，有的時候又以為腹內的孩子是要撕破自己的肚子，沈曦手上青筋迸出，牙齒咬得喀喀直響。芳姊大概是怕她咬到舌頭，將手巾塞進了她嘴裡，沈曦狠狠地咬在手巾上，將身上所有的力量都往下集中。

那穩婆叫著「呼氣，吸氣，用力」，沈曦在疼痛中抓住僅有的一絲清醒，聽從著穩婆的指揮。

不知又疼了多久，沈曦忽然覺得嘩啦一下，似乎有東西從產道中擠了出去，然後肚子中猛地一空，她立刻鬆懈了力氣，癱軟在炕上，無力地閉上了眼睛。在昏昏沈沈中，她聽到芳姊說——

「帶小雞雞的，是個小小子！鄭婆婆，趕緊來把孩子嘴裡的羊水摳出來吧。」

沈曦聽到一聲清脆的巴掌聲，再然後，一個細細的聲音嗚嗚地哭了兩聲。

芳姊道：「這孩子，連哭都才哭了兩聲，長大後準是個話少的。哎鄭婆婆，先別剪臍帶，先把這剪刀用烈酒擦擦再用火燒燒後再剪，我妹子說這樣做，孩子可以少抽四六風（注）。」

那鄭婆婆奇道：「這說法是真的？若真是這樣，阿彌陀佛，大娘子可就救了不少小兒的性命了！」

芳姊又道：「多燒會兒，從火上燎一下可不算數的。」

又過了片刻，沈曦聽到芳姊說道——

「妹子，妳睜開眼，看看妳兒子吧。」

沈曦強打起精神睜開了眼睛，就看見一張皺巴巴的小臉出現在面前，小臉紅通通的，小腦袋還有點發尖，她知道這是產道擠壓造成的。小傢伙的眼睛還睜不開，他不耐地皺了皺眉頭，沈曦發現，小傢伙皺眉的樣子，和瞎子簡直一模一樣。

沈曦不由得坐起身來，將小傢伙抱到懷裡，心裡被激動灌得滿滿的，上輩子不能生育的

注：四六風，破傷風俗稱「四六風」，因在嬰兒出生後四至六天，少數早至兩天或遲至十四天以上發病。當破損的皮膚、黏膜被污染，或新生兒由於切斷臍帶時被污染，芽孢侵入而致病，是威脅新生兒健康的一種疾病。破傷風桿菌產生的破傷風毒素能強烈刺激神經中樞系統，產生肌肉的強直或陣發性的強烈痙攣。

遺憾，在此刻完全被彌補了過來。

沈曦親了親小傢伙紅紅的臉蛋，心中默默道：瞎子，我們的孩子出生了，你在天有靈，看見了嗎？

收拾東西、打發穩婆這些事情，自有芳姊代勞，沈曦將孩子放在身邊，累得實在挺不住才睡了過去。這一睡，竟然睡了大半天，等她再醒過來的時候，已經是下午了。

芳姊不在，是一個叫于大嫂的女人在陪著沈曦，見沈曦醒了，就去廚下端來一碗雞湯，遞給沈曦道：「先把這個喝了，催催奶。」

沈曦二話不說，咕咚咚一口氣就喝乾了。

于大嫂笑道：「照妳這個喝湯的勁頭，這奶水肯定少不了。」

一說到奶水，沈曦連忙去看孩子，見孩子正安安穩穩地睡在襁褓中，不由得問道：「可餵他吃過東西嗎？」

于大嫂道：「妳睡覺的時候，二海媳婦已經給孩子餵過兩次奶了。」這二海媳婦的孩子才五、六個月，正是有奶的時候。

沈曦摸摸小傢伙的臉，軟軟的，比果凍還要軟，沈曦的心，似乎也被這觸感融化了，恨不得把這小傢伙含到口裡去。

于大嫂端來飯菜，笑沈曦道：「這當了娘就不一樣了，眉眼間帶的都是笑。快別摸孩子了，他吃飽了剛睡著。妳過來吃點飯吧，多吃點，下奶也快。」

沈曦早就覺得餓了，挪到炕桌前，拿起筷子就吃。

于大嫂又盛來一碗雞湯放在桌上。「多喝湯，奶多了孩子長得才好。」

沈曦一邊吃飯一邊問道：「我要幾天才有奶呀？」

于大嫂道：「三天上就應該能了。」

吃罷飯，沈曦見孩子睡得香，不由得又歪在他旁邊，看著這個自己盼了兩輩子的小東西。眉眼小小，鼻子小小，小嘴小小，小臉小小，就連那小胳膊，也是小小的、細細的，看起來脆弱無比。沈曦仔細地又端詳了一番，然後得出了個結論：小傢伙長得很像自己，但乍眼一看，輪廓卻是像瞎子。只不知道等睜開後的那雙眼睛，是像自己還是像瞎子？沈曦轉念又一想，就算像瞎子，自己也看不出來，因為沈曦就沒看見過瞎子睜眼的時候。瞎子平時都是蒙了黑布條，只有在洗澡的時候才會將那黑布條拿下來，而在洗澡時，沈曦沒見他睜過一次眼。

一想到瞎子，沈曦就又想到了瞎子的殘疾，這個殘疾，不知道會不會遺傳？等小傢伙再長兩天，自己必須要查探一番！

沈曦到了三天時下了奶，不知是她本身體質好還是被芳姊補得好，這奶是嘩啦嘩啦地往外流，小傢伙根本吃不完。

當沈曦第一次將乳頭放進小傢伙的嘴裡時，那種當母親的欣慰和自豪、那種對孩子的疼愛和憐惜，全都不由自主地湧上心頭，直讓人覺得，懷中的孩子就是自己的一切。難怪有好多人想盡了各種辦法要孩子，有孩子的感覺，真的和沒有不一樣。如果沒生過孩子，妳根本無法體會到，一個柔弱的小生命全心全意依賴著妳時，心中的那種美好和感動，也無法體會到當妳看到自己的血脈在一個小生命身上得以延續時的那種激動和滿足。

在這一刻，她對趙譯的恨徹底煙消雲散了。愛子愛女，是每個人的天性，趙譯想要孩子，這不算是錯。錯的，是當初她年輕不知自愛，白白的耽誤了自己的幸福。不過，當抱著懷中這個孩子的時候，她覺得自己的生命完滿了，她再無遺憾了。

芳姊在沈曦這裡住了三、四晚，見沈曦已無大礙，就搬回家去了，畢竟她還有一大家子人要照顧呢，不可能一直住在沈曦這裡。她一走，好多事情就只能沈曦自己親力親為了，就像洗個尿布什麼的，總不能等著芳姊來，還讓人家給洗吧？人家伺候了自己幾天，自己就應該感激萬分了，實在不能再勞煩人家。

沒有丈夫，只單身一個人的沈曦，也沒有機會體驗一下什麼叫坐月子，在芳姊回去後，就自己爬起來燒火、做飯、洗尿布，平時該幹的活兒，一樣也沒落下。

有的時候苦了累了，想到前世在父母身邊時的幸福生活，沈曦也會委屈得想落淚，不過在看到懷中的小東西時，沈曦還是會瞬間堅強起來，抖擻起精神去努力生活。孩子，就是沈曦的動力。

沈曦的奶水很好，不過一個月左右，那小小的嬰孩就長得像模像樣了，白白嫩嫩，水水靈靈的，小眼珠烏黑烏黑的，如同兩粒小葡萄，可愛十足，讓沈曦愛不釋手，恨不得整天抱著他，再也不放手。就連來串門的女人們都看不過去了，一個勁兒地笑沈曦太寵孩子。

沈曦心道：自己兩輩子就這麼一個孩子，寵寵也不過分吧？所以她對別人的玩笑話一點也沒放到心裡，仍是繼續美美地將孩子抱來抱去。

小傢伙雖然模樣像沈曦了，但那雙眼睛睜開後，卻一點也不像沈曦的眼睛，沈曦想來，瞎子如果不瞎，他的眼睛應該就是這樣吧？從兒子臉上，沈曦終於窺到了瞎子的全貌，雖然不漂亮，但也不難看。為了紀念不知名姓的瞎子，沈曦將兒子命名為：沈俠！

以前的時候沈曦還會時不時的就想起瞎子，還會時不時的流淚痛哭，可有了小沈俠以後，沈曦將全部的精力都給了他，忙得團團轉，瞎子的身影，漸漸地被她給忘到九霄雲外去了。

有孩子的日子，對沈曦來說，再苦也是甜，每每望著小沈俠那天真無邪的可愛模樣，她就恨不得把全世界都捧到他面前。有時候她想，如果真有什麼危險，自己肯定會毫不猶豫地擋在小沈俠的面前，寧願自己丟掉生命，也要保全自己的孩子。天下的父母，應該大多都有這樣的想法吧？

天氣漸漸暖和起來，小沈俠也一日大過一日，沈曦沒有事情做，經常抱了小沈俠去別人家串門，也偶爾會揹了小沈俠去海邊撿點海鮮，打打牙祭。

八月上旬的一天，又是一個烈陽高照的好日子，趁著太陽西斜、海風未起的時候，沈曦將小沈俠用背兜揹在背上，拎了一個籃子去海邊撿海鮮。

她去得比較晚了，等她到的時候，別人已經撿了一魚簍，陸陸續續地正往回走呢！撿了一會兒，沙灘上就只剩下她一個人了。

離村子比較近的沙灘上都已經被撿完了，沈曦走得比較遠了點，漸漸走到北邊有山石的地方。

正當沈曦低著頭翻石頭的時候，忽然聽到海上傳來一聲長嘯，沈曦連忙抬起頭來尋找，很輕易地就看見在蔚藍的大海上，飄浮著三葉小舟，那小舟的船頭上似乎各立著一個人影。由於離得比較遠，沈曦只能模糊地看到個影像，並看不清楚上面站的是什麼人。

一見那小船呈三足鼎立的陣勢，沈曦心裡一陣激動。

莫非是傳說中的高手對決？

雖說這中嶽國崇武成風，可沈曦接觸的一直是最底層的老百姓，還真沒見識過什麼武功、什麼高手，今天難道要大飽眼福了？

沈曦正胡思亂想間，忽聽得一個嬌媚的聲音道——

「霍哥哥，不要再追人家了嘛！你喜歡人家就直說嘛，這樣追人家，人家會不好意思的！」

大概是由於那三葉小舟也相互離得比較遠的原因，這女子說話似乎是用上了傳說中的內力，沈曦離他們這麼遠，也聽得清清楚楚的。

這時一個男子的聲音又道：「風纏月，妳若再進入我中嶽枉殺無辜，莫怪我不留情面。

本我初心，你若再助紂為虐，少不得霍某也得去你南嶽走一趟了。」
聽到這兒，沈曦心中頓時就明白了，這海面上的三位，應該是東嶽、中嶽和南嶽的三位武神，風纏月、霍中溪和本我初心。
哇，能一下子看見三位武神，沈曦頓時覺得自己的運氣好到爆表！這種傳說級的人物，可不是輕易能碰到的，何況一碰就是三個！
又一個低沈的聲音說道——
「霍兒，這事也怪不得月兒，當初拋棄月兒的是你中嶽國人，月兒就算殺幾個中嶽國的人報仇又有什麼錯？她這點事和霍兒比起來可差得遠了，最起碼月兒沒有因為報仇而滅掉中嶽吧？」
沈默了一會兒後，霍中溪又道：「殺普通人算什麼本事？要殺來殺我。」
那風纏月卻嬌滴滴地道：「霍哥哥自從妻子死後，倒變得多愁善感了！我就算殺了幾個人，他們的妻子、夫君又會在乎幾天？你信不信，不過一、兩年，他們又會男婚女嫁，將對方忘得光光的？天下男女皆薄情，多死幾個又何妨？就算是霍哥哥，你的喪妻之痛，又能傷心幾年呢？一年？兩年？還是一輩子？若是再有個更合你心的女子出現，你會不會再心動呢？」
霍中溪堅決地道：「不會。」
沒想到這個霍中溪還是個情聖，只是不知道他這話有幾許真心，又有幾許堅持？
本我初心接著道：「想不到咱倆還是同道中人，都這樣癡情呀！」

霍中溪又道：「別拿你和我比。你心盲眼瞎，我不是。」

本我初心聽完這話，並未應聲，海上一片靜默。

過了好久，那風纏月又格格地笑道：「霍哥哥，聽這話，你是個會過日子的男人呀，要不，咱倆湊合湊合，你教教我怎麼成為好妻子？你娘子雖好，可也不用把我踩這麼低吧？」

霍中溪又冷冷道：「妳還用踩？長得本來就不高，再踩妳就成侏儒了。」

被提及女人最在意的容貌和身材，那風纏月似乎是怒了，她叫道：「霍中溪！你別以為我打不過你，你就可以欺負我！本我初心，你傻啦？讓他這樣欺負我！」

沈曦看得正熱鬧時，背後本在睡覺的小沈俠忽然醒了過來，大概是想吃奶了吧，他哇哇地放聲大哭了起來，這哭聲自然也驚動了海上那三個人。

沈曦趕緊將小沈俠抱到懷中，卻聽到那風纏月怒極反笑道——

「霍中溪，你欺負我，我就拿你中嶽的人解恨！你說這漁婦和這孩子要是死了，她的丈夫會傷心幾個月？又會在幾個月後續弦成親？咱們打個賭吧——」

話音還未落，沈曦就看見一排水線如同海浪一般，齊齊向她射了過來！沈曦嚇壞了，左右顧盼著想找個地方躲起來，可這沙灘上的石頭都是又矮又小的，哪裡能躲得了人？沈曦把沈俠緊緊地抱在懷中，迅速轉過身背對大海，希望這水線莫要打穿了她的身體，傷到懷中的小沈俠！

正當沈曦絕望地看著懷中的小沈俠時，忽聽得霍中溪一聲暴喝——

「風纏月，妳敢！」

接著沈曦又聽到一陣暴響，並感覺有陣迅疾的風從身後猛烈地颳了過去，嘩啦啦一片水聲充斥耳際，接著無數的水珠飄落到了沈曦的身上，沈曦感覺到頭髮像被人提了一下又猛然一鬆，最後一切又歸於平靜。

過去了嗎？自己保住命了嗎？

沈曦慢慢地扭過頭看向海上，只見海上波濤滾滾，劍光刀影亮成一片，三葉小舟也是漸打漸遠了。看來，自己的小命是保住了，懷中的小沈俠也安全了。

沈曦經此一嚇，再也不敢在海灘上停留了，她抱著小沈俠一陣狂跑，一下子就跑回了家，到家後，她坐在床上，呼哧呼哧地喘著粗氣，雙腿一個勁兒的哆嗦，就連抱著小沈俠的手也止不住的顫抖。

經過這一次的驚心動魄，沈曦終於對這個崇武的世界有了一個真實的瞭解。面對武神那個級別的強者，自己這種毫無武功的人，簡直就是一隻小螞蟻，他們動動手指就會讓自己煙消雲散。剛才，若不是那霍中溪救了自己母子一命，怕今天自己和小沈俠就凶多吉少了。從來到這個世界直到現在，沈曦從沒像今天這樣對霍中溪充滿過感激，因為這一次，他不僅救了自己，還救了小沈俠！

「哇——」

已經餓肚子很久還得不到娘親回應的小沈俠再一次放聲大哭，終於將沈曦從恐懼中拉了回來，沈曦一見兒子委屈的小模樣，立刻解開衣裳，給小沈俠餵起奶來了。小沈俠大概是餓狠了，咕咚咕咚吃得很起勁，沈曦看著可愛的兒子，心漸漸柔軟起來，心頭的恐懼這才慢慢消散了。

接下來很長一段時間，沈曦都不再去海邊了，她雖然知道像風纏月那種武神級別的人，是不屑於來找自己這麼個小人物的麻煩的，可她心裡就是不踏實，畢竟自己可沒有一個霍中溪在身邊當保鏢。

人都說小孩子是「只愁不養，不愁不長」。愁的是生不出，只要生出來了，就不用愁他長不大。

小沈俠自從出生後，沈曦覺得這小傢伙幾乎一天一個變化，小胳膊、小腿剛生出來的時候那麼軟綿綿的，可現在也慢慢的有力道了，三、四個月就會自己吭哧吭哧的翻身了，小身板利索得很。沈曦怕他從瞎子那裡遺傳到聾啞瞎等先天殘疾，從他出生就一直在留意著呢，不過這幾個月看來，小傢伙發育得十分健康，小眼珠早就隨著沈曦轉了，小耳朵機靈著呢，至於說話嘛，他哭的聲音雖不響亮，但也絕對不是瘖啞的。

知道自己的孩子一點缺陷也沒有，沈曦自然是十分高興的。不過高興之餘，她還是有些擔心，擔心自己的錢哪天就不夠花了。

養小孩需要錢，特別是沈曦兩輩子就這一個孩子，總是想把最好的給他，小傢伙穿的戴的，都是質量不錯的東西，這質量上去了，自然價錢也上去了。現在孩子小還不太費錢，等孩子稍微大點了，用錢的地方就多了，沈曦不掙錢是不行的。

可自己要怎麼樣在養孩子的同時還能賺來錢呢？沈曦思考這個問題思考了好長的時間，

直到時間進入十月，她才又找到了一條新的生財大計！

這一日，沈曦想吃海鮮了，就穿好衣服，圍好圍巾，揹好小沈俠，去海邊趕海。由於天冷，一些小動物都遷到暖和的地方去了，只有一些耐凍的魚或貝類還會被大海送到岸邊。沈曦挑著沙灘乾軟的地方走，撿了不少的貝類和小海螺。看著沙灘上一個個美麗的貝殼，沈曦忽然想到，自己以前去海邊玩的時候，總會看到沙灘邊的小店裡擺著各種各樣用貝殼做成的手工藝品，自己就曾經買過好幾個回去送給朋友，她何不就地取材，也用漂亮的貝殼做一些東西來賣呢？

貝殼做的東西，上漁村有，七里浦也有，不過這裡對貝殼的應用只集中在兩方面，一是首飾，用貝殼做成項鏈、手鏈；二就是用在家具上，在家具上面鑲個貝殼，或用貝殼堆個圖案。像後世那種用貝殼黏在一起做成的手工藝品，比如小貓、小狗之類的，沈曦還從沒看到過。

想到這兒，沈曦就專揀一些花紋漂亮的貝殼，還有一些漂亮的小海螺，只要是漂亮的，統統揀回家！

回到家後，沈曦將貝殼、海螺煮熟，裡面的肉剔出來，將貝殼、海螺都擦洗乾淨，然後一一擺到桌上，開始研究這東西要怎麼將它們黏在一起？又該拼成什麼形狀？

後世的手工藝品，沈曦知道是用膠黏的，這個世界，膠肯定有，但不知道有沒有合用的。沈曦以前在鎮子上的時候，看見過木匠鋪裡有膠，於是第二天，沈曦讓張大郎幫自己帶來了一罐膠，然後滴一滴在一個貝殼上，再用另一片貝殼蓋上去，用手捏了捏，結果她驚喜地發現，這膠竟然真的能黏貝殼。

沈曦按照前世的記憶，先畫出了幾個造型，然後用毛筆在每片貝殼上點了一點膠，再將它們一片片地黏在一起，試圖將它們變成實物。很可惜，第一個黏了半天，實在看不出像什麼。

第二個沈曦吸取教訓，不用大貝殼了，而是全部用小貝殼、小海螺，畢竟小的東西比大的東西要好塑形。這一次效果顯著，最起碼這東西開始有點模樣了。在出了三個失敗品後，第四個試驗品才算成功了。這是一隻憨態可掬的小狗，它懶懶地坐在地上，一隻爪子下還按著一個小球。沈曦又揀來一塊小石塊，黏在小狗下邊，乍一看上去，就像小狗坐在地上一樣。

將小狗擺在一邊，沈曦細細地觀看了一番，覺得這小狗雖然沒有後世那些手工藝品好看，可在這個沒有這東西出現的年代，應該能賣個好價錢吧？

一想到白花花的銀子，沈曦動力十足，在接下來的幾天，她又撿了許多小海螺、小貝殼，很快就又做出了一隻紅嘴巴的小鳥，還有一個孔雀開屏，然後一罐膠就用得差不多了。

東西做好了，勢必是要賣出去的。沈曦想著這沿海的地方，大家對貝殼是司空見慣了，恐怕不會花大價錢買這堆貝殼，而且七里浦自己是不想再去了，不如走遠點兒賣。

有了這個打算，沈曦讓張大郎再幫她買來一罐膠，在接下來的日子，她又成功地做出了兩隻小狗、兩隻小羊，還有一隻小貓，還剩下一點點膠，沈曦用它做了一隻傻乎乎的小豬。將膠都用光了後，沈曦將這些東西晾了好幾天，待一點異味也沒了，這才一個個用布包好，再用布袋裝了起來。

至於怎麼賣？去哪兒賣？沈曦早就想好了，她事先讓村子裡去七里浦的人幫她租來了一輛車，又收拾了不少小沈俠的衣服、尿布，讓馬車將他們娘兒倆送到寬城。

這個寬城，比七里浦還要大，當然也就離上漁村更遠。沈曦聽趕車大爺描述的樣子，估計著差不多是後世一個市的樣子，當然了，沈曦並不太確定，因為這個社會是怎麼劃分地域的，她還沒搞懂呢！

在馬車上顛了整整一天，到天都黑了的時候，沈曦坐的馬車才到達了寬城，趕車的李大爺是老把式了，直接將馬車停到了一個相熟的客棧前面，沈曦下車後就直接住進了客棧。

這個客棧頗為寬敞，據李大爺說，是家老字號了，做生意也很公道。客棧果然如電視上演的一樣，將客棧的客房分為了天地人三等，天字號房一晚一兩銀子，地字號房一晚五百文，人字號房一晚一百文。沈曦先去看了看人字房，發現人字房一律都在陰面，房間裡陰暗潮濕，而且裡面比較狹窄，又特別簡單，除了一床一櫃再無他物。沈曦雖然不富裕，不過怕夜深寒重的時候，那陰暗潮濕的房間會讓小沈俠生病，因此她還是要了地字房。小夥計的服務態度相當好，不僅幫她打了一盆熱水來，見她帶著孩子呢，還特意告訴她店裡備有熏爐，如果需要熏乾尿布，他可以給她搬一個來。沈曦暗道：這老字號能存在這麼多年，看來是有原因的！

沈曦將貝殼工藝品都放到櫃子裡，又洗了把臉，給小沈俠吃過奶後，才讓夥計將飯菜端到房裡，順便向夥計打聽這寬城哪裡能賣東西？

收了沈曦十文錢後，小夥計很詳細地告訴了沈曦，在城裡，有一條叫十香坊的地方能賣東西，外地人來賣東西，一般都會選擇那個地方。還有一個地方叫宣平街，裡面都是賣一些從全國各地、西域海外販來的珍稀之物，不過那個地方的東西很貴，一般人都買不起。

沈曦琢磨著自己這東西到了十香坊，怕也賣不起好價錢來，不如去宣平街碰碰運氣。吃罷飯後，她早早哄了小沈俠睡覺，一夜無話。

第二天，沈曦梳洗好了，吃過早飯，又換了一身乾淨的衣服，給小沈俠也穿暖和了，把小傢伙揹在背上，就拎了那口大布袋去了宣平街。一到宣平街上，沈曦有點傻眼了，這街道兩側都是店鋪，一個擺地攤的都沒有，沈曦趕緊拉了一個行人問了問，才知道在寬城是不能隨便擺攤的，只能在官府指定的十香坊擺攤，否則會被官府扣拿貨物。

沈曦十分的鬱悶，只能無奈地又將大布袋拎到了十香坊。十香坊是一個大市場，裡面整齊地擺著一排排的貨物，買賣來往的人是人山人海。沈曦從南走到北，發現這裡賣的東西應有盡有，十分繁雜。

沈曦雖然覺得自己來得很早，可事實上，這裡的攤位已經擺得滿滿當當的了，沈曦找了好久，才在一個不起眼的角落找到了一塊空地。沈曦連忙將貝殼工藝品拿出來，擺在了大布袋上面，權當擺了個攤。大概是這個地方實在太偏了，半天的時間，除了一個收稅的收走了十文錢外，沈曦的東西根本就沒有一個人來買，就連問的都寥寥無幾。沈曦心中那個鬱悶，自是不必說。

小沈俠似乎還沒見到過這麼多的人，半天也沒吵沒鬧，小眼珠骨碌碌地轉著，看來是連眼睛都看花了。不過等他餓了哇哇哭的時候，沈曦才發現自己面臨一個尷尬的問題：才七個月的兒子要吃奶，眾目睽睽之下，自己要怎麼餵他呀？總不能衣襟一解就餵吧？在這大庭廣眾之下，自己可沒那麼大的臉，真做不出這事來。此時此刻，沈曦無比懷念後世的奶瓶和奶粉。

小沈俠不知沈曦的苦衷，只是一個勁兒地啼哭，小臉都哭紅了。沈曦是又著急、又心疼，一會兒工夫就出了一身汗。沈曦一邊哄著小沈俠，一邊左瞄右看，想找個合適的地方餵孩子，還別說，真讓她看到附近就停著一輛帶車廂的馬車！沈曦看看離自己的攤位也不遠，就走了過去，問能不能借馬車給孩子吃口奶？好在那做生意的夫妻很好說話，沈曦這才沒在大庭廣眾之下出醜。

中午沈曦隨便買了個餅應付了一頓，然後繼續坐在攤位前守著。剛坐到那裡，只見一個頭上紮著兩個小抓髻、身穿一身紅棉襖的小女孩站在了攤位前。

小姑娘摸了摸貝殼小狗，好奇地問道：「這是什麼做的？樣子好怪呀！」

沈曦笑道：「這是用貝殼做的。」

小姑娘又問：「什麼是貝殼？」

沈曦拿起那隻小狗，指著上面的貝殼告訴小姑娘。「這個一片片的呢，就是貝殼。這個貝殼呀，平時它在海裡，等海水漲潮了，它就會被海水帶到海邊上來，我這些貝殼，就是在海邊撿的呢！」

小姑娘一臉神往地道：「海好看嗎？我還沒看過海呢！」

沈曦對小孩最沒有抵抗力了，反正也沒有顧客上門，就對小孩說道：「大海呀，可美麗啦！一眼望不到邊，藍汪汪的全是海水，海裡可是有許多小動物喔！有海星、海螺、海膽、各種各樣的魚，還有貝殼、海龜，可多啦！」

小女孩蹲在沈曦的攤位前，雙手托著腮，一副好奇寶寶的樣子。「嬸嬸，那妳有海星、海膽、海龜嗎？」

沈曦笑道：「這個我可沒有，那些小動物呀，一離開海水就活不了啦！再說了，它們都在水裡，我可逮不著它們。」

小女孩又問道：「嬸嬸，海邊好玩嗎？」

「要是去一次的話呢，就好玩啦！等退潮以後，去海邊趕海，可以捉到魚呀、蝦呀，石頭下面還有小螃蟹呢！還有海螺、海參、蚌、蛤，好多東西呢！」

「呀，肯定很好玩！我也要去海邊！」

這話一出，嚇了沈曦一跳。自己雖然喜歡小孩，可不是拐賣人口的，連忙又道：「去一次還行，不過要是住在那兒，可就不好玩啦！海風太大，妳這個又白又嫩的小臉蛋，沒兩天就會吹黑啦！」

沈曦不由自主地摸了摸小女孩的紅臉蛋，滑滑嫩嫩的，皮膚好得不得了。

小女孩也沒反抗，任由沈曦摸了一把，那雙天真的小眼睛對著沈曦不停地眨呀眨。「嬸嬸，我不怕黑，妳帶我去海邊吧？我也要去趕海！」

沈曦笑咪咪地向小女孩道：「妳家大人有沒有教過妳，不要隨便和陌生人走呀？妳都不認識嬸嬸，要是嬸嬸是壞人，把妳拐跑了，賣給人販子，那可怎麼辦呢？」

小女孩怔了一下，隨即肯定道：「嬸嬸妳不是壞人！」

沈曦奇道：「我怎麼不是壞人啦？我腦門上又沒寫著『壞人』兩個字。」

那小姑娘道：「眼睛呀，看眼睛就知道了。上次我家一個丫鬟偷東西，眼睛歪歪的，我一看就知道是她偷的！」

沈曦想了想，才明白這「眼睛歪歪」，大概是指由於心虛，不敢看別人，導致眼神飄移。還真沒想到，這小姑娘看人真有一套。

小姑娘在沈曦的攤位上磨磨嘰嘰的不肯走，一直叫沈曦帶她去趕海，沈曦自然不答應。兩人一直聊了小半天，小姑娘才帶著沈曦送給她的那隻傻乎乎的小豬，一步一回頭地離開了，並和沈曦約定，明天她還來，要沈曦帶她去看海。

她走了以後，又來了一對青年男女，看那帶刀帶劍的，似乎是江湖兒女。那男的似乎在追求那女子，見那女子拿著一隻貝殼小狗愛不釋手，立即痛快地掏了二兩銀子，買下了那隻小狗。沈曦拿著那二兩銀子，心中暗道：這本錢總算是回來了！

臨收攤前，又來了一個不知哪個地方的人，講話又快又含糊，沈曦一句也聽不懂，兩人雞同鴨講了半天後，他買走了一隻小狗和一隻小鳥。

看著天快黑了，沈曦就收了攤，回了升平客棧。

第十章

隔天，沈曦起了個大早，連早飯都沒吃就跑到十香坊占位置，到那兒一看，她又傻眼了，地上擺滿了草繩和木樁，看來是人家占的位置。看到此情此景，沈曦不由得想到了上大學時在教室占座位的樣子，也是在桌子上扔本書，就代表這個位置是自己的了。

沈曦找來找去，找到了一個還算靠門的位置，這個位置沒有人占。她從別的攤位上拽了兩塊磚頭，擺在了上面，就趕緊去買東西吃了。賣早點的來得早，可惜沒有賣粥的，豆腐腦更是沒有，沈曦只得買了兩個餡餅。

等到太陽昇起後，十香坊就熱鬧了起來，沈曦這個貝殼工藝品也受到了一些姑娘和小孩的青睞，沈曦坐地起價，小貓、小狗還是要價二兩。寬城到底離海邊近，二兩銀子的價錢沒有多少人來買，不過這個十香坊是個大市場，南來北往的人很多，沈曦這貝殼的東西，大多被操著各種口音的外地人買走了，後來只剩下那個孔雀開屏，由於沈曦要價五兩銀子，一直沒有賣出去。中午又買了個餅充飢，沈曦繼續在那兒賣那個孔雀開屏。過了午，攤位前來了一個三十來歲的男子，蜂腰削背，神態嚴肅，頗有一股懾人的氣勢。

他看了一眼那孔雀開屏，開口卻問道：「妳怎麼稱呼？」

沈曦心道：你又不是查戶口的，你管我姓什麼？不過出於禮貌，還是回道：「小婦人姓沈。」

「做得不錯。妳家住哪兒？」

語氣硬的，好像在審案一樣。沈曦不想惹這種一看就知道霸道慣了的人，點頭回道：「多謝誇獎。我是從七里浦來的。」

那男子眉頭一擰，又問道：「七里浦哪裡？」

「上漁村。」和這種俐落人說話，連沈曦說話都簡短了。

那男子掏出十兩銀子往攤上一扔。「買了。」說罷，拿起那孔雀開屏就走了，竟然連價都沒問。

沈曦拿起銀子，看著那男人遠去的背影，不由得讚了句。「這才叫酷！」

東西都賣完了，沈曦趕緊收攤回了客棧，把東西一收拾，揹起小沈俠，沈曦租車就打道回府。在車上，沈曦清點了一下自己的收入。自己來的時候，一共帶了九件東西，那個送人的小豬扣掉的話，一件賣二兩，六件賣三兩，一件賣十兩，算起來，自己收入三十兩。除去住店的一兩，上稅和吃飯三百來文，這一趟，自己賺了二十八兩多！

沈曦一邊算著，心裡樂開了花。要是這樣再做幾次，養小沈俠是一點問題也沒有了！

到七里浦的時候，沈曦讓車稍作了一下停留，去買了兩罐膠，又買了些熟食、滷肉、生菜、生肉，這才匆匆地回了上漁村。

車剛走到村口，就見一個黑影在黑暗中問道：「是沈妹子回來了嗎？」

沈曦連忙叫趕車的李大爺停住了車，探出頭來一看，竟然是張二郎站在這裡！沈曦高聲問道：「張二哥，你怎麼在這裡？」

張二郎吶吶道：「妳怎麼兩、三天沒在家呀？我嫂子怕妳出事，讓我來這裡接接妳。」

沈曦連忙拎著大包小包下了車，付了錢給車把式，車把式便趕著車走了。

張二郎連忙過來，伸手接過沈曦手中的東西，小聲道：「我來拿吧，妳揹小沈俠就夠累的了。」

沈曦知道他勁大，這點分量在他手中不算什麼，就將東西遞給了他，然後道：「你回去幫我謝謝芳姊，多謝她掛念，今天太晚了，明天我去找她說話。」

張二郎道：「好。」

兩個人沒有話談，氣氛有些沈悶，沈曦只得沒話找話說。

「小紅和小海都睡了吧？」

張二郎悶聲「嗯」了一下。

沈曦又道：「張二哥，以後不用來接我了，我和趕車的李大爺很熟了，我都是僱他的車回來，不會出事的。」

張二郎道：「我幫妳拎東西。」

沈曦……無語了，實在不知道該說什麼。

兩人就這麼一路無話地走回了家，實在是尷尬得要命。

回到家中，張二郎將東西放下就要走，沈曦說留他喝口水，他也沒應，只是囑咐沈曦早早休息，就逕自去了。

沈曦先將小沈俠收拾妥當餵好奶，然後將買來的饅頭和滷肉熱了熱，又煮了道雞蛋湯，暖暖地吃了一頓。吃完後，又燒水洗了個澡，洗去了一身的風塵，然後躺在床上，睡了個好覺。

第二天用罷午飯，沈曦就帶孩子去了芳姊家，和芳姊閒聊了一個下午，當芳姊追問她這兩天去幹麼時，沈曦就將貝殼手工藝品的事情告訴了她。芳姊一直對她很好，沈曦不想用其他方式回報她，幫她發家致富是最好的選擇了。

一聽沈曦說一次就賺了二十八兩銀子，芳姊眼睛都瞪圓了，看那樣子是既吃驚又懷疑，還帶了點驚喜。

等她清醒過來後，她的第一反應，就是拉了沈曦去撿貝殼，要沈曦做給她看。沈曦笑咪咪地說今天已經漲潮了，還是等明天吧。

從隔天開始，沈曦跟著芳姊又開始趕海了，不過別人都是撿海鮮，她們則是撿一些漂亮的貝殼、海螺、海星等，好在大家各忙各的，也沒人關心她們都撿了些什麼。

將貝殼處理好後，沈曦在芳姊的熱烈注視下，輕車熟路地做了一隻小狗。一見沈曦真的做出東西來了，芳姊一下子就把沈曦摟在懷裡，狠狠地抱了她一回，那力道大的，差點把沈曦的腰給勒斷了！

「妹子，快教我，我也要學！這要真能掙錢，那大郎和二郎就不用天天出海打魚，我也不用擔心他們了！」

沈曦自然是點頭了。

芳姊的手雖然沒有沈曦靈活，不過她學得很用心，倒是張二郎，手十分的巧，他做出來的東西，連沈曦都嘖嘖稱讚。

沈曦的手沒有張二郎巧，不過她好歹在後世看到過不少樣品，所以她做出來的東西也不差。這一次她做了許多小貓、小狗、小鳥，還做了兩個大型的孔雀開屏、馬到功成。一些顏色好看又太少的貝殼，沈曦就做了好多巴掌大小的可愛小動物，還有一些貝殼簪子呀、項鏈什麼的……等積得多了，張大郎親自趕了車，拉著沈曦和芳姊就又去了一趟寬城。

這一次，由於女孩用的小飾品比較多，又都新奇有趣，價錢也不是太貴，沈曦的貝殼首飾受到了大家的歡迎，顧客多了，帶動了那些小貓、小狗、小鳥也賣了不少。特別是那個大型的馬到功成，竟然被個想送禮的顧客花了三十兩銀子買走了。至於那個孔雀開屏，比上次那個要大，也是賣了十兩銀子。

沈曦在寬城住了三天，東西就賣光了，她又得了不少銀兩。

芳姊家由於做得多，自然賣的錢也多，特別是沈曦畫圖樣、張二郎做的一個大型的白梅迎春，竟然賣了三十五兩，這讓芳姊是喜極而泣，又給了沈曦一個狠狠的擁抱。

嚐到了甜頭的兩家人，回到家後，又儘快地撿了不少的貝殼。如果沈曦沒有料錯的話，隨著她們做的東西越來越多，相似的東西必定會有人去做，那時候利潤可就得下降不少，自己必須要乘機多做一些，多賺點錢。

兩家人又急匆匆地做了一批，芳姊家還好，人多力量大，就連兩個孩子都被打發著去撿貝殼了，幾天就做了不少。

沈曦又要看孩子又要撿貝殼的，做的東西就沒那麼多了，沈曦見小件東西賣不上錢去，就專做大件的東西。

託年關將近的福，這一次寬城之行，仍是滿載而歸。

兩家人賺了不少錢，沈曦就和芳姊商量，是不是讓村子裡的人都做？這東西以後肯定會降價，趁現在剛起步，讓大家共同致富，也算還了當初大家的相救之情。這本來就是沈曦想出來的主意，芳姊自然沒有反對。

沈曦和芳姊把村裡的婦女們全都召集起來，將這門手藝傳給了她們。一聽說這個很掙錢，婦女們爭先去撿貝殼，然後和沈曦學怎麼製作貝殼工藝品。當她們去寬城賣掉第一批東西後，每個人幾乎都賺了二、三十兩銀子。一時間，沈曦在上漁村的地位節節攀升。對於會賺錢的沈曦，女人們對她是崇拜有加，她們第一次知道，原來錢是這樣好賺，原來自己只待在家中，就可以比男人掙得多！

回來以後，沈曦就告訴她們，抓緊時間快做，因為別人看到這東西這麼賺錢，肯定會仿做的，到時這貝殼工藝品的價格定會下降不少，到最後，這些東西就會便宜得都沒人要了。

上漁村的人們聽了這話，就連男人也暫不出海了，帶著孩子去沙灘上撿貝殼。有那手巧的男人也會和自家娘子一起做，一時間，上漁村家家都做這貝殼手工藝品了。再一次去寬城，去的就不只女人了，上漁村幾乎是男人女人一起出動，這一次，貝殼手工藝品又賣了一個好價錢。

沈曦特意在十香坊走了走，發現有別的攤位，已經開始在賣貝殼項鏈和貝殼手鏈等小東西了。

回到家中，沈曦告訴大家，小東西馬上就不值錢了，現在年關將近，會有許多送禮的人採買禮品，小東西是入不了他們眼的，大家要是信她，就加緊時間做些彩頭好的大東西，肯定會賣不少錢。

上漁村的村民對沈曦是信服萬分，於是小東西統統不做了，大家都向沈曦要圖樣，做大件工藝品。沈曦雖然畫了一些樣式，但個人力量到底有限，因此她鼓勵大家都想樣式，不要總被她的思路拘泥了。

果然，一些心靈手巧的人很快就做出了不同的花樣。

在下一次去寬城的時候，十香坊如那雨後春筍般的，冒出了許多貝殼飾品，一時間貝殼飾品價格大跌。至於那大件工藝品，由於樣式和手工的限制，會製作的人很少，這就給了上漁村村民機會。見此情景，上漁村的村民不由得對沈曦更加佩服。而恰恰是這次寬城之行，上漁村一對小夫妻聯手製作的「百鳥朝鳳」被一個富商買走，足足賣了五十兩銀子！那對小夫妻高興得幾乎熱淚盈眶，而上漁村的村民，更是受到了鼓舞，對於製造大件工藝品是更加熱衷了。

就這樣，在大家製作貝殼工藝品的熱情中，年關近了。年關一近，這大件工藝品的價值不降反升，平平常常的孔雀開屏什麼的，都得三、五十兩，若有那別出心裁的，百十來兩不在話下。

這個春節，對上漁村的村民來說，是既興奮、又忙碌、又著急。興奮的是，他們手中握著祖輩從來沒有賺過的那麼多的錢；忙碌的是，這工藝品太好賣了，簡直是供不應求；著急的是，都快過年了，他們竟然連買年貨的時間都沒有，全家人都快忙翻了！

在這兩個多月的忙碌中，沈曦也攢了不少銀子。臘月二十七這天，沈曦所做的東西都賣光了，她粗略地統計了一下，這段時間，自己竟然賺了三百來兩銀子！而據沈曦所知，村子裡的人家每家的收入都在一百五十兩之上，至於芳姊一家，得的銀子只會比自己多，不會比自己少。

這一下，沈曦對養小孩沒了後顧之憂，便放開手腳去七里浦購買了不少年貨，開始準備過年。

大年三十這天，沈曦剛吃過早飯，村裡的姑娘、媳婦、小孩們就陸陸續續地給沈曦送來了不少燒雞、烤鵝、燻肉、烤腸等東西，特別是臨中午的時候，更有不少人家給沈曦送來了燉好的肉、做好的菜。沈曦知道，這是他們對自己帶他們致富的報答，沈曦假裝推辭了一番，就笑著收下了。

這個大年三十，沈曦自己連一個菜也沒炒，就吃了一頓無比豐盛的飯菜，吃得沈曦心中暖融融的。

大年三十晚上，有好幾個姑娘、媳婦來串門，陪沈曦笑鬧了半宿，直到夜深人靜，她們才結伴回家了。

沈曦同去年一樣，也沒有守歲，而是早早地躺到了床上，摟著小沈俠準備睡覺。躺著躺著，沈曦忽然想起了自己來這裡的第一個春節，那時的自己正躺在瞎子懷中。才不過短短兩年時間，自己得到一個男人，又失去了一個男人，幾經生死，幾經磨難，生了一個孩子，還發家致富了。這日子過的，怎麼這麼不真實呢？好像是睡著了在作夢一樣。還有瞎子，自己已經很長時間沒有想他了，難怪世上總有人說，時間是最殘酷無情的了。沈曦努力回想了一下瞎子的樣子，除了他臉上那總蒙著的布條自己記得比較深刻外，就連他的模樣，直到沈曦睡著了，都沒有想得很清晰。

大年初一，沈曦早早起來，自己換上了一身新衣服，小沈俠就更別說了，全身上下全是新的，紅衣服、紅鞋子、紅帽子，紅彤彤的，好像畫上畫的吉祥娃娃一樣。

沈曦剛吃罷早飯，就迎來了第一撥拜年的人，這一撥是一群小孩子。沈曦對小孩一向很親熱，還是以前那一套，又是糖、又是瓜子點心的，把孩子們打點得是心滿意足。就像水龍頭扭開了一樣，來拜年的人是絡繹不絕。沈曦仔細地記了一下，到差不多中午的時候，村子中的女人和孩子幾乎都來給她拜過年了。沈曦不禁小小得意了一下，自己的人緣，看來確實不錯呀！

正月初五剛過，就有一些人家開始做貝殼工藝品了。沈曦沒有親戚探親，天天閒著也是閒著，所以也天天去撿貝殼，然後在家做工藝品。不過外面天寒地凍的又下了雪，沈曦怕坐車路上出危險，就不願再帶小沈俠出去了，只好讓這些東西堆積在家裡，打算等天暖和了再賣。後來村子裡的人提出幫她捎著賣，沈曦也讓他們帶了幾件試試，不過正月裡買東西的少，這東西自然賣得不太好，一個正月下來，沈曦也堆積了不少的東西。

二月以後，人們的購買力恢復了一些，不過市面上這些貝殼商品也漸漸多了起來。村裡幾乎天天有人去寬城，但價錢卻是越來越低了。倒是沈曦讓他們捎的東西賣了不少，因為沈曦說過，只要有人買，便宜點也賣。

這天下午，沈曦正在摟小沈俠睡午覺，只聽得外面傳來一陣敲門聲，沈曦應了一聲，匆匆整理了一下儀容，就趕緊去開門了。

一看到門外站著的人，沈曦愣住了。

「很意外？」外面站著七、八個人，中間的男人，不苟言笑、眉頭深鎖，和他形象大為不符的是，他臂彎裡，還抱了一個梳著兩個小抓髻的小女孩。

那小女孩一見沈曦看她，立刻笑著向沈曦打招呼。

「嬸嬸，我和爹爹來趕海啦！」

外面站的這兩位，竟然是沈曦第一次去寬城賣貝殼工藝品時，在沈曦攤位前玩了半天的小女孩和買那個孔雀開屏的冷酷男子！

沈曦笑著將他們迎了進來，嘴裡道：「原來兩位是父女呀，這我可真沒想到。」

一進了沈曦的房裡，小女孩馬上掙扎著從她父親身上下來，興高采烈地看著沈曦屋子中擺的那些貝殼工藝品。

沈曦連忙去廚房燒了點水，沏上兩杯茶。當她想要再沏茶給那幾個隨從時，那幾個人卻道自己來就行了。

沈曦也不客氣，將廚房讓給了他們，自己進屋去陪那父女倆。

一見沈曦進了屋，那男人便站起身來向沈曦道：「在下桓河，這是小女青芙。」

沈曦回禮道：「桓公子好，青芙小姐好，我叫沈曦。」

旁邊的青芙在此時插嘴道：「嬸嬸，這些東西都是妳做的？可真好看！」

沈曦笑道：「我這做得可不算好，我們村子裡有手巧的，做得比這還好哪！」

青芙拿起一個頂球的小海豚道：「嬸嬸，我喜歡這個，送我吧？」

沈曦很大方地揮揮手道：「喜歡哪個拿哪個，和嬸嬸不用客氣！」

那桓河臉色一沈，嚴厲地向青芙道：「青芙，不得無禮！」

青芙不開心地撇撇嘴，手裡仍是緊緊地攥著那個小海豚。

沈曦知道小孩子都是有叛逆心理的，而且已經知道要面子了，於是走上前去，和言道：「青芙可知道這是什麼？」

青芙被父親的話影響了心情，臉上連笑都沒有了，搖搖頭道：「不知。」

沈曦柔聲道：「這個呢，叫海豚。海豚是生活在水中的，牠們成群成群地生活在一起，心地可善良了，若是有船在海上迷了方向，海豚就會出現在船頭，為船引路呢！」

青芙看了一眼父親，又轉過頭來向沈曦低聲道：「嬸嬸，我很喜歡這個海豚，給我可好？」

沈曦瞥見桓河的眉頭都皺起來了，又要出言喝斥，連忙將他的話攔在嘴裡。「有人欣賞我的手藝，我是高興還來不及呢！等妳走的時候，可別忘了帶上它，這也算是咱娘倆相識一場的證物了！」

那桓河聽了沈曦如此說，才沒有出聲。

青芙將小海豚放回原位，高興地牽著沈曦的手道：「多謝嬸嬸！嬸嬸妳不知道，妳賣給我爹爹的孔雀開屏，被我叔叔拿走了，我爹爹還很不開心呢！就連我那隻小豬，被我小弟弟看見了，還和我討要呢，不過我沒給他。」

沈曦見有這麼多人賞識自己，也高興道：「難得有人喜歡，妳回去的時候多拿幾件送給他們。」

青芙眨眨眼道：「他們喜歡，我偏不送。我只要嬸嬸這隻小海豚。」

沈曦輕輕地點了點這個彆扭小女孩的鼻子，溫柔地笑了。大概沒有人對青芙這樣做過吧，小姑娘難得地羞紅了臉。

桓河在旁邊看見她們溫馨的互動，眼神也不由得柔和了許多。

青芙不好意思地閃到旁邊去看貝殼工藝品了，沈曦只得向桓河道：「還不知道桓公子來寒舍，有何貴幹呢？」

桓河說話一點起伏也沒有，仍是硬邦邦的兩個字。「趕海。」

沈曦笑道：「今日不巧，兩次潮都退過了，只能明天早起去趕海了。明天的退潮一次是在下半夜，一次是午後。」

那桓河道：「好，我們下午來。」

沈曦道：「明天吃了午飯來將將好。」

桓河點頭。「好，我們明天再來。」

青芙抱了小海豚過來道：「嬸嬸，我可真拿走啦！」

沈曦笑道：「說給妳了，就是給妳了。妳可小心些，莫碰掉了貝殼，再黏回去可麻煩呢！」

青芙點點頭，這才抱了海豚，跟在桓河後面走了出去。

桓河抱著青芙，騎上停在門外的馬，向沈曦點點頭告辭後，一夾馬腹，揚塵而去。

看著他們走遠了，沈曦才回到屋中，想想這父女倆的事情，知道這次趕海不過是有錢人哄小女兒玩罷了，也沒多往心裡去，看看天色不早，就下廚收拾晚飯去了。

第二天午後，沈曦剛吃完午飯，桓河父女倆就到了。今天桓河和青芙都換成了俐落的打扮，頸間圍了圍巾，身後還都揹了魚簍，看來沒少下功夫。

沈曦本來沒打算陪他們去，可青芙卻一個勁兒地撒嬌，非要拉著沈曦去不可，讓沈曦給她去捉海星。沈曦剛一拒絕，小姑娘立刻就淚眼矇矓了。看不得孩子哭，沈曦只得將小沈俠送到了芳姊家，自己帶他們去了海邊。

等到了沙灘上，潮水剛好退下去，青芙歡呼著跑上了沙灘，撿了一個貝殼，大呼小叫道：「爹爹、爹爹，你看我撿了個好漂亮的貝殼！」

桓河走到青芙身邊，看了看青芙手中的貝殼，點頭道：「嗯，漂亮。」他彎下腰，也撿起一個半埋在沙子中的白色貝殼，遞給青芙道：「更漂亮。」

青芙把貝殼又塞回給桓河，氣呼呼地道：「沒我的漂亮！」然後又跑到一邊去撿貝殼了。每撿到一個貝殼，青芙都會大聲地叫道：「爹爹，這個漂亮不？」

接著沒有什麼表情的桓河就會機械性地點點頭。

當爹的無奈，做女兒的鬱悶，沈曦看著這父女倆，就覺得有種不和諧。這個桓河，性子硬得像石頭一樣，根本就不知道如何和女兒相處，小青芙攤上這麼個爹，也難為她了。

見桓河很無趣，青芙就把注意力轉到了沈曦身上，她在石頭縫裡發現了許多海螺後，不停聲地招呼沈曦，問：「嬸嬸，妳來看！這是什麼？」

沈曦看了一眼後，道：「這個呀，叫海螺，礁石上這個東西可多了。青芙快過來看，嬸嬸抓到什麼了？這個是海星呢！」

「呀，這就是海星呀？它好軟呀！」

「看，這是梭子蟹！抓蟹不要捏它的鉗子，不然會被夾的。」

「嬸嬸，妳懂的可真多！」

……

在這廣博的海岸線上，在這漫長無際的沙灘上，青芙露出了小女孩天真可愛的一面，在沙灘上盡情的奔跑，不停的笑鬧，雖然猛烈的海風吹散了她的頭髮，她卻毫不在乎，快樂得像個天使。

沈曦本就喜歡孩子，特別是小青芙又漂亮、又可愛，更是讓她母性大發。反正海邊也沒什麼人，她索性也放開了胸懷，和青芙一起挖沙子、翻石頭。兩個人的歡聲笑語，灑滿了整個海灘。

桓河跟在她們身後，靜靜地看著前面如同母女的兩個人，良久良久。他蹲在一塊礁石上，伸手撿了一條在水窪中掙扎的小魚，手臂一揚，把它扔回了大海。

一直玩到海水漲潮，三個人才回到沈曦家。青芙興致勃勃地要吃海鮮，沈曦就在小女孩的團團轉中，做了一道辣炒海螺，還清蒸了蝦蟹，油燜了大蝦……吃得青芙大呼過癮。而瘦削的桓河，卻是讓沈曦想起了瞎子，因為他和瞎子太像了，一樣不說話，一樣悶頭吃，一樣吃得多……

沈曦家屋窄院小，自然不能留客。桓河他們吃完後，就向沈曦告辭了。沈曦又送了青芙幾個小貝殼飾物，青芙才興高采烈地走了。

待他們走後，沈曦趕緊去芳姊家接回了半天沒見的兒子，小沈俠一見到娘親，張著兩隻小胳膊就往沈曦懷裡撲，抱著沈曦就不撒手了，把沈曦給滿足的呀，直覺得自己頭上頂上了聖母的光圈。

桓河父女的拜訪，對沈曦來講，不過是生活中的小插曲而已。他們是富是窮、身分如何，沈曦根本就沒有費半點心思在上面。等他們走後，沈曦就將他們抛到腦後去了，繼續自己掙錢養兒子的日子。

小沈俠長得很快，已經開始扶著牆學走路了，每每當他用那軟綿綿的小短腿支撐著他那小身板，努力地站起來時，沈曦都會心驚膽顫，生怕自己的寶貝兒子摔著了、磕痛了。若一發現有這種情況，沈曦會馬上飛奔過去，把他抱起來。雖然知道自己這種行為不可取，但沈曦就是看不得自己的孩子受傷疼痛，可小沈俠卻展現出了來自他父親瞎子那執著又堅強的一面，不論沈曦如何阻止，他都會在沈曦放下他後，再一次嘗試站立行走。

瞎子由於有殘疾，即便毅力再好、再堅強，這一輩子也只能在炕頭上坐著，一事無成。而對於繼承了瞎子性格的健康兒子，沈曦無比期待他的成長。

貝殼工藝品由於仿製很容易，市面上是越來越多，價格也一落千丈，沈曦見錢賺得也差不多了，就不再花大精力製作這些東西，而是抽出更多的時間來陪伴自己的兒子。

小沈俠在會走了以後，基本上家裡就關不住了，天天向外跑。沈曦怕孩子出什麼意外，天天跟在他後面跑，真是操碎了心。後來張二郎給小沈俠削了一把木劍，小傢伙才總算待在家了。不過沈曦又開始擔心家裡的問題了，因為小沈俠天天劍不離手，看見螞蟻了，唰唰挑幾劍；看見雞鴨了，唰唰挑幾劍；看見蜜蜂、蝴蝶飛過了，唰唰挑幾劍；看見沈曦的門簾飄動了，唰唰挑幾劍……雖然他的小手還沒有什麼勁，出劍淨跑偏，木劍也不鋒利，但架不住他一天天這麼搗蛋啊！沈曦管也管不住，只得無奈扶額，天天跟在兒子後面收拾爛攤子。

到了夏天，由於貝殼手工藝品不值錢了，村子裡的人們也都不像以前那樣沒日沒夜的做了，在有了空閒時間後，有了錢的人們就商量著起新房，特別是好幾家要娶媳婦或剛娶媳婦的，對房子是尤其需要。

上漁村的日子過好了、有錢了，就有不少姑娘願意嫁到上漁村了。這件事其實沈曦早就知道了，她還知道年前上漁村就有四個大齡男青年找到媳婦成親了，年後也有兩個，這些沈曦都送過禮錢了。由於蓋的房子多，村裡的男人一商議，決定統一去購買建房用的木材，這樣還能便宜點。芳姊家也打算蓋三間新房，準備給張二郎娶妻用。

沈曦聽到這個消息後，也趕緊和張大郎說了一下，自己也要蓋新房，要用的材料讓張大郎幫忙張羅一下，現在她住的那一間房實在是太小了。

正事說完了，張大郎就出去和男人們辦事了，只剩了芳姊和帶著小沈俠的沈曦說閒話，芳姊碰了碰沈曦的胳膊，揶揄道：「妳還蓋什麼新房呀？我家蓋的那三間新房送妳住，還順帶送妳個能吃苦又肯幹的男人，要不要？」

沈曦知道芳姊是在開玩笑，以現在芳姊家的條件，黃花大閨女上趕著給的也有，自然不用再娶沈曦這麼個帶孩子的寡婦了，前幾天沈曦就聽說芳姊在給張二郎張羅親事呢！沈曦白了芳姊一眼，故意心滿意足地嘆道：「妳那三間新房，妳敢送我就敢收；妳那能吃苦又肯幹的男人，送了我也敢收。我現在是有子萬事足，是不介意多養個兒子的！」

芳姊啐了沈曦一口，道：「妳還是屬紅薯的，愛占大壩（輩）！我看妳天天晚上涼蓆冷被的，連個暖被子的人都沒有，嫌不嫌冷？」

沈曦看了看外面沒有人，嘻嘻笑道：「芳姊妳的被子肯定天天是暖的吧？」

芳姊脹紅了臉，氣得拿手擰沈曦的臉蛋，嘴裡恨恨地道：「哼，我的是暖，妳沒暖過嗎？妳沒暖過，小沈俠是從哪兒來的呀？」話說到這兒，芳姊忽然道：「妹子，妳家那口子是什麼樣的人啊？從沒聽妳提過。」

沈曦聽了芳姊這話，就立刻覺出了，自己已經很久沒有再想瞎子了。似乎小沈俠的到來，填補了她生活的空寂，也撫平了她的喪夫之痛。

芳姊見沈曦不回答，還在那裡自言自語。「我覺得妳相公肯定是個很本事的人，要不也養不住妹子這樣的能耐人呀！何況妹子這花錢的大方勁兒，肯定不是貧寒人家出來的。」

沈曦也不答她，只淡淡道：「已經走了的人，還提他做什麼？」

兩人正在說話，忽聽得外面有人喊道：「沈家娘子在這裡嗎？妳家來客人了！」

沈曦連忙抱了小沈俠出來，回了家，還沒走到門口，她遠遠地就看見了一個身穿紅色衣服的小女孩和一個黑衣男子，正站在沈曦家門口。

小姑娘看見沈曦回來了，蹦蹦跳跳地迎了上來，嘴裡甜甜地喊著：「嬸嬸，我來看妳啦！」

沈曦笑著迎了上來，還未說話，只聽得桓河喝道——

「青芙，不得無禮！」

青芙聽話地鬆開了拽沈曦衣服的手，然後乖巧地眨著大眼睛看著沈曦。「嬸嬸，妳抱的是弟弟還是妹妹呀？」上次他們來的時候，小沈俠蓋著被子在睡覺，小青芙乖巧，也沒去碰他。

沈曦蹲下身去，將小沈俠抱到青芙眼下，笑道：「妳猜。」

青芙仔仔細細地將小沈俠看了個遍，還用小手摸了摸那軟乎乎的小臉，然後呵呵笑道：「弟弟！」

沈曦奇道：「不會吧？猜這麼準！」

青芙摸了摸小沈俠的頭髮，道：「妹妹是要梳小辮的，妳看弟弟的頭髮短的。」

這個理由讓沈曦哭笑不得，前幾天她嫌天氣熱，就把小沈俠的頭髮剪成了小孩們常見的頭形茶壺蓋，沒想到卻讓小姑娘歪打正著了。不過為了鼓勵孩子的自信心，沈曦仍然誇道：「青芙可真聰明！」

青芙得意地揚起小臉，一派的天真爛漫。

不料她身後的桓河卻又出言喝道：「不許驕傲！矜持！」

一聽他這話，青芙的小臉就垮下來了，笑容沒有了，而是換成了不耐煩。

沈曦連忙打圓場道：「孩子還小呢，你別太嚴厲了。何況女孩子是要嬌養的，活活潑潑的不比那死寂沈沈的呆木頭強？」

看到桓河的眉頭又皺起來了，沈曦趕緊問了句。「這次，又是帶青芙來趕海的？現在天氣熱了，正是海鮮多的時候，你們來得很是時候。」

桓河被她成功地轉移了話題，舒展開眉頭，向沈曦道：「麻煩了。」

沈曦摸了摸青芙的頭髮，聲音也溫柔了起來。「這有什麼麻煩的？青芙，來，跟嬸嬸進屋，嬸嬸家裡有那麼大的螃蟹，嬸嬸給妳蒸了吃！」

青芙一聽有吃的，高興得直拍手，嘴上像抹了蜜般，對沈曦說著好話。「嬸嬸，妳最好了，我最喜歡嬸嬸了！我也喜歡弟弟！弟弟，來，姊姊牽你！」

小青芙拉著小沈俠的手，兩個人蹦蹦跳跳地進了屋，兩個大人自然是緊隨其後。

小青芙和小沈俠玩得不亦樂乎，沈曦向桓河道：「你先坐會兒，今早村裡的男人們出了趟海，給我送來了不少海鮮，我去處理處理，讓青芙先嚐個鮮。」

桓河點頭道：「多謝。」

小青芙在旁邊聽到沈曦說海鮮，立刻嚷嚷著要和沈曦去廚房。這又不是什麼為難事，沈曦就帶著兩個小的到廚房烹海鮮去了。

青芙似乎沒見過這種廚房，對什麼都有興趣，一邊提著各種問題，一邊給沈曦搗亂。沈曦也不惱，始終是和顏悅色的，聲音也一直溫柔得很。等她好不容易將海鮮煮好了，才發現桓河不知站在廚房外面多久了，正一本正經地看著她們呢！

沈曦將煮好的螃蟹、大蝦、牡蠣、蛤蜊等，什麼都挾進盆子裡，端了熱氣騰騰的一大盆，向桓河道：「夠吃吧？」

桓河只用一個字就回答了沈曦。「夠。」說罷，走進來接過沈曦手中的盆子，一馬當先地回了屋裡。

小青芙一個勁兒地在後面跳腳，焦急地直嚷：「爹爹、爹爹，給我留點、給我留點！」

桓河看著女兒可愛的樣子，似乎也想逗逗女兒，可惜他不知如何表達，只是面皮抽了抽，強擠出了四個字。「給妳留腿。」

然後，小青芙那張小嘴又噘起來了。

看著這個笨拙、不善於表達自己感情的男人，沈曦差點憋不住地笑出來。真是太有意思了！這世界上怎麼有這麼嘴笨的人哪？連個孩子都哄不好！

桓家父女在屋裡吃海鮮，吃得不亦樂乎。小沈俠天天吃海鮮，對這些早就不在乎了，他沒有去湊熱鬧，而是留在了廚房裡，趁著沈曦不注意，小木劍唰地一下子插進了火裡，挑出來一塊正在燃燒的木頭，那木頭嗖的一下就落在了柴堆裡，小傢伙看著已經燃起來的木柴，小木劍一收，淡定地走了。等沈曦拌好了薑醋蘸料，轉過身來後，只見後面火光沖天，那火苗都有一人高了！

沈曦嚇了一大跳，不由得「啊」的一聲，尖叫出聲。

一聽到沈曦的叫聲，屋內的桓河一個箭步就衝進了廚房，見廚房火起，二話不說拎起水缸，一缸水嘩一下就潑了過去，那火應水而滅。將缸放回原地，見沈曦還傻站在那兒沒動呢，桓河淡淡地說了聲「小心點」，然後回屋裡繼續吃海鮮去了。

沈曦傻站著沒動，剛開始確實是被火嚇到了，可後面是被人嚇到了。那大水缸平時清洗的時候，沈曦想把它放倒都很費勁，現在連水帶缸的，還不知多少斤呢，那桓河竟然一隻手就將它拎起來了！他怎麼那麼大勁呀？內褲外穿的超人嗎？萬能的奧特曼下凡嗎？

傻愣了好大一會兒，沈曦才想起自己手上還端著東西呢，於是端了那薑醋蘸料到桌子上，囑咐那吃得滿嘴流油的父女倆。「海鮮都性寒，蘸著這個吃，不然體內會積了寒。」

桓河看了沈曦一眼道：「有心了。」

父女兩人又繼續吃吃吃。

沈曦從屋中出來，見兒子正在院子中戳螞蟻洞，沒有理他，逕自去了廚房。她一邊收拾這一地狼藉，一邊暗自奇怪，這無緣無故的，柴堆怎麼就燒起來了呢？難道是天乾物燥，發生什麼物理反應了？

外面的始作俑者不捅螞蟻洞了，看見花盆中鮮花開得正好，小劍一揮——殘花滿地。

下午沈曦沒有陪桓家父女倆趕海去，而是讓那父女倆單獨去了。桓河獨自帶小青芙來，大概是想藉此機會增加一下和女兒的感情，可惜這個人話既少嘴又笨，光惹青芙生氣了。今天難得小青芙玩得高興，沈曦覺得自己完全沒必要去搶小青芙的注意力，當他們父女二人的燈泡。

沈曦以為他們難得來一次，應該會在海邊多玩一會兒才是，沒想到才過了一下子，小青芙就氣呼呼地回來了，後面跟著一臉無奈的桓河。沈曦連問都不用問，就知道肯定是那不擅言辭的桓河又惹青芙生氣了。

一見到沈曦，委屈的小姑娘就撲進她懷裡放聲大哭，那小模樣說有多可憐，就有多可憐。

沈曦是見不得孩子哭的，一邊給小姑娘擦眼淚，一邊柔聲安慰，小姑娘在她的溫柔安撫下，漸漸不哭了。沈曦又使出轉移大法，拿出麵粉要給小姑娘包餃子，小姑娘大概是沒見過麵粉，抓了一把，染了一手白，立刻就破涕為笑了，跟在沈曦後面一個勁兒地追問什麼是餃子。

見女兒不哭了，桓河在後面長出了一口氣，也不離開，就和個木頭樁子似地站在門口，看著女兒笨手笨腳的和沈曦學和麵。

沈曦見他實在沒什麼事，就囑咐他道：「沈俠在院子裡呢，你幫我看著他，別跑出去了。」

桓河這才轉身出去了。

到了院中，他一眼就看到了正在拿木劍砍籬笆的小沈俠，見小沈俠砍了半天，一根也沒砍斷，他便走過去，拿起小沈俠的劍，向小沈俠道：「看好了，劍要這樣出。」然後一劍揮出，沈曦家的籬笆倒了一大半……

等沈曦從廚房端著餃子出來的時候，望著眼前七零八落的院子，久久都未能說出一句話來。沈曦此時才真正明白了，比一個淘氣的小孩子更恐怖的是，這個淘氣小孩子旁邊還有一個沒長大的男人！

見沈曦盯著他們那麼長時間也沒說話，完全沒有自覺的桓河一手拎起小沈俠，就來到了沈曦面前，平靜地問道：「吃飯了？」

沈曦看看被當成籃子拎著的兒子，再看了看正一心看著餃子的男人，忽然覺得以後應該遠離桓河，珍愛兒子。

餃子上桌後，桓河象徵性地給青芙挾了一個餃子，然後端了一大碗放在自己面前，筷子使得飛快，沒一會兒一碗就空了。沈曦又端了一碗給他，沒一會兒，又沒了。

沈曦看著他，心中暗道，這傢伙和瞎子可真像，瞎子吃餃子也是這麼快，也是吃這麼多。

吃完晚飯後，桓河見天早就黑了，想要告辭，可青芙卻說什麼也不走，非要住在沈曦這裡，任桓河眉頭都擰出結來了，她仍是拽著沈曦的衣服，死活不撒手。桓河說話聲音重了，小姑娘眼圈一紅，眼淚立刻就下來了。

沈曦連忙蹲下去哄青芙，又向桓河道：「就讓她住這兒吧？這裡安全得很，不會出事的。」

桓河無奈地點頭，獨自騎馬離開了。

青芙大概是獨立慣了，即便桓河離開了，對她也沒有太大影響。

沈曦給她洗臉、洗手的時候，她配合得很好。等沈曦幫她洗乾淨，把她放床上後，她還很乖巧地幫沈曦哄小沈俠，一點也不像在桓河面前那樣任性。

沈曦給小沈俠餵奶的時候，她睜著大大的眼睛在旁邊看著，然後好奇地問道：「嬸嬸，妳說我小時候，我娘是不是也這樣餵過我？」

「那是當然的啦，小孩是要吃奶才能長大的，每個娘親都會給小孩餵奶的。」

青芙沈默了一會兒，臉上的笑容也沒了，眼中卻湧出兩滴大大的淚珠來，她帶著鼻音又問道：「嬸嬸，妳說我娘是不是不喜歡我，要不然怎麼去了那麼遠的地方，還不回來看我呢？」

雖然心中早就猜到了，可當聽到小姑娘這樣說的時候，沈曦還是覺得心痛了。早早失去了母親，父親可能又不經常在家，這個小姑娘自己生活著、成長著，也難怪在看見她父親時表現得那樣磨人。因為她知道，如果不黏著她父親，她就連那麼一點的父愛也是感受不到的。

沈曦想了想，安慰小姑娘道：「做娘的都很喜歡很喜歡自己的孩子的，青芙的娘親自然也很喜歡青芙呀！只不過呀，有的時候大人會有很重要的事情得去做，不能陪在孩子身邊的。妳看，弟弟的爹爹也不在家呀，他也去了很遠很遠的地方呢！弟弟很懂事，他沒有吵著要爹爹呢，所以呀，青芙也不要吵著要娘親啦，要不然，妳娘親知道了，會很想青芙，還想得要哭呢，青芙想讓娘親哭嗎？」

青芙擦了擦眼中的淚，故作堅強地道：「我不要娘親哭。嬸嬸，我不和爹爹要娘親了，我也和弟弟一樣，會很懂事的。」

沈曦看了看還在吃奶的兒子，心中暗道：說假話，不會被天打五雷轟吧！

經過一天一夜的相處，青芙和沈曦已經處得和親母女似的了。第二天桓河來的時候，沈曦正在給青芙梳頭髮，沈曦心血來潮，給小姑娘梳了一個新疆小女孩的髮式，頭上編滿了小辮子，辮子上面還點綴上了各種顏色的小貝殼，漂亮極了。桓河看著沈曦那溫柔的樣子，黝黑的眸子閃了好幾閃，隨即低下頭去了。

吃罷午飯，昨晚和沈曦說話說太晚的青芙睡著了，小沈俠也睡著了，只剩下兩個大人在房間裡無言相對。

兩個成年男女在一個屋子裡，自然是有些不自在的，於是沈曦拿了小沈俠的衣服、尿布，摺摺疊疊，心中琢磨著是不是找個由頭先迴避一下，畢竟孤男寡女，有所不便。

桓河輕咳一聲，忽然開口道：「跟我回去，帶青芙，一月一百兩。」

沈曦愣住了，稍想了一下就明白了，桓河這是要招她當保母，一個月給她一百兩銀子。若說銀子可真不少，沈曦以前賣粥的時候，一個月才掙幾兩銀子，鎮子上的人們還說她掙得多，這一個月一百兩，在這個社會應該屬於高薪了吧？

「那不行，我還有孩子要帶呢。你要是開這麼高的工資，肯定有不少人爭搶著照顧小青芙的，不用我也一樣。」沈曦沒想太久就利索地回絕了。她可不願意扔下自己的孩子去哄別人家的孩子，哪怕給再多錢，也動搖不了沈曦自己帶孩子的決心。

桓河顯然很意外，似乎沒有想過沈曦會拒絕，他坐在椅子上盯著小青芙，不知道又在想什麼，過了好一會兒，他才說道：「妳不一樣。」

沈曦奇道：「我哪兒不一樣了？」

桓河又不出聲了。

反正自己也不想去給他哄孩子，管他哪兒不一樣呢！沈曦不想再單獨面對桓河，於是向他道：「昨兒個芳姊說找我有事，我去看看，你若是累了，也歇一會兒吧。」

桓河微微點了點頭。

沈曦剛下得床來，床上的青芙忽然哭著叫道——

「娘、娘……我怕，我怕……」

沈曦連鞋子都沒脫，嗖的一下就上了床，跪到青芙身邊，用手輕輕地拍著青芙的後背，柔聲道：「乖，青芙乖，嬸嬸在這裡，不怕不怕……」

桓河在青芙哭喊出聲的那一刻也站了起來，只不過他離青芙比較遠，沒有沈曦快。看著沈曦哄著自家女兒，桓河又坐回了椅子上。他是經過風雨的人，自然知道在突發狀況下，一個人的第一反應，往往表露的是他最真的一面。眼前這個女人毫不猶豫地上炕去哄孩子，可見這個女人，對孩子的感情是真的。

望著慈祥柔美的沈曦，桓河若有所思……

沈曦又重新哄睡了小青芙，然後和桓河交代一聲，自己就去了芳姊家。和芳姊閒聊了一個時辰，估摸著孩子們應該醒了，她這才回了家。

剛一進院子，沈曦就聽見小沈俠哇哇的哭聲，趕緊跑進去一看，只見桓河正笨拙地抱著小沈俠在地上轉圈，桓河的衣襟上濕了一大片，很顯然是小沈俠的功勞。

沈曦連忙走上前去接過了小沈俠，小沈俠一聞到沈曦身上熟悉的味道，不由得將小腦袋往沈曦那飽滿的胸脯上拱來拱去，小手還不甘示弱地摸來摸去。桓河還沒走開，當然也看到了這一幕，把沈曦羞得臉都紅了，連忙抱著小沈俠轉過了身子。桓河也是尷尬萬分，一句話也沒說，三兩步就出了屋子，直走到沈曦家的院子外面才停住了腳步，臉上一片潮紅。

沈曦紅著臉上了炕，見桓河走遠了，這才解開了衣服給小沈俠餵奶。一想到剛才那尷尬的場面，她不由得用手指點了點小沈俠的額頭，輕聲道：「小貪吃鬼，竟讓娘親丟人！看來，是該給你戒奶了！」

小貪吃鬼沈俠不滿地吭了一聲，又繼續吃奶了。

桓河一直在門外轉悠，等聽到小青芙醒來和沈曦說話後，才邁步進了院子。在屋門外面時，還特意輕咳了一聲，過了片刻才進了屋。

沈曦見他進來了，也略顯不自在，不過畢竟是穿過T恤短褲的人，對這一點點小尷尬還是沒有太往心裡去。倒是桓河，一直侷促得很，一個勁兒地催小青芙回去。

沈曦也沒留他們，桓河就忙帶著青芙離開了上漁村。

青芙臨走前抱著沈曦的大腿，一個勁兒地抹眼淚，不過在沈曦的勸說下，她還是戀戀不捨地跟著她父親走了。

桓河父女走後，沈曦的生活又恢復了平靜。在海風小的時候，她會揹了小沈俠去海邊，撿一些漂亮的貝殼回來，在小沈俠睡覺的時候，也會做一些別致的貝殼手工藝品，雖說賺得不多，但總比坐吃山空的好。

村子中蓋房的人家很多，有不少木匠、瓦匠都來到了上漁村，上漁村變得前所未有的熱鬧。三叔公拄著枴杖親臨施工現場，還特意給沈曦指定了一塊「風水寶地」當地基。在選定了良辰吉日後，上漁村的新房工程正式破土動工。

由於人手多，房子建得很快，沒有多少日子就完工了。新房裡潮濕，又風乾了些日子，沈曦這才帶著小沈俠搬到了新房裡。

沈曦的新家，不再是靠村邊了，而是在村子的中間，前後左右都有鄰居。沈曦這次再也不用害怕有壞人了，因為只要她一喊，估計全村都聽得見。

房子按照沈曦的想法設計，房子南北的寬度明顯比老房子要寬，這麼長的寬度卻是從中間一截為二。東邊那間的南半部是臥室，靠北牆的地方砌了一盤炕，而一牆之隔的北半部則是一個小廚房，裡面砌了一口大灶，還架了一個火爐，可以燒大灶暖炕，也可以生爐子暖炕。沈曦喜歡生爐子，可又怕煤氣中毒，這樣一來，就沒有這種風險了。

中間那間屋子，也是一分為二，前面是客廳，後面則是開了個後門，這樣方便沈曦去北邊找人串門。西邊那間屋子，前面也是個臥室，只不過裡面沒有炕，而是擺了床。後面則是空的，裡面可以堆放雜物。

院子仍是用籬笆圍了起來，院中靠西邊的地方還蓋了兩間廂房，一間當大廚房，裡面也安了一口大鍋，還有一個碗櫃，這方便夏天做飯。還有一間是沈曦準備放糧食、蔬菜的。

沈曦搬家，村子裡的婦女們幾乎人人都來幫忙了，還每人都給沈曦送了點東西，說是第一次來新房，要幫著「穩鍋」。沈曦不懂這些，只任這些娘子軍安排，一時間，沈曦家鶯鶯燕燕，熱鬧得很。

沈曦很感激大家對她的關心和照顧，真心地大吼了一聲。「中午都別走，我請大家吃酒！」

眾婦女哄然大笑，然後齊聲叫好。

沈曦拿了銀子，讓村裡有車的人趕著車去七里浦，上酒樓訂了幾桌好席面，又買了幾甕好酒來，大家來了個一醉方休。

搬完家後，沈曦的日子又恢復了以往的平靜，有的時候，她會和附近的姑娘、媳婦們一起去趕海，撿來貝殼就做成工藝品，讓村民們幫著賣掉。她手中的銀子多了，也不吝於花錢，總是變換著花樣做好吃的，她的奶好，小沈俠的營養就好，小傢伙長得結結實實的，個頭很高。等斷奶後，沈曦更是變成了萬能大廚，天天給小沈俠做營養餐，小沈俠的身體健健康康的，連個感冒都很少得。

只有一條，沈曦對兒子不太滿意——這個小傢伙不太愛說話，也不愛和孩子在一起玩。他整天拿著那把破木劍揮來揮去，不是去捅螞蟻窩，就是去砍自己家的花花草草，還有一次竟然用劍尖挑了隻蠍子回來了，把沈曦嚇個半死。沈曦說過他無數次不許再拿劍，小傢伙總是我行我素，給她個不理不睬。

每到這個時候，沈曦就會想起瞎子，因為這小傢伙沈默的個性，和瞎子如出一轍。想當初瞎子不就是天天在炕頭上坐著，對外面的世界無動於衷嗎？

沈曦對著兒子搖搖頭，仍埋頭繼續忙碌去了。

轉眼之間，秋去冬來，春節又逝，春天來到，小沈俠已經快要滿兩週歲了。小傢伙如今跑得很穩當，而且說話吐字也很清楚了。沈曦看著健健康康的兒子，心中的滿足自是不可言說。

在小沈俠兩週歲生日那天，久違的桓河和青芙竟然又來到了沈曦的家中。

一進屋，小青芙就蹦蹦跳跳地拿了一個香包送給沈俠。「弟弟，這是我親手做的香包呢，送給你當壽禮！」

沈曦一聽這話就笑了，還壽禮呢，小青芙很明顯是給哪位老人家拜壽的時候學來的，小沈俠才兩歲，哪能用得上這個詞呀？不過對於孩子的童言童語，沈曦也沒去糾正，畢竟小姑娘這麼高興，還是帶著善意來的，自己哪能在這個時候掃她的興呀！

不過沈曦沒說，桓河可沒放過她。「胡鬧！是慶生禮。」

小青芙小嘴一噘，又不高興了，把那香包往小沈俠懷裡一塞，扭頭就走了。

桓河一把拽住她，兩隻眼睛很嚴厲地盯著她，似乎在責怪小姑娘不懂禮貌。

他那冷酷的目光把小姑娘嚇著了，小姑娘撲進沈曦懷中就放聲大哭。

沈曦一邊輕拍著青芙的後背，一邊責怪桓河。「不就說錯一個詞嗎？你好好告訴她就行了唄，用得著這麼嚴厲嗎？再說了，她還小，等她大了，明白意思了，她自然就知道了。女孩子家都面嫩，你當著別人的面教訓她，她能不哭嗎？」

桓河聽著沈曦訓斥她，擰著個眉，一聲也沒吭，只靜靜地立在那兒，見哭泣的青芙和正忙著幫青芙擦眼淚的沈曦都不再理他了，他就轉開眼去看小沈俠。

小沈俠大概不是很喜歡香包，拎著那穗子轉了幾圈，就開始往下拽香包上的珠子。

桓河掏出一把一尺來長的小黑劍，遞給小沈俠。「送你的。」

一見到那把小劍，小沈俠的小眼睛立時就亮了，嗖的一下把香包扔一邊去，撲過來就抓住了桓河手中的小劍！

那邊的小青芙剛被沈曦哄好不哭了，一抬眼瞥見自己辛苦繡成的香包被扔了，立刻又委屈了，小眼淚啪嗒啪嗒又掉了下來。

沈曦無奈地按了按額頭，狠狠地瞪了桓河一眼。這傢伙，淨添亂！好不容易把小姑娘哄好了，這回又讓他給弄哭了！你送個破劍什麼時候送不行呀？非得挑這麼個亂時候嗎？剛腹誹到這兒，沈曦的眼睛忽地一下子就瞪圓了，她看見——

小沈俠拿著那把小黑劍往桌腳上一砍，那條桌腳就如同切豆腐一樣，被一刀兩斷了，然後失去了平衡的桌子砰一下就倒下來了，茶壺、茶杯、茶水四濺飛射，茶水流了一地，碎瓷片滿地都是，桌子摔散了架，木頭渣子滿處飛。

桓河大概也覺出有點不太好來了，心虛地瞄了沈曦一眼後，一把拎起小沈俠，幾步就衝了出去，都走到門外了，又突地折回來，伸手把自家女兒也拎出去了。
事發現場，只留下了沈曦一個人呆立原地。

——未完，待續，請看文創風187《古代混飯難》下

執手偕老，共嚐酸甜苦辣／花溪

古代混飯難

全套二冊

他確信她已死去多日，因為是他拚了命殺掉的，
但，此時她竟又活了！難不成她詐死？
可此女待他極好，像換了個人般……是借屍還魂嗎？

文創風 186 上

一覺醒來，沈曦發現自己莫名其妙地回到了古代，
她合理懷疑，自個兒八成是睡夢中心臟病發，一命嗚呼了，
好吧，情況再糟也不過就是如此，既來之則安之吧！
……嗯？且慢，眼前這破敗不堪的房子，莫非是她現今的家？
那麼，炕上那又瞎又聾又啞的男人，該不會是她的丈夫吧?!
要死了，她從小生活優渥，是隻不事生產的上流米蟲耶，
想在古代混口飯吃都有難度了，還得養男人，這還讓不讓人活啊？
可若拋下他，這男人怕是只能等死了，這麼狠心的事她做不來呀……
正沈思間，見他餓得抓了把生米就吃，她立馬便為他張羅起吃喝拉撒睡，
罷了罷了，看來她只得使出渾身解數，努力掙錢養活夫妻倆啦！

以為她死了，他滅了害死她的鄰國給她陪葬；
聽說她還活著，幾年來他奔波各地打聽她的下落。
如果能找到她，這一生，他絕不負她，換他待她好……

文創風 187 下

一直以為瞎子之於她只是生活上的陪伴，一個寄託而已，
可當他死掉後，沈曦才發覺自己真是錯得離譜！
心好痛好痛，痛到不管不顧，她只想就這麼隨他而去算了，
不料，她竟被診出懷有身孕！為了他們的孩子，她必須活著。
產下一子後，她努力地攢錢，想給孩子不一樣的人生，
怎知一顆心歸於平靜後，瞎子竟又出現了，而且還不瞎不聾不啞！
原來他叫霍中溪，在這中嶽國裡，是地位淩駕於帝王之上的劍神，
之前是因為遭人伏擊，身受重傷，又被她的前身下毒才會失明的。
見他隨隨便便就拿出三千萬兩的「零花錢」，她整個人心花花，
鎮日為了混飯吃而奔波，現在她不僅能當回米蟲，還有丈夫陪啦～～

字字揪心　層層織就情意／東風醉

嫡妻說了算

全套三冊

她是龐國公府長房嫡媳，
享盡榮華富貴，看遍世間繁華。
可誰又知道，尊榮華貴的背後，她犧牲了什麼？
她明白，要在這個時代立足，愛情遠不如權勢重要，
而今，她付出多少，就要得到多少！

文創風 174 1

穿越七年，顧容盼曾有過熱情、有過執著，
卻終究消磨在高門大戶的婆媳鬥法、妻妾爭寵裡。
長長的歲月裡，她愛過、恨過，也將一切看透，
那些小妾再怎麼爭，也不可能撼動她長房嫡媳的地位，
在這府裡，一切還是得她這個當家主母說了算，
那麼，她又何須在意那些陪襯的配角呢？
現在的她一心只想著，好好照顧兩個孩子長大，
卻發現總冷靜自持的這個男人，灼灼的眼神是她未曾領略的專注。
他說，要和她好好過日子，更要她付出和他一樣的感情，
讓她平靜的心再起波瀾。若早兩年聽到這話，她必定欣喜無比，
可如今這份寵愛，她還要得起嗎？

文創風 175 2

朝堂風起雲湧，硝煙四起，詭譎局勢讓人身不由己，
被牽扯進政爭中，誰都別想安生。
顧容盼知道，不論榮寵衰敗，她和丈夫總在同一艘船上，
為了兩個兒子，為了腹中胎兒，更為了她自己，
她必須肩負起重擔，為他守住龐國公府！
可內有嬸娘妯娌意欲奪權，外有反賊兵馬虎視眈眈，
她勞心勞力，吃盡苦頭，
這條邁向榮耀的血路，長得像是沒有盡頭……
生死關頭，強烈的無力感襲上心頭，
原來，她沒有自己想像的那般無所畏懼，
只是殘酷現實逼得她不得不堅強，不得不武裝自己……

文創風 176 3 完

嫁給龐晉川後，顧容盼一路爭，一路鬥，
一路走來，她只想成為能與他匹配、不讓他丟臉的嫡妻，
回首來時路，卻早已記不起從前的自己是什麼模樣。
她已經疲倦得無法再繼續，於是停在原地不肯再追逐他的身影，
想不到卻換他尋來，拉著她的手許諾再也不會放手。
這一次，她還能相信他嗎？
看他位極人臣，只為給她、給孩子留個盛世太平，
看他因為她的開心而欣喜，為了她的難過而失落，
看他仔細的把她收藏在心間，為她遮掩世事紛擾，
看他為她退讓，為她妥協，為她付出所有。
或許，她這些年的磨難，也算值得了……

文創風 186

古代混飯難 上

國家圖書館出版品預行編目資料

古代混飯難 / 花溪著. --
初版. -- 臺北市 : 狗屋, 民103.05
冊 ; 公分. --（文創風）
ISBN 978-986-328-295-2（上冊：平裝）. --

857.7　　103006732

著作者	花溪
編輯	黃淑珍
校對	黃亭蓁　林若馨
發行所	狗屋出版社有限公司
地址	台北市104中山區龍江路71巷15號1樓
電話	02-2776-5889～0
發行字號	局版台業字845號
法律顧問	蕭雄淋律師
總經銷	知遠文化事業有限公司
電話	02-2664-8800
初版	103年5月
國際書碼	ISBN-13　978-986-328-295-2
原著書名	《古代混饭难》，由北京晉江原創網絡科技有限公司授權出版

定價250元

狗屋劃撥帳號：19001626

網址：love.doghouse.com.tw　E-mail：love@doghouse.com.tw